U0449129

换命
SWITCH

[加拿大]葛兰特·麦肯锡◎著

侯嘉珏◎译

Copyright: © 2008 BY GRANT MCKENZIE
This edition arranged with AMB LITERARY MANAGEMENT and AITKEN
ALEXANDER ASSOCIATES.
through BIG APPLE AGENCY, INC., LABUAN, MALAYSIA.
Simplified Chinese edition copyright:
2015 Changsha Senxin Culture Dissemination Limited Company
All rights reserved.

版贸核渝字（2014）第 241 号

图书在版编目（CIP）数据

换命 /（加拿大）麦肯锡著；侯嘉珏译. —重庆：重庆出版社，2015.9
ISBN 978-7-229-09677-9

Ⅰ. ①换… Ⅱ. ①麦… ②侯… Ⅲ. ①长篇小说-加拿大-现代 Ⅳ. ① I711.45

中国版本图书馆 CIP 数据核字（2015）第 069450 号

换 命
HUAN MING
[加拿大] 葛兰特·麦肯锡 著　侯嘉珏 译

出 版 人：罗小卫
责任编辑：钟丽娟
责任校对：刘　艳
装帧设计：八　牛　张金花

重庆出版集团
重庆出版社　出版

重庆市南岸区南滨路 162 号 1 幢　邮政编码：400061　http://www.cqph.com
北京市玖仁伟业印刷有限公司印刷
重庆出版集团图书发行有限公司发行
E-MAIL：fxchu@cqph.com　邮购电话：023-61520646
全国新华书店经销

开本：880×1230　1/32　印张：9.75　字数：196 千
2015 年 9 月第 1 版　2015 年 9 月第 1 次印刷
ISBN 978-7-229-09677-9
定价：35.00 元

如有印装质量问题，请向本集团图书发行有限公司调换：023-61520678

版权所有　侵权必究

献给

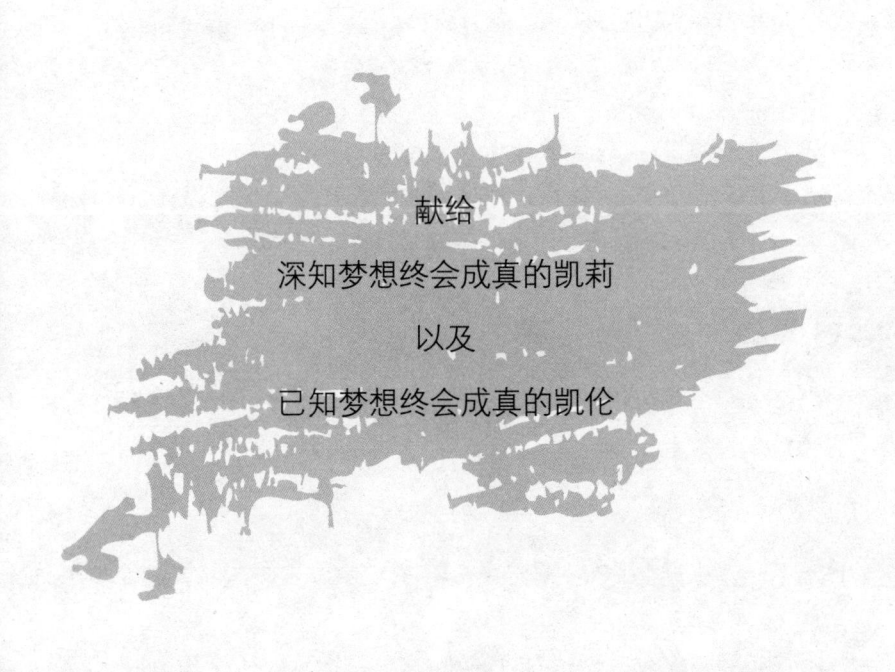

深知梦想终会成真的凯莉

以及

已知梦想终会成真的凯伦

《换命》好评推荐

"《换命》充满了悬疑气氛,而且,就像在暗巷里听见一把弹簧刀'当'地弹开一样令人紧张。"

——瑞克·莫费纳(畅销书作家)

"《换命》不只是好看,而是太他妈的好看了!"

——戴维·海伯格(畅销书作家)

"作者葛兰特完全明白该怎么发展故事才会好看。"

——林伍隐·巴克莱(畅销书作家,著有《遗失的毕格家》)

"《换命》让人陷入疯狂、肾上腺素激增……是一部令人血脉偾张的小说,它会牢牢抓住热爱推理小说的读者的心,让人绝不轻言放手。"

——罗宾·杰若西(英国新闻工作者)

"这是一本节奏很快的推理小说,内含大量的动作场面以及曲折情节……你绝对不能错过这本书。"

——英国《新书》杂志

"一部让我不断追寻的推理佳作。《换命》是作者的第一部小说,非常成功,结构完整,环环相扣,让人联想到狄恩·昆兹(著名推理小说家)。我会密切注意作者的下一部作品。"

——南非《人民报》

"我一边走路一边读《换命》,走到厕所里的时候还是全神贯注地读着小说,不想放下来……这本小说从第一页开始就让人上瘾,后面的每一页都会让人越陷越深,这个故事真是令人神魂颠倒。"

——读者 C.P. 嘉菲尔

"读这部小说真像在看电影……对白铿锵有力,再加上连续不断的利落鲜明的影像,整个故事就像在一幕幕的画面中上演。"

——读者 山姆·伊德

"角色鲜明,情节曲折,结局完美,我从头到尾都被深深地吸引住了。"

——读者 红书

"哇！我很爱这本书。明快、惊奇、吸引人、扣人心弦。"

——读者 盖文·稀·布奇

"我读的这本书让人疯狂、令人着迷、速度超级快、娱乐性极强。"

——读者 马丁·希金斯

"扣人心弦……充满爆点……令人爱不释手！"

——读者 达伦·艾略特

"这本书很棒……并且提出非常纠结的问题：你愿意付出多少代价来拯救你的家人？"

——读者 苏·库克

序 幕

瑞克·铁木挨了一拳后跌了个踉跄，在污浊机油所形成的水洼中崴到双脚时，他脆弱的膝盖发出脆响，随之脱臼。

骨头间的磨蹭让他痛到足以窒息，而这番冲击更让他从原先的尖叫转变成惨痛的哀号。瑞克因双脚失去支点而在地面上滑了一跤。须臾之间，他的身子被架空并异常地扭曲着，直到自己重达一百三十公斤的身躯砰然落地。这一倒下撞散了若干个轻薄的汽油桶，并发出一连串金属撞击的铿锵声，而他的后脑勺则"砰"的一声，重重地撞在了车库的水泥地面上。

随着全身上下的痛觉感应器都亮起红灯，瑞克因疼痛而不断呻吟着。他宛若戴着一张血红的面具，上唇及左脸都看得见划破的伤口，摔断过两次的鼻梁也因这突如其来的袭击，"咔啦"一下应声而断。

他举起了双手。

"你想拿什么就拿！要车，要什么都随便！你他妈的，这里什么鬼玩意儿都没有！"

那位带枪的男性黑人身形颀长，双眼瞪大，但瞳孔却小到让眼白看起来仿佛半熟的水煮蛋。他的嘴巴半开,犹如对如此容易击倒眼前这位比自己还魁梧的大汉而感到瞠目结舌。

躺在地上的瑞克浑身不是割伤就是扭伤。他明白这些年来他的健康状况每况愈下:年轻时结实的肌肉因为成天坐着、缺乏运动以及暴饮过量的啤酒而变成了一层层肥厚的脂肪,皮肤因摄取高热量的快餐变得惨白,而近期医生更是诊断出他罹患了肝病;甚至在剃了光头以后,头皮仍看得见这两天长出的发根,进而泄露出自己才二十几岁却发现已开始老化的事实。

即便拥有这些问题,瑞克还是没想到自己会被一个身穿西装,瘦得皮包骨头,看起来就像动不了自己一根汗毛的黑人给摆平。没错,他压根儿也没料到会遭人攻击,但日前几次打架中,自己可是因战胜过最难缠的对手而名扬四海呀。

瑞克断裂的鼻梁中鼻血倒流,呛得他差点喘不过气儿。他家车库中唯一值钱的大概只有那台车盖上印有老鹰的银色标志,并用黑色油灰修补过的一九七九年款庞帝克火鸟跑车[1](Firebird Trans Am),然而自从它架在水泥砖上修理以来,价值便跌落到几百美金了,因此他实在难以理解为何人人都要闯入他家的车库。即便他一直想修好那部车,就像MTV台"爱车大改造"(Pimp My Ride)的节目一样,但钱不会从天而降,至少不会自附近凭空飞来。

攻击者人影瘦削,看似强壮,但当他用沾有血迹的"警星牌"

---

[1] 庞帝克(Pontiac)车系的第三代,著名影集《霹雳游侠》中会说话的"伙计"便是由此款改装而成。

口袋型九号手枪指着瑞克的脸庞时,那长约三寸的枪管比他自己的黑色指头还要小,看来十分滑稽。当这位盛装打扮的陌生人从口袋里掏出手枪,瑞克差点儿笑出声来,然而那是在瑞克的脸因枪管而皮开肉绽,并让他呈"大"字形摊在地上之前的事了。

那男人最后说话了,声音低沉。

"我都快忘记你了。"

"忘……忘记?"血红的唾沫自唇上不断冒出,瑞克裂开的双唇颤抖着。"我……我他妈的根本不知道你是谁!"

"不,"那男人静静地说道,"不,你知道,"停顿后又道:"铁木。"

瑞克疑惑的双眼眯成了一条直线,"铁木"这昵称唤起了他珍贵却又悲惨吓人的回忆。

"就是如此,"那男人接着说道,"我很遗憾。"

"什么——"

那男人朝着瑞克的头扣动了扳机。不可思议的是,瑞克仍旧一息尚存。他试着想讲话、想规劝这个男人,但舌头已经不听使唤。他感受到脸颊就靠在冰冷的水泥地面上,发现自己怎么也抬不起头来。

瑞克奋力想找出自己遭人攻击的原因。他的目光停留在一张木制的板凳上,上面有个尚未完成的小鸟屋与父亲从前使用过的旧金属工具箱。

那只工具箱锈蚀的情况仿佛瑞克的人生,而它,也曾是自己最爱用来瞒着太太窝藏东西的好地点。箱内放了六本已经翻烂的 Hustler 成人写真杂志，一支某个家伙在当兵时利用黄铜弹壳所制成的旧金属烟斗，以及一个装有两小粒黄色甲基安非他命（Crystal Meth）的药水罐，而这些秘密收藏品差不多只值十几美金吧。

那位持枪者隐隐逼近，擦得锃亮的皮鞋仿佛两面镜子，映出瑞克脸上的恐惧，接着瑞克开始呜咽。一感受到炽热的枪管在触碰太阳穴后所带来的烧灼感，他便溃然决堤。

瑞克的双眼迅速向上看，顷刻间，映入眼帘的尽是那男人黝黑、未带微笑的脸庞。此时，他记起这个人了。

这记忆，便是他死前最后的想法。

1

那瘦削的男人如玻璃般脆弱。他双手颤抖地把散发热气的枪丢进西装口袋里，取出折成三角形的白色棉布。擦掉脸上的汗渍后，他发现手帕上沾了点点血迹，那是瑞克的血。

老天啊，他心想，我变成什么怪物啦？突如其来的手机铃声吓得他差点跪下，把那支该死的手枪给塞进自己嘴里。但是，努力了这么久，他才不想在这个节骨眼上崩溃。

他接起手机。

"事情办完了。"

"我知道。"电话那头的声音经过便宜的电子仪器干扰，少

了些抑扬顿挫。

"你看得到?"

"帕克医生,你办事不能干净利落点吗?"

札克·帕克的视线扫过车库的橡梁,寻找监视器的踪迹。屁都没有,他也不觉得讶异。现代的工程师能把摄影机造得小到能在血管里游泳,在不断跳动的心脏里找到血管内的血小板,像这么小的监视器,屋子里随便什么东西都能塞进上千个。

那异样的声音笑了。

"要我送一份影片给你吗?"

札克闭上眼睛,努力压制疯狂的感觉,就怕自己落入万丈深渊,再也无法回头。

"你要我做的事,我都办到了。"

"或许吧。"那声音回答。

札克等候下文,直到胸口发热,才发现自己屏住了呼吸。

"她们还在等呢,"那声音说,"接着我要你去……"

2

屋里有一对母女开始睡前的准备。

这感觉就像在一辆装了传统天线的电视机上看肥皂剧。她们走过窗前的时候,他能把她们的身影看得一清二楚,仿佛自己也在同一个房间里,但她们走到墙壁后就会隐没身形,他只得用自己的想象力填补情节。没关系,他已经培养出不错的想象力,而

且也听得到她们的声音。

耳机中播放出的居家声响带给他身临其境的感受,秘密地装在这栋屋子里的无线麦克风只不过是便宜货,但居然没有静电干扰的噪音。他也想过要弄几台摄影机进去,但想到要这么近距离地观察那孩子,就让他觉得有点不舒服。

那就用耳朵听好了。

"玛丽安,戴好固定牙套了吗?"

"嗯哼。"

"真的吗?"

"嗯哼。"

"我要上楼喽,如果我看到——"

"妈,好啦。哎哟,我去戴。"

"玛丽安!你知道你爸跟我花了多少钱弄你的牙齿吗?"

"好啦,不要大吼大叫啦。我马上去戴。"

"还有,别忘了用牙线。"

"遵命,母亲大人。"

在漆黑的藏身处,监视屋子的男人把玩着抛弃式打火机。打火机的塑料外皮染上了从红色到橙色再到黄色的渐层颜色,正是业余艺术家用来描绘火焰的几种色彩。有独创性的电影导演才能看到火焰完整的光谱:血红色和金黄色、冰黑色和姜黄色,还有深厚的、浓稠的紫罗兰色,仿佛正在呐喊它们也有生命。

火焰会催眠你,让你误信自己能驯服、能控制火焰,就像在赌城魔术秀上表演的白老虎。但只要捻一下大拇指,你就能释放

出它的本性，如果你附耳过去仔细聆听，就能听到释放出来的真实的声音：仿佛人类的尖叫声。

"玛丽安，不可以再上脸书，睡觉的时间到了。"

"妈，但是——"

"没什么但是不但是的，很晚了。现在就给我把计算机关掉，上床睡觉去。"

"好啦好啦。"

女孩钻进被窝后，整栋房子变得静悄悄的。

屋外的男人往前倾身，闭上眼睛专注聆听女人轻柔的脚步声，她帮自己倒了一杯冰过的夏多内白葡萄酒（她十分钟爱澳大利亚南方葡萄园的产品），然后坐进最喜欢的扶手椅。

在舒适惬意的书房里，几层放满平装本惊悚小说的书架面向着精心打理的花园，书架上放着不到一层的戏剧书籍和装订过的电视剧本，其中小角色的台词还用黄色荧光笔标起来。不过这些书都属于女人的丈夫。

在这宁静的时刻，监视房子的男人知道汉纳会伸手到躺椅侧边的口袋里捞出一本维多利亚时代的罗曼史小说，这些书都是她在横越波特兰东西的伯恩赛德大道上的二手书店整袋买来的。她喜欢情节老掉牙的罗曼史跟英国口音，读到中间时总会令人流泪，书里必备的还有软心肠的恶棍，当然更少不了快乐的结局。

窸窸窣窣的锡箔纸声也表示她捞出了另一样最喜欢的东西——英国品牌 Terry's 的柑橘巧克力。这种巧克力外层包的可不是牛奶巧克力，而是黑巧克力。男人很欣赏她的自律。她每天

换命

晚上只吃两三瓣，所以一个橘子状的圆形巧克力吃上一个星期也没问题。

一如往常，小孩子睡了，女人在读书，在外监视的男人觉得很满意，举起一个小小的遥控器，上面有两个按钮，一蓝一红。遥控器的外型跟功能都很普通，就跟刚才拿出来的打火机一样，价格便宜，用完即丢。

他按下蓝色的钮。

他的橄榄绿卡车离房子不远，能把屋里的情况看得一清二楚，这时似乎一切正常。但在房子几乎无人涉足的阴暗地下室角落里，通往暖气炉的天然瓦斯管上已经打了一个浑圆的小洞。

不到四十分钟，漏出来的致命一氧化碳就会充满暖气炉，渐渐往楼上渗透，流泻到主要的楼层里。等到那腐臭的鸡蛋味变得明显，女人跟小孩早就睡熟了。在七十分钟内，只要激起微微的火花，这栋柠檬黄镶着白边的雅致双层楼房就会遭到烈焰吞噬。每过一分钟，一氧化碳就会愈来愈浓，直到整条街都有可能化为乌有，只留下巨大的坑洞。

监视房子的男人又看了一眼手里的打火机。在拇指持续的摩擦下，打火机已经磨掉了一块橘色的喷漆，就跟他这辈子用过的打火机一样，下面的颜色已然褪去，几乎呈现出半透明的苍白。

男人脸上挂着苦笑，往后放松地靠着椅背，转动金属轮摩擦火石，看着一小撮火焰从孕育它的塑料子宫里跳出来。在寂静的黑夜里，他听到了他创造出来的怪物放声呼啸。

3

札克·帕克医生把他银色的 E320 四门奔驰车停到路边，同时心脏剧烈地跳动，仿佛能听到血液在体内横冲直撞的声音。

他用双手手背擦过滴下汗珠的额头，视线扫过对街那栋一看就让人满心欢喜的黄色房子。

他用力眨眼，甩掉更多因为紧张而流下的汗水，并看到楼上的房间忽而闪过一丝人影。或许是蕾丝窗帘在夜晚的微风中飘动而留下的阴影，但是札克确定他看到了自家爱女柔软黝黑的皮肤，中间镶着在他吻过的嘴唇中最漂亮的一张小嘴。

嘴角上扬，微笑灿烂。

札克猛然打开车门，他的手机响了。

不要，拜托，不要啊，他轻声对自己说。

手机响个不停，他僵在路中央，死盯着那卧室的窗户和眼前死寂的一片黑暗。

恐惧不断飙升，他翻开手机盖，放到耳边接听。

"计划改了。"异样的声音说。

"不要——"

札克向前飞奔，皮鞋底打在柏油路上，双手向前伸出，他的抗议变成了满是痛苦的哭号。他不断大吼两个人的名字，两个他在世界上最爱的人。

泪水模糊了他的视线，这时爆炸的力道宛若火车头般撞了过来。

札克被抛到空中,朝来时路飞了回去。他挥动四肢,压力突然降低,让他胸口剧痛。他感觉到皮肤滑过车顶,然后身体拱了起来,换了个方向,变成头下脚上。

德国制的坚固座驾受到爆炸力的冲击,剧烈地晃动,还好厚实的底盘仍让四个轮子牢牢地抓住地面。奔驰车后方的空气死沉宁静,托不住札克的身子,让他重重摔在草地上,四面八方所有的汽车警报器开始疯狂嗥叫。

黄色房子所在的地方变成了一条大火柱,火舌直冲天际。

札克浑身血污瘀青,躺在地上喘气,眼前一丛火烧带来的残骸犹如地狱的暴雨般嗖嗖落下。

来啊,札克想,心思退避到幽寂的黑暗中,他对上天说,就让我留在这儿吧。来啊。

4

嘎吱!

山姆·怀特咬了一口鲔鱼薯条三明治,对新力索尼专卖店橱窗里一台高画质的六十寸屏幕电视投以欣赏的目光。营业时间已过,电视也已关上,购物中心里看不到任何一名顾客。

虽然电源没开,电视的屏幕仍然令人激叹:又薄又滑,标牌上的价格比山姆一个月能赚到的最多薪水还高。妈的,真贵!要是不加班,这根本等于他两个月的薪水!

山姆把最后一口三明治塞进嘴里,舔舔手指,然后用新买

的红色保温瓶在塑料杯里倒满咖啡，保温瓶上的图案是波特兰海狸棒球队挤眉弄眼的吉祥物。他微微一笑，又去捞一捞充作午餐袋的牛皮纸袋，拿出一大块变了形的燕麦饼干。饼干是他女儿烤的，撒满了切碎的 Mars Bar 巧克力。女儿一开始对厨房有兴趣时，他就教会了她怎么做这种饼干。

山姆把饼干浸在咖啡里，然后把半融的地方吸进嘴里。他携带的双向对讲机"嘎嘎"响起。

"哟呼，山姆，你在吗？Over。"

听到肯尼斯·贝克颤抖的声音，山姆翻了翻白眼。二十四岁的肯尼斯就读本地的大学，毕业后想成为犯罪心理学家，但山姆不怎么相信肯尼斯有办法毕业。

山姆把对讲机从腰带上解下来，吞下最后一口食物后才把对讲机靠到嘴边，然后按下传输钮。

"肯尼斯，发生了什么事？"

"呃，没什么事啊。你在干吗？Over。"

山姆"咯咯"笑了起来。

"吃了点东西，正在看这台我永远买不起的电视。"

"酷！嘿，我今天下午在运动频道看到你的广告了。够赞哦，Over。"

山姆哼了一声。

"我变成了一只大海狸，靠这广告要能拿到奥斯卡那才见鬼呢。"

"呃，没有啦，但是……呃，我觉得你演得很好。Over。"

"谢谢你的夸奖，我听了很高兴。有时候还是得练一下的，

你知道吧?"

"当然,当然。很多演员都是拍广告才被发掘的,不是吗?Over。"

"是呀,孩子,就像我跟茱蒂·福斯特。"

"茱蒂·福斯特也拍过广告?Over。"

"她两岁时在防晒乳的广告里露过脸,十一年后就获得奥斯卡提名。"

"噢,好棒哦,我都不知道呢!Over。"

"对呀,"山姆大笑,"不过,她是茱蒂·福斯特,我演的是奇形怪状的波特兰海狸。"

"呃,但是你表现得很好啊。起码我看了觉得好好笑。对了,我录下来拷在光盘上了。等一下给你哦,或许你投简历时可以用得上。给对方看看你表演的样子不是很赞吗?Over。"

山姆并未立刻回答,同事的好意让他很感动,同时觉得自己真是不胜感激。

"肯尼斯,你考虑得真周到。我想我女儿还没看到吧,要是给她看她一定很高兴。"

"没问题。我只是觉得看到你上电视好酷哦。我也叫我妈一起看,她兴奋死了。我听到她去跟邻居八卦,说我的同事是很有名的演员。Over。"

山姆又大笑起来。"肯尼斯,你该巡逻了吧?记得检查所有的门,等一下我们再一起喝咖啡。"

"当然好,我立刻去。Over。"

SWITCH

山姆吞下最后一口咖啡，把塑料口杯盖回保温瓶上，好好拴紧。他走向垃圾桶，想把三明治的袋子丢掉，却在漆黑的橱窗玻璃上看到自己的身影。

保安人员的制服是黑色长裤配浅蓝色衬衫，衬衫口袋的翻盖和肩章上都有深蓝色的饰条，配上坚固耐用的皮带和装枪的皮套、手电筒、防狼喷雾和伸缩棍，整体设计完全模仿波特兰的警察制服，用意在于吓唬顺手牵羊的人，也希望来购物的人能对警卫敬畏三分。

理论上是如此。

过去几年来，白天值班的警卫职责已经变了，本来他们只负责保护店里的商品，现在还得主动出击，让顾客觉得很安全。这表示警卫要联合地方当局制裁毒贩、出来招揽天真女学生的皮条客、急需解瘾而抢劫的吸毒者，还要到停车场巡逻，免得小偷趁机偷车。

不过，晚班就像经过美化的看守工作，山姆就是喜欢这一点。负责看守购物中心的人不需要想太多，而且更重要的是，他也不需要瞻前顾后。

只要走过无人的长廊，一边检查门户一边喝着咖啡，他就能同时思索那套总有一天会写出来的剧本。他常常想象自己扮成西尔维斯特·史泰龙，还告诉有名的制片商如果让他当主角，剧本就给他们改编成电影。

山姆却不像洛基，他还没写出能让投资人垂涎欲滴、铁定大卖的情节。

双向对讲机又响起来了。

"呃,山姆,你在吗?Over。"

"在啊,肯尼斯,出了什么事?"

"我听到一些声音。Over。"

山姆叹口气。这孩子真容易紧张,连只老鼠放屁的声音都能把他吓得跳个八丈高。大家都知道,美国西北部的小蟊贼礼貌到连屁都不敢乱放,但这里毕竟不是洛杉矶。

"什么声音?"

"呃——应该是人讲话的声音吧,珠宝店的侧门好像被敲了一下。Over。"

"你去看过了吗?"

"去过啦,门没锁,一定是我第一次经过时没检查到。我觉得有人在里面。Over。"

山姆把垃圾丢在圆形垃圾桶里,扫掉衬衫上的饼干屑和薯条屑。

"肯尼斯,你留在原地不要动,我马上过去。"

他不疾不徐地穿过购物中心,通过美食街,走下已然沉睡的手扶梯,踩着停止不动的电梯。到了地面,他沿着长廊走向公共厕所,然后穿过上面写着"闲人勿进"的门,准备进入前方如迷宫般的梯了和储藏空间。

他在通往后面停车场的对开门旁找到正在啃指甲的肯尼斯。肯尼斯虽然也穿着蓝上衣黑裤子,但他看起来还是那副德行:别人可能一看到这膝盖骨特别突出的男生就觉得讨厌,他的上半身还给人虚弱的感觉,力气大概只够打赢八岁女孩儿。万一女孩儿

服用了利他能这种兴奋剂，那他就毫无胜算了。

肯尼斯很倒霉，再怎么拼命洗脸，脸上还是冒出了一大堆过了青春期才出现的痘子，所以他的脸颊、前额和下巴真像是布满了发亮粉红坑洞的月球表面。再加上平常那种宅男的样子，山姆很惊讶他居然能对人生如此积极乐观。

山姆知道，这一定该归功于肯尼斯慈爱的母亲，因为她会在肯尼斯的午餐袋里放满鼓励话语的纸条，而肯尼斯也会大声地念给所有人听，一点都不觉得尴尬。他妈妈真的很体贴，还不时准备一些点心给山姆。

山姆走到搭档旁边，看到肯尼斯还没把公司发的左轮手枪从腰上的枪套里卸下来，他不禁松了一口气。

"山姆，我没乱跑哦。"

"对呀，我们演练的时候就是这样。"

肯尼斯笑开了。"没错。"

"再接下来呢？"山姆鼓励他继续，他知道只要肯尼斯专心想一想大家教过他的东西，他就不会瘫软在地，蜷缩成胎儿的模样。

"确认有人入侵，封锁现场，然后报警。"

"很好。那么，你在哪里听到声音？"

肯尼斯指向珠宝店后方突然转弯、灯光昏暗的短廊。

"我带头，"山姆说，"你跟好，枪留在皮套里。懂吗？"

肯尼斯点点头，吞了一口口水。

山姆移向走廊的另一头，脚步轻巧敏捷，在转角处停留调整呼吸，然后才猛然伸出头，迅速瞧了瞧情况。下一个走廊虽空无

换命

一人，但是山姆听到了细碎、不属于购物中心的声音。

"有人进来了，"山姆低声说，"但是我们得确认是不是商店的老板。或许有人忘了通知我们，他们想用半夜的时间点货。"

肯尼斯把手伸到枪套上。

"不要拿枪，"山姆厉声说，"不管公司教了你什么，这里可不是射击场。不要拿枪，懂吗？"

"但是手册上说——"

"手册上说的都是屁话。我们拿的薪水少得可怜，根本不值得为了珠宝店里那些漫天喊价的垃圾冒生命的危险。如果闯进来的人有武器，我们就后退，让警察来处理。OK？"

肯尼斯点点头，脸上的表情说明了他仍不太确定。

山姆抓住他的肩膀。

"这次你一定要听我的。保安人员最主要的死因就是被自己的同伴误伤。那是因为我们的训练一点都不符合实际状况，我们根本不知道自己在干吗。公司给的薪水这么低，因为他们请我们就是要让我们在这里吃三明治喝咖啡，不让流浪汉偷偷跑进储藏室来嗑药跟大小便。你敢拔枪的话，现在就给我滚！"

肯尼斯叹了口气，表示同意。

"很好，你留在这里，我去看看到底怎么了。"

肯尼斯留在角落里，山姆则小心地移向走廊的另一头。珠宝店的后门看起来没被动过，他走过去，停在一扇拉门外面，里面的店铺是糖果工坊。门闩已经断了。

山姆把耳朵贴在门上，听到门后隐隐传来嘟囔声。他紧张得额头冒汗,抽出腰带上的警棍,把门拉开。

店内的大管子里满是散装的糖果,全是能让下巴脱臼的大颗粒糖球、硬糖、什锦甘草糖、哄小孩的软糖和一千零一种口味的里根糖,可惜在黑暗之中,色彩鲜明的管子失去了平日的光彩。天花板和墙壁上冒出咧嘴而笑的塑料小丑和可爱的小熊面具,让人感觉就像走进了鬼屋,感到毛骨悚然。

山姆小心地缓步走至收款机旁,略微检查,收款机没人动过。他停下脚步细听,右手紧紧抓住身旁的金属警棍。

放满了鲜艳彩色糖球的金属架后,传来了一阵搓揉塑料袋的窸窣声。

山姆潜行到架子的另一头,窸窣声变成了吸吮声。

咔咔嚓!

那声音一听就知道是有人扳起了手枪的扳机,山姆一动也不敢动。

然后糖果架爆炸了,一包包彩色糖球、一条条贝思水果糖和蜘蛛形状的软糖变成了甜滋滋的炮弹碎片,在山姆身旁飞舞。

山姆吓了一大跳,踉跄退了几步,踩到一团从管子里飞出来的大颗粒糖球,再也站立不稳。他撞翻了满是糖果的架子,此时,两名青少年飞身而起,穿过乱糟糟的战场,口袋和嘴巴都塞满了糖果。其中一人转身过来,咧嘴一笑,露出染成覆盆子颜色的牙齿,手里紧握着构造精密的枪支。

山姆从轮廓认出,那应该是改造过的海克勒科契 MP5 冲锋枪。枪托可以伸缩,枪管上还装了消音器,正是美国海军最钟爱的武

器,如果想一分钟射出八百发杀人子弹,请务必选择这个型号。山姆眼前这支枪更装了精密的雷射瞄准器,确保弹无虚发。

山姆看到瞄准器发出的红色激光束穿过店内的黑暗和糖果的残骸。然后那男孩找到了目标,扣下了扳机。

肚皮上中了两发子弹,山姆还没来得及喊出声来,脚就已经因为膝盖在撞击下用力一滑,一屁股坐到了地上。

山姆坐倒后气喘不已,胸膛中的心跳声如雷般响亮,他伸手检查肚皮上的伤口,摸到衬衫上冒出一股温热黏滑的液体,举手一瞧,手指上沾满了黄色的幻彩荧光漆。

妈的,他心里想,努力镇定自己的情绪,他妈的漆弹枪。

接下来念头一转,他几乎跳了起来:肯尼斯!

他慌忙爬起,冲出了糖果店,用尽力气大喊,警告他的伙伴闯进来的只是两个小孩。他的警告被轰隆隆的金属声音盖过,是人体撞上了外面出口的声音。

山姆上气不接下气地跑回肯尼斯身边,那小子僵立不动,举起双手摆出投降的姿势,从下颌到裤裆,他的制服上被亮黄色的漆弹打中了五次,脸上满是泪痕。

"山姆,我……我以为我完蛋了,"他的声音发抖,"我不知道该怎么办。"

山姆微微一笑,今晚当班的废物保安原来不止自己一个啊,他放了心,拍了拍那年轻人的肩膀。

"肯尼斯,你做得完全正确。你能保持镇定,更重要的是,你没拿枪打那两个小傻瓜。该死,真可以叫你英雄了。"

肯尼斯怯懦一笑，"你真这么觉得？"

"那还用说？如果你真的亮出枪来，我俩都会被炒鱿鱼，那两个小鬼的爸妈还会把我们告到死。再说我可没什么本钱让别人来告。"

肯尼斯沉思了一会儿，才开口说："我好像尿裤子了。"

山姆扑哧一声笑了出来，又一掌打在肯尼斯的肩膀上。"跟你说，我也尿裤子了。"

5

值班时间即将结束，山姆取出枪里的子弹，把手枪妥善地锁在盒子里，然后放进置物柜，再把沉重的枪套和皮带挂起来。

他脱掉厚底的工作鞋，换下制服穿上便服——洗得发白、穿起来非常舒服的 GWG 牛仔裤；至于没有图案的黑色 T 恤，他一向会在沃尔玛大卖场买个三件装的量贩包；另外脚上穿的是黑色的 Reebok 球鞋，身上再外加一件 Eddie Bauer 的防水保暖背心，抵御春末的寒风。

着装完成后，他把弄脏的制服装在塑料购物袋里，准备送到干洗店。

保安人员的置物间由清洁间改装而成，共有六名全职和两名兼职保安一起使用，离开置物间前，山姆缩起小腹，站在全身镜前审视自己。

镜中的那张脸依旧俊俏，绝对不像肥皂剧的演员那样娘娘腔：

他的脸有克里夫·欧文的味道，只不过脸比较圆，鼻子比较尖，眼睛像保罗·纽曼，而且浓密漆黑的小平头就算碰到飓风也能维持坚挺，不致变形。

他母亲曾告诉过他，他的头发和倔强到骨子里的个性，全都继承自他的曾祖母，也就是第一位进入怀特家族的黑人女性。混合的基因在他身上带来了奇迹，同年龄的人耳际都不免有丝丝白发，但山姆没有，不过他的胡子却变得黑白夹杂，所以他喜欢把胡子剃干净。

四十二岁还年轻得很，不该会有白发或白胡子。

大约十个月前，山姆举家从洛杉矶搬到波特兰，原本希望能在每星期播出的新电视影集中持续演出，结果这节目跟很多其他节目没有两样，试播之后就胎死腹中。节目没了，结婚十五年的妻子也给他下了最后通牒：找一份真正的工作，不然就从家里滚出去。

山姆马上同意在自己出生的家乡待了下来，不回五光十色的洛杉矶，这决定快得连他自己也吓了一大跳，但妻子很快就习惯了。虽然他没有实用技能，只能赚取微薄的薪资，她也从不抱怨，偶尔有诸如广告、配音或在波特兰拍摄低成本电影等工作机会时，她还会鼓励他去试镜。

他最近的演出是在三个星期前：三十秒的电视预告，为海狸队新一季的三A等级联盟比赛热身。拍摄花了两天，他的角色是一个脸上画了图案的球迷，神奇地变身成海狸队毛茸茸的吉祥物，有鉴于科幻片的演员居然能在每天上工时都戴上精巧制作的面具，这让他不由得对这些人萌生敬意。他自己可是花了快一星期的时间才把海狸的妆——像是耳朵、鼻孔跟其他缝隙里的橡胶、蜡和胶水——完全卸干净。

山姆对崭新的生活不尽满意，无法实现他的演员之梦总让他怅然若失。但他在波特兰并不像在洛杉矶时频频遭拒，因此他也不得不承认自己似乎离梦想更近了。

他吐出一口气，看着自己的肚子变圆，中年人的鲔鱼肚正在慢慢成形——该恢复上健身房的习惯了。他告诉自己，搞不好哪一天，好莱坞的经纪人终究会想到他。

门开了，肯尼斯走进狭窄的置物间，他已经换下制服。这年轻人腼腆到不敢在其他人面前换衣服，以至轮班结束时常常跑到其他地方的厕所去更衣。山姆从不拿这件事来质疑他，毕竟他也有属于自己的怪癖。

"你把这个忘在楼上了。"肯尼斯把山姆的红色保温瓶递过来。

"谢谢。一定是你跟我说有人闯入时我顺手放在凳子上了。"

肯尼斯打开置物柜，从挂钩上取下一件很难看的皮外套，上面印有橘色和黑色条纹。他从外套口袋里拿出一张DVD，上面印了自制的标签，正是山姆装扮的挤眉弄眼的吉祥物。他把DVD交给山姆。

山姆满心感激地接过，特别看了一下标签。

"很不错呢，你做的啊？"

肯尼斯满面笑容，"对呀，我用计算机做的。你知道啊，我很喜欢学新的东西。"

外面有人敲门,一个粗哑的声音大喊:"当夜班的磨蹭完了没有啊?我们要换衣服了。"

山姆把光盘和保温瓶丢到装制服的塑料袋里,然后打开门。两名白天轮值的保安人员站在走廊上,双手交叉放在胸前,把肥肉伪装成肌肉,自鸣得意的笑容让他们的丑脸上满是皱纹。

"大婶,我们要走了,你可别急着脱光啊。"

山姆往后瞥了一眼。他不想让肯尼斯单独跟白天值班的保安在一起。很多人当保安只是为了卖弄肌肉,又可以避开当警察的束缚。不管肯尼斯多么卖力融入购物中心的保安队伍,他一直都是队中大家最爱欺负的对象。

"你好了吗?"

肯尼斯一把抓起安全帽,跟着山姆走出去。

6

山姆的车是 1981 年的海军蓝 CJ5 吉普车。他走到购物中心的停车场,爬上贴了胶带的黑色塑料皮驾驶座,并且发动引擎。车子没有门,只有破旧的软顶,他庆幸自己穿了保暖背心。引擎声"噗噗"地响了起来,吉普车发出低沉的震颤声,冷空气毫不留情地打在他的腿上。

山姆把暖风扇关掉,从背心口袋里掏出一包快抽完的多米尼加小雪茄,又从同一个口袋里摸出青铜色的 Zippo 打火机,上面饰有 The Who 合唱团的蓝白红三色标靶图案。山姆先把外面深褐

色的叶子舔湿，好减缓燃烧的速度，然后把雪茄塞入嘴角，点着之后才开始吞云吐雾。

吸入那香甜辛辣的烟雾时，他又打开暖风扇，把它设定成低速。在坚固耐用的两人座吉普车里，开放式的空间里尽是微微的暖风。如果把这台车修复到最佳状态，山姆知道会有收藏家愿意出价好几千块来买，不过问题在于他得先花个几千块把车子修一修才行。

换挡时，肯尼斯骑着他那台黑橘配色的伟士牌摩托车从旁匆匆通过，他头上戴着一顶蜜蜂形状的安全帽，颜色也跟车子很配。

山姆"咯咯"笑了起来，把车子开出空无一人的停车场，走向回家的路。这份工作有个好处，也是唯一的好处，那就是让他体会到清晨六点的街道有多么静谧祥和。

7

札克·帕克凝视着乌伊拉密特河，手里紧紧抓着威士忌酒瓶，假使他抓的是人的脖子，那人老早就脸色发青了。

定制西服挂在他骨瘦如柴的身躯上，原本该是闪亮的深灰色，现在却留下了一条条灰烬的痕迹，而且到处都是烧破的小洞。裤子的膝盖沾染了草地的泥污，原本拥有完美折痕的布料也已拉扯变形。

接住札克身体的草坪修剪得非常整齐，平坦柔软，不见一粒

石子，但等到他从空中飞了过来、漂亮的黄色小屋转变成无数碎片后，这整个地方就变了个样。

如果时间回到一个星期前，札克看到自己现在的样子一定会觉得无地自容。他的衣着向来突显出自身的财富和地位，更展现出他的自信和讲究。在他住的地方，若要让金发雪肌或褐发棕肌的女性放心把自己的皮肤交给黑人医生去处理，形象管理非常重要，这可以让他增加竞争优势，只不过札克不太愿意承认。

废话少说，现在他的外表一点都不重要了，他倒是纳闷自己之前干吗那么在乎。

黎明将至，这几个小时又黑又静，河边的走道上空无一人，只有两名流浪汉经过。那两人步履蹒跚，想在伯恩赛德桥下湿漉漉的水泥裂缝和宽阔的铁梁间找个过夜的避难所。

他们看到酒瓶，脚步变得踉跄，札克却浑然不觉。其中一名流浪汉低声怒吼，另一名流浪汉听了只是摇了摇头。

札克坐在奔驰车的引擎盖上，强而有力的引擎已然冷却，他背靠挡风玻璃，流速缓慢的水流升起冰冷的水雾，他却不以为意。他在等待朝阳初升，用那蔑视的血红光芒填满东方的天际。一旦曙光出现，他就把几乎全空的酒瓶举到唇边，向太阳举杯致意。

札克不想给别人添麻烦，但他现在也不知道谁会帮他收拾烂摊子。他必须靠酒精扰乱根深蒂固的求生本能，才能走下河畔，把子弹打进脑袋里，任凭河水把他的尸体冲进大海。然而喝了这么多威士忌的效果却只麻痹了他的双腿，这让他更是五内俱焚。

他揉揉眼睛,再把瓶口对准嘴巴,喝干了最后一滴琥珀色的汁液。

札克高举手臂,丢出去的空瓶子在空中高高划出一道弧线,飞过下方的河堤,而他的身体却也摇晃不已,瓶子都还没掉到河里,就已经从他的视线中彻底消失。

他只觉头晕目眩,从引擎盖上滑了下来,背部着地,喃喃地咒骂自己太过笨拙。他挣扎着起身,但是使不出力气,怪就怪在那潮湿的草地居然让他感到既安逸又舒适。

他闭上眼睛,想打个小盹,就此陷入了甜美的黑色梦乡。

8

山姆再开过一个路口就到家了,却在此时碰到一辆横亘在路间的警车,挡住他的去路。车顶的红、蓝警示灯默默缓慢地轮流闪动,灯光十分刺眼。

车前只有一名穿着制服的警察,他一只手随意地插在佩枪的腰带里,另一只手僵硬地平举,挥手示意山姆停下车子。他的年纪应该还不到二十岁吧。

山姆把车停住,看到家附近的路口相当喧闹,除了群车聚集,灯光也亮了起来。

"警官大人,发生了什么事?"

山姆解开安全带,把身子探出吉普车外。

"对不起,这一带已经封锁了。"警察外表年轻,却有着一

口低沉的嗓音。"您最好绕道行驶。"

"我住在附近,"山姆说,"其实就在前面那个路口。"

他抓住挡风玻璃的边缘,从驾驶座上纵身一跃,站至门框上。站高了相对就看得远,邻居停在路边的车子再也挡不住他的视线。救护车、火焰和警车的灯光似乎就在他家前面,只不过路灯全都熄了,很难看得清楚。

"出事了吗?到底怎么了?"

"前方有意外事故。我无法放您通行。"

山姆觉得肚子发冷,有什么滑溜溜的东西跑了进去,而且还变得愈来愈大。"出了什么事故?"

"瓦斯爆炸,原因还在调查。"

"有人受伤吗?我家的地址是一百九十二号。"

山姆看了菜鸟警察的表情便了然于胸:他急吸一口气,畏怯涌上心头。

"就是我家吗?"他心中满是恐惧。

"汉纳!玛丽安!她们没事吧?"

"先生,请你在车子里面等着。我可以联络长官了解情况,没事的。"

"她——们——没——事——吧——"山姆大吼。

警察又是一惊,向后退了一步,手伸到了无线电上。

山姆一瞬间坐上驾驶座,一下把油门踩到底。那警察还没来得及反应,吉普车就疾速绕过静止的警车,"嘎吱"碾过警方临时架设的安全灯,"嗖"的一声冲向下一个路口。

山姆在一群警车前猛踩刹车停了下来,那里每个人似乎都站着不动。就在冲过路障后,时间似乎也随之静止。

　　山姆恐慌无比,跌跌撞撞地穿过警察和消防员,一条条伸出来阻挡去路的手臂全都被他甩开,他停不下来,只能一直往前走,直到他碰到那无法搬走的目标,也就是他的房子。

　　不过,那不是他的房子。

　　原本是房子的地方,留下了仍在冒烟的大洞,里面全是焦黑的木头、废弃的砖头和变形的钢架。他拥有的全都没了,冒着烟的大洞就像退伍军人节播出的特别节目——"伦敦大轰炸"。

　　山姆看看左边,又看看右边。邻居的房子还在,只是墙壁惨遭烧黑,外墙上大片的乙烯基壁板也被烈火熔化,露出下面廉价的保护夹板。浴室窗户上的防火玻璃砖出现了裂痕,也被烧得焦黑,不过房子都没遭到破坏。

　　这个洞,本来是他的家。

　　山姆张开嘴巴,但说不出话来,只是发出"嘶嘶"的呼吸声,那错乱的呼吸绕过了他的舌际,便如同雾气般消失在双唇间。他深吸一口气,感觉冷空气徐徐窜入脑内,脑子变得更不灵光;冷空气接着下滑入肺,紧揪着他的胸口,让他更难好好呼吸。

　　他又尿裤子了,一股暖流沿着双腿流下。但这次连温暖的感觉也马上消失得无影无踪,看来凛冽的空气又占了上风。

　　四周人声嘈杂,好多手伸过来拉住他,要把他从那个原本是他家的大洞边缘拉开,但谁也拉不动他。他的两只脚仿佛在地面扎了根。

他呆呆站着,直到眼角瞥见了闪烁的色彩才转过身子——救护车忽明忽暗的红、蓝色灯光牵引了他的身躯。

救护车的后门开着,里面放了两个拉上拉链的白色大尼龙袋子。一长一短,不过短的也短不了多少。山姆朝着袋子走去,他知道里面是什么,忍不住悲从中来。

"我的呢?"他的语调麻木。

随车人员瞠目以对,不知他所问为何。

"也该有个袋子来装我吧?"山姆提高了声调。

就在此刻,泡泡破了,时间、噪音和骚动蜂拥而至,填满了真空的状态。山姆感觉到上百双手拉扯的力量,而那些手也在尖叫,上千张尖锐的小嘴咬住了他的皮肤,发出乱七八糟的喧闹声,骤然混合成一阵莫名悲痛、足以划破耳膜的哭号。

山姆倒了下去,在崩溃的前一秒,他还暗自希望那个歇斯底里又吵死人的笨蛋可以闭上他的鸟嘴。

9

天旋地转的感觉消失了。

札克蜷缩着身子,脑海里仿佛有上千个电台同时开始广播。

"你还好吗?"

札克感觉到有人抓住他的肩膀摇了一下,那只手相当有力。他的眼皮才略微颤动,早晨的阳光便这么直截了当地刺入他的大脑里。他再度紧闭双眼,微微呻吟。

他不想醒来，他不想活着。重点是，他失去了很多东西，但他不愿承认。

"先生，你受伤了吗？"

"哟哎哟，老天哪，柯林，"这时响起一个女性的声音，那声音柔和悦耳，隐隐带着爱尔兰腔，"这家伙就是喝挂了好吗？别理他了，不然就把他带回局里。"

"玛丽，他穿的西装起码要三千块美金。这台奔驰车可能也是他的。"

札克抬起双手盖住眼睛，然后慢慢地睁开双眼。

"先生，发生了什么事？"

札克从指缝里张望，看到一名帅气的年轻人，他简直就是警察招募海报上的模特儿。这人应该就是柯林吧，身高一米九三，宽阔的肩膀加上棱角分明的下巴，一身褐色的肌肤就像中度烘焙的咖啡，颜色浓烈而醇和。

札克又转眼去看那个女人。玛丽警官面色苍白，脸孔线条明显，一头厚重如铁丝般的棕发足以让所有造型师都束手无策。

"你受伤了吗？"柯林警官又问了一次。

"比你看到的更惨。"札克喃喃自语。

他几乎连这几个字都说不出口了。他试图舔舔嘴唇，却觉得自己的舌头又粗又涩，而且还干得不得了。

警官从外套口袋里拿出装了水的塑料瓶，拧开瓶盖后递给他。

札克把那凉凉的水瓶在额头上滚了几下，才倾斜瓶身往嘴里倒进了一大口水。

他把水含在嘴里几秒后才吞了下去,让细细的水流冲过干枯的喉咙。

这感觉就像吞了一口硫酸。

札克想压住那突然涌上的东西,但是他做不到。他身子一晃倒向旁边,吐了一堆绿色的胆汁。

"真他妈够恶心!"玛丽警官摇摇头,转过脸去,"才刚上班就碰到吐得满地的醉鬼,倒霉死了。"

札克吐个不停,眼球都快被挤了出来,好不容易吐完了,他泪眼汪汪,鼻子也在滴水。他用力吸一口气,努力放松全身的肌肉,告诉自己没什么可以吐了。

等他觉得稳定下来,他又喝了一口水。这次他的胃缩回了防御的爪子,只"咯咯"响稍作抗议,就让水顺利下肚。

他从没喝过这么好喝的水,很快地就把整瓶水给喝完了。

"先生,到底发生了什么事?"柯林问。

"没事。"札克无法克制声音里的怒气,"别管我就对了。"

玛丽凑过来嗅了嗅,"你是喝酒还是泡在酒里洗澡啊?"

札克翻身仰面瞪着天空,他希望自己已经死了。有太多糟糕的事情要面对,他连踏出最简单的第一步都不成。他感觉到口袋里那把小枪的重量,现在举枪还不算晚。

"你这样还能开车吗?"柯林问。

札克耸耸肩,回答道:"不能。"他还没办法集中精神来说谎,因此反应仍然相当直接。

"有人攻击你吗?你的车子好像被火烧过,还有你的衣

服……"

札克又耸耸肩,他希望自己能变成另一个人。他想像电影《尘世天使》里的男主角詹姆斯·贾克奈那样不屈不挠、目空一切,不论是狱卒还是牧师,都要受到他的辱骂。他想坐起身子,坐得直直的,把眼前这个英俊的混蛋警官打昏。或许他的搭档还会过来帮忙。妈的,她的英勇行为可能会让她更快拿到垂涎已久的金质奖章,还可能让她脸上出现一抹开心的微笑呢。

"你笑个屁!"玛丽不耐烦地咆哮。

札克没发现自己在笑,他转头看着那女警官,她的眼睛呈现一种很特别的蓝绿色。

"你的眼睛很美。"这句话不由自主地从他大脑中从来无须质疑或疑虑的区块中流泻而出,"不过你最好别再眯眼睛了,皱纹太深的话很难去掉。"

玛丽涨红了脸,"王八蛋,谁问你的意见了?"

她的搭档笑出声来。"你知道吗,我觉得他说得很对。你的眼睛真的很美——"

玛丽冷冷瞪他一眼,那搭档把想说的话就这么硬生生地给吞了回去。

柯林双手叉腰,又转向札克,"请问尊姓大名?"

"札克·帕克。"

"这是你的车子?"

札克点点头。

"你要备案登记损失吗?"

札克摇摇头。

"你饿了吗?那个路口有一家很赞的松饼店。"

玛丽重重地叹了一口气。

柯林迟疑地伸出手来,等待札克抓住他的手。

10

山姆就站在大洞旁边,这原本是他的家。

大洞周围拉起了标示意外现场的黄色封锁线。微风刺探那临时的束缚,塑料条随风起伏,发出"沙沙"声响,其中有一区的塑料条跟柱子分离,而旁边就是汉纳原本种了很多香药草盆栽的地方。塑料条正在风中飘扬,就像一面拉长的旗子,还恰如其分地降下半旗。

一阵小雨过后,余烬都化为泥巴,晦暗的阳光经过云层过滤,让整个现场笼罩在柔和的光线里,而几小时前拿来当紧急照明的卤素灯感觉也更亮了些。

邻居在窗帘后探头探脑,只敢远远张望,不敢入侵他的空间。山姆很感激他们能够这么体贴。没人会希望同样的事情发生在自家人身上,也没人希望自己的房子就这么给炸掉,他明白得很。

等他离开,这些人就会议论纷纷。有些人会跑到大洞旁参观,哀悼逝去的生命,感谢宇宙的宽容。他们会说这是一场悲剧,然后逐渐淡忘。

山姆只要一想到这些事情,就觉得他离汉纳热爱的"正常"

团体更远了。在今天以前,他觉得只要有钱,就能跟出门都搭商务舱、不断更换闪亮租赁车的邻居并驾齐驱。

但现在他已失去家人、失去一切。

山姆落下泪来,咸咸的眼泪碰到眼边磨破了的肌肤,带来一股刺痛感。医院里那个被众人打得满头包的医生给了他一些蓝色小丸子,他吃下去后感到全身酥麻,但他也因此感到很不舒服,仿佛他的头被包在厚棉花里,外面还镶了一片片皱巴巴的铝箔纸。

医生给了他药丸后就叫他离开,他其实说了"回家去吧"四个字。医院里没有空床,有也只会留给垂死之人,当然,如果你有关系,或许就能弄到一张床位。

山姆费尽唇舌解释,他没有家了,如果要用一死来换休息的处所,他愿意死。

医生以为他在开玩笑,纵声大笑,这时一名警官过来拉住山姆的手臂,领他离开医院。

他坐进警车的后座,身子开始抖个不停、剧烈抽搐,同时牙齿"咯咯"作响,响到他担心牙齿都快断了。他又吞了两颗蓝色小药丸,那年轻的警官拿了一床厚厚的羊毛毯,让他裹在身上。

他仍然抖个没完,却要求警官送他回家。年轻人用悲伤的褐色大眼瞪着他看,最后还是心不甘情不愿地同意了。

山姆绕着大洞走了一圈,觉得自己都快变成石头了。年轻的警官清清嗓子。"怀特先生,我要送你到市中心去。我其实不该带你回来这里。"

"你叫什么名字?"山姆柔声问。

他并未回过头来,过路的人一定会以为他在对着大洞说话,而不是对着警车旁手足无措的年轻人说话。

"戴尔,呃,我叫戴尔·莱恩,莱恩警官。"

"戴尔,谢谢你。"

"不客气,不过我们真的得走了,探长有话要跟你说。"

山姆慢慢转过头,仿佛他的脑袋重到连肩膀都快扛不住了。他的视线移转到街上,有人把他弃置的吉普车从路中央移到路边停好。在休旅车和家庭房车旁边,他的吉普车看起来比平常更为残破、更为凄凉。

山姆这才明白,他只剩下这台车了,"我可以自己开车吗?"

"抱歉,不行,"莱恩警官立即回答,"带你过去是我的责任。"

山姆"哼"了一声,"你得确定我不会做傻事,比方说开着这辆烂吉普车,加速到时速两百公里然后撞进这个洞里,对吧?"

"哦,或许吧,怀特先生。"

山姆瞪着这警官,一股愤怒油然而生。

"他妈的!我有多老啊?连二十几岁的小毛孩都对我先生长、先生短,还小心翼翼地看着我,好像我会在他漂亮的椅子上拉屎一样!"

莱恩警官连气都不敢吭一声。

"我才四十二岁,"此时山姆怒不可遏,但他的脾气来得快去得也快,一会儿他就气消了,"我才不会在你的椅子上大小便。"

"那很好啊。"莱恩语带试探。

山姆退后,离开那个大洞,朝着警车走去。

"告诉他们,我们马上就到。"

11

札克拨弄着盘里的马铃薯饼,用叉子从边缘撕下一小块,在盘里推来推去。

"你不吃吗?"男警官的嘴里塞满松饼,"看起来很好吃呢,我觉得我应该点马铃薯的。"

札克放下叉子,盘里的食物原封不动。他正要开口,口袋里的手机就"嘟嘟"作响。

两名警官互相使了个眼色,札克颤抖着把手伸入口袋,手指滑过那支小枪,接着握住了手机的塑料外壳。他翻开上盖,把电话凑到耳边。

"交了新朋友?"那咔嚓的声音问。

"那又怎样?"札克的声音不带一丝情绪,双眼自动扫过整间餐厅,细看其他顾客的面孔,想要找出不属于这里的人。

"你不想跟他们聊天。"那声音说。

"为什么不想?"

札克看遍整家餐厅,没看到特别显眼的人。有四个人在打电话:两个是女人,分别坐一张桌子的两端,一边跟电话那头的人讲话,还不时相对微笑;一个是瘦巴巴的快递员,长长的毛腿塞在贴身的自行车短裤里;最后一个则是头发灰白的推销员,穿着过时的格子外套,频频用纸巾擦拭额头。

柯林往前靠，越过桌子去碰札克的手臂。"没事吧？"

札克点点头，却在椅子上转过身子，不让那两个警察看到他的表情。

"你不要以为你真能放手一搏。"咔嚓的声音说。

札克差点笑了出来。"我什么都没有了。"

电话那头沉默了一会儿，另一个声音出现了。

"札克，是你吗？卡丽不见了。他不告诉我卡丽在哪里。"

"洁丝敏！"札克跳了起来，离开桌子。"我以为你——"他的声音哽在喉头，身子开始发抖，抖到自己都快站立不住。

走到洗手间外的角落，走出两名警官的视线范围，他便跪倒在肮脏的地板上，扶住砌着水泥块的墙壁好撑住自己的身子。

"札克，快去找她，"洁丝敏苦苦哀求，"他要你做什么，你就顺他的意吧。"

"会，我会……他说什么我都会听。"

"真感人哪。"那电子声说。

札克闭上眼睛，想把洁丝敏的声音留在脑海里。她听起来好害怕，但他知道她不是为了自己，而是满心想着卡丽，他们十四岁的女儿。卡丽喜欢画马，晚上睡觉时还会偷偷把大拇指塞到嘴里吸吮。

他原本以为自己的掌上明珠已和挚爱的妻子在他眼前炸得粉身碎骨。

"别伤害她，"札克说，"求求你。"

"我要什么，我已经告诉你了。"

札克忍住哭泣,"我快凑齐了,我变卖了所有的东西——"

"差一毛都不行,懂吗?"

"我懂,但是——"

"不要哭了,算我好心,给你一个机会。你要我帮忙吗?"

"好,"札克忙立刻同意,"什么都好。"

"听好了,我要你……"

12

戴尔·莱恩警官陪着山姆走进波特兰司法中心以玻璃和不锈钢装饰而成的大厅。这栋大楼位于市中心,里面除了有波特兰警政署、四间法庭,并拥有设有六百七十六张床位,戒备最为森严的蒙诺玛郡看守所。罪犯进入这里,不论是登记入册、接受审判、送往监禁,只要搭电梯上下,都不需要离开大楼。

莱恩在接待处签名让山姆进去,交付责任后,他很明显地松了一口气。

"怀特先生,祝你好运,我很遗憾你家发生这种事。"

山姆缓缓地点点头。蓝色小丸子的药效开始消退,他感到既有挫败感又很疲累。若要张口说话,他甚至不确定自己能否发出声音。

莱恩走了,一名苗条的中年拉丁妇女从塑料桌后站起身子。

"怀特先生,请跟我来,有人在楼上等你。"

女人两颊肌肉快速收缩,脸上闪过一抹微笑,略略释放出善

意之后，她随即收起笑脸，接着打开接待处旁边的安全门，让山姆进去。

山姆不由自主地挪动双脚，跟着女人走到一排电梯前方。

女人进了一部电梯，按住十三楼的按钮，等着山姆进来。然而，在门关上之前，她又给了山姆一次皮笑肉不笑的笑容，然后吭也没吭一声就走出了电梯。在这个闪亮的金属箱子里，除了两台闪着红灯的监控摄影机外，只有山姆独自一人。

门再度打开，这次门前出现了另一个女人，她搽着亮橘色的唇膏，顶着丰满的胸脯和一头过度漂染而又蓬乱不已的假金发。她坐在另一张象牙色的桌子后面，用手示意山姆走过去。

山姆不喜欢这个女人的表情，也不喜欢这层楼刻板的装潢。他决定闭上双眼，留在原地不动。

手肘被人一拉，他吓得睁开了眼睛。金发女已经走到他的旁边，她近看之下比远看更加吓人。

"怀特先生，有人正在等你。"

金发女把他拖出电梯，护送他穿过办公桌排成的迷宫，走到另一头的小办公室。房间里有两张木椅，一张桌子——常在咖啡厅看到的那种——还有一张人造皮沙发。

"随便坐，"金发女说，"探长马上过来。"

背后的门关上后，山姆穿过房间走到可以俯瞰波特兰的落地窗前。他看到自己映在有色玻璃上的倒影，霎时倒退了几步，因为玻璃上那张怒目回视的倦脸居然在过去几小时内苍老了十几岁。

山姆转身看看沙发。老旧的沙发看似柔软诱人，教人无从抗拒。他一屁股坐上靠垫，把头放在扶手上。躺在这上面的感觉并没有想象中来得舒服，不过他的双眼已经快要合上。

过了一会儿门打开了，外面的嘈杂声倏地传进来，于是山姆顿时从沙发上跳了起来。

两名探长走进来，两人的打扮都很整洁，但只有其中一人较为有型。

先走进来的那个男人几乎像个娘们。金棕色的头发梳得一丝不苟，正好搭配他光滑的长脸蛋和修剪成符合剃刀形状的短鬓角。他不但修过指甲、用软布擦过，连手腕处的衬衫袖口都用昂贵的金袖扣固定起来。

"怀特先生，谢谢你大驾光临，"他开口说话，"我是霍根探长，这位是普雷斯顿探长。"

普雷斯顿穿着廉价的人造纤维西装，前额有道深深的皱痕，仿佛才刚刚取下帽子，看起来跟他的搭档相去甚远。他的身形比霍根宽，圆滚的肚皮紧紧地扎在超大的牛仔风格皮带扣里，而脚上穿着一双陈旧的鳄鱼皮牛仔靴，让他看起来更为高大。

山姆点点头，算是打了招呼。

"听说你的工作是武装保安人员，那你应该知道我们这儿怎么办事吧。"霍根说。他的口气很友善，似乎把别人当成兄弟，要大家放松警惕。

山姆开口了，他从干枯的喉咙发出微弱的声音。

"没人能够确认汉纳和玛丽安已经死了，"他说，"我只看

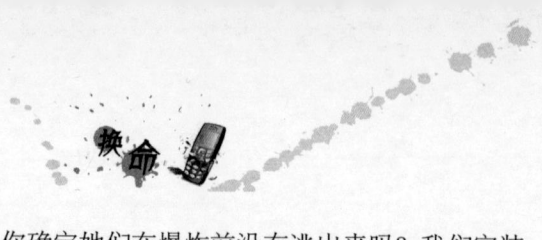

到两个白色袋子。你确定她们在爆炸前没有逃出来吗？我们家装了烟雾侦测器，我总会检查电池还有没有电。或许她们待在饭店里，或许——"

"我很抱歉，但是我得告诉你——"霍根说。

"怀特先生，那两具尸体的残骸是在灰烬中找到的。"普雷斯顿插嘴道，他声音粗哑，带着得州人慢条斯理、拉长音调的口音，"验尸官正在验尸。"

13

首席法医蓝迪·豪格给人的感觉比较像抒情摇滚吟唱诗人，而不像郡内的验尸官，他自己也很喜欢这种形象。

戴上流氓风格的发网，豪格利落地套上一双手套，走到两张一模一样的不锈钢解剖台旁。两具完全焦黑的尸体已经从袋里取出，等待他进行验尸。

豪格细细看过尸体，腹部深处隐约传来一种敲击感。虽然过了这么多年，一旦碰到某些案例，他还是很难把自己抽离，像这种被火焚烧致死的人尤其令他难受。

助理用掌上型数字摄影机拍摄残骸的模样，豪格开始进行粗略的检查。

看着她们焦黑扭曲的外型，豪格大概猜得到切开后将会是什么样子。确定性别很容易，看看髋骨就知道。他可以从体型看出，被害人在成年后曾生过小孩，但他也知道，他得仔细检

查残骸，再用牙科病历的比较、DNA 和 X 光来决定被害人的确切身份。所有的工作都要花上一段时间，负责调查的警官因而烦躁难耐。

保持积极的想法，豪格提醒自己。他做了几次深呼吸，用鼻子吸气，再像眼镜蛇一样发出"嘶嘶"声把气从嘴巴吐出来，接着走回解剖台。

两名被害人僵硬的身体摆出打拳击的姿势，拳头和手臂往下巴的方向举起。烈火带来的强效脱水常会让死者的皮肤和肌肉紧缩，而让察看内脏（这些在火海中还没有被完全烧干或液化）的工作变得更加困难。

并非不可能，豪格对自己说，只是很困难。

"豪格医生！"

豪格转过身，看着正在拍摄影片的助理，"莎莉，怎么了？"

莎莉很兴奋，"她手里有东西，应该是洋娃娃，还是——不对，是一只熊，一只玩具熊。"

豪格迅速绕过解剖台走到莎莉旁边，她正在调整摄影机的焦距，想把那个小东西拍得更清楚。

年轻被害人烧黑的手和她手里那只被烤焦的东西几乎融成一体，用肉眼很难分辨。豪格从令人望而生畏的工具架上取下放大镜，靠近尸体的手进行检查。

"你说得没错，"他说，"是玩具熊。里面的填充物一定是用的防火材料。"

豪格用解剖刀和镊子轻轻地从女孩僵硬的手里切下玩具熊的

上半部。在玩具熊的保护下出现了一小块完好无缺的皮肤。

玩具熊隐含着某个秘密,而揭开这个秘密时,豪格倒抽了一口气。

14

听到肯定的答案后,山姆仿佛被人搧了一巴掌,顿时感到天旋地转。霍根探长面带怒容,瞪了他的搭档一眼。

"对不起,我的搭档讲话不经大脑。"霍根选了一张椅子坐下,"他去处理犯罪现场还可以,但待人接物可就差得远了。"

普雷斯顿探长哼了一声,背对着房间里的人看起窗外的景色,似乎对这次的面谈缺乏兴趣。

"她们没有受苦吧?"山姆话一出口就后悔了,因为他知道自己承受得住的答案只有一个。

"她们可笑不出来。"普雷斯顿嘟囔着。

"她们应该没受什么苦,"霍根插嘴,"房子一下就炸掉了。"

山姆身子一颤。

"房子为什么会爆炸?"

"这你才知道吧。"普雷斯顿说。

"消防局长怀疑是暖气炉,"霍根说,"瓦斯漏气——"

"瓦斯可不会天天漏气,漏到连房子都炸掉了。"普雷斯顿打断了霍根的话。

山姆骤然转身,和普雷斯顿怒目相视,心燃怒火:"你想说

什么?"

普雷斯顿也转过身来,两条手臂在厚实的胸前紧紧交叉。

"怀特先生,我可不是初出茅庐的小鬼头。"普雷斯顿拉长的声调听来很有礼貌,同时又带着一种睥睨他人的优越感,"新式的暖气炉都已经装了自动关闭阀,但结果还能引发这样的大爆炸,这真是可疑得不得了呢。"

山姆原本灰暗的脸色变得更加苍白。

"你不明白我的为人,"他的声音虚弱,"你以为我居然想……"他再也说不下去。

"我们看过你的银行资料,"普雷斯顿继续说,"你的经济状况不佳。你欠下卡债,借了一大笔贷款,连买家具的钱都要等到你一脚踏进棺材才还得了。你还要我继续念吗?"

山姆咬牙切齿,"我绝不会伤害我的家人。"

"或许你是无心的,"霍根插话道,"或许你只想盗领房屋保险,结果有个环节没安排好……"他的推论只起了个头,就像放了活饵,等鱼上钩。

山姆闭上眼睛,再次极力克制自己的情绪。"房子的产权属于银行,我怎么领得到保险金呢?"

"说得好。"霍根同意道,试图假装相安无事。

山姆转向普雷斯顿,"你看过我的财务记录,也知道我跟我老婆都没买寿险。你觉得我还有他妈的什么其他动机?"

普雷斯顿嗤之以鼻,"男人杀老婆嘛都是为了钱。"

"那小孩呢?"山姆的声音冷若冰霜。

换命

"我们还在调查。"

山姆用双手揉揉脸孔。他满手沙砾,摩擦的感觉拉扯着皮肤,带来了微微的刺痛。刺痛的感觉很是奇怪,但反而让他觉得十分舒服。

"如果是我干的,"他的声音很轻,"如果我杀了人,或不小心杀了人,你们连审判都不用安排。我会马上自我了断,眉头连皱也不皱。"

"这可是你说的,我们会帮你记住。"普雷斯顿说。

霍根先不爽地瞪了他的搭档一眼,才回过头来安抚山姆。

"我们知道案发当时你在工作,"他说,"我们只想弄清楚事情是怎么发生的,还有为何发生。"

山姆用拇指的指甲抠起桌角,静默不语。

"你认识的人当中,有没有人开着一辆很大的奔驰车?"霍根问。

山姆抬起头来,眯起眼睛,"没有,你为什么这么问?"

"房子爆炸的时候,你的邻居看到你家对面停了一辆四门轿车。他觉得那看起来是一辆钢板车身的奔驰车,不过爆炸之后灯全熄了,根本就看不清楚。有一个穿深色西装的男人趁警察还没有到达现场之前就把车开走了,目击证人说那个男人很有可能被炸伤。我们当然也会想办法找到这个人来问话。"

"你们去医院查过了吗?"山姆问。

普雷斯顿在他身后又"哼"了一声。

霍根点点头,"还没查到。"

山姆咬了咬脸颊内侧的肉，心中反复思索他所听到的事，想要找出合理的解释。

"你还有什么瞒着我们？"普雷斯顿问。

"比如什么？"

普雷斯顿向前走，逼近山姆，"或许这个人在等你回去，想要跟你讨债。赌博、吸毒……你知道的啊，你们混好莱坞的嘛都很爱这些。"

如果山姆不心存自杀的念头，他或许会扑哧一笑。"我赚的钱一向很少，根本不够我挥霍。探长，你都看过我的传记了，你应该知道吧。"

"我看过了，"普雷斯顿说，"我还去Google搜过你的名字。"

"我猜应该找不到什么。"

"我是找到了一些，就是你以前在《夏威夷之虎》里扮演的一个讨厌鬼。"

"那是很久以前的事了。"

"你一定耿耿于怀吧。"

山姆耸耸肩，"日子总要过下去的。"

"你老婆逼你放弃，对不对？"普雷斯顿继续追问。

"她也牺牲了不少。"

"噢，"普雷斯顿咧嘴而笑，露出白森森的牙齿。"拜托，同样是男人，你可以说真心话没关系，她怎么可能牺牲不少。老婆一吼，咱们就得乖乖站好，不然就会被她轰出去。不是吗？"

山姆没答腔，愤怒指数逐渐上升，两颊开始发烫。

"她要你放弃梦想——灯光、动作、作品——你他妈的恨死她了。生了小孩,什么都变了对吧?你要负起男人的责任,再也不能玩扮家家啦。"

"妈的!你去死!"山姆一拳打在桌面上,"你根本不认识我,也不认识汉纳和玛丽安……"他的嗓子哑了,"你根本……搞不清楚状况。"

山姆把头埋进手肘,开始啜泣。

霍根探长面无表情,扫了搭档一眼。普雷斯顿耸耸肩,慢慢退回窗户边,把视线转移到地面上五颜六色的火柴盒小汽车内,犹如蝼蚁般匆匆来去的人群。

几点雨滴打在玻璃上,仿佛在向房内那崩溃痛哭的男人表示同情。

15

山姆站在司法中心外面的人行道上,不知何去何从。探长原本要载他一程,不过山姆拒绝了他的好意。他们叮咛他不要离开波特兰,但他还能待在哪里呢?这两人并没提供他进一步的建议。

他无家可归,身无分文,心情也跌至谷底,那两人似乎连想都没想到这点。

他漫无目标,在司法中心周围来回徘徊、饱吸新鲜空气,同时想要撇开内心深处不断撕裂他的渴望,他真想就这么踩进一个黑洞，从此落入那无穷无尽的深渊。他抬头一看，注意到司法中心的墙上刻了许多关于公正的名言。他边走边读，希望读了会让自己好过一点。

最后，他停在西南角马丁·路德的名言下方，马丁·路德一定能够了解无法承受的丧亲之痛。

任何一个不公正，都会威胁其他的正义公正。

这句铿锵有力的话语，曾经安抚过数百万的人们，让他们团结一心，但今天山姆完全不在乎所谓的公正。公正又怎样呢？他连家人都没了。

"嘿，先生！怀特先生！我有东西给你。"

山姆转过身去，眨眨眼想看清楚声音打哪儿来，才发现自己还在司法中心的外面。他吃了一惊，但也不知道自己应该身在何处。

骑单车的快递员头上戴着一顶又重又大的安全帽，脸上配戴一副桃红镜片的运动型墨镜，此时的他正把手里的棕色信封塞给山姆。

"你一定搞错了，"山姆说，"我不是你要找的怀特先生。"

"你叫山姆·怀特吧？"

"对，但是——"

"老兄，就是给你的。"

山姆接过了信封。

"但怎么可能？"

快递员头也不回，脚下愈蹬愈快，扬长而去。他转过街角后，一阵喇叭声传来，接着是尖锐的刹车声，不过没人受伤，交通依

然顺畅。

山姆捏捏信封,觉得里面藏了一件小小的硬物,大小和形状仿佛一块肥皂。

他环顾四周,研究起陌生人路过的脸庞以及街道上的车子。他看到街头有台银色的奔驰车闯过黄灯,后面车窗还贴了深色的隔热纸。

山姆手中的信封响了起来。

他迟疑片刻才撕开信封,取出一部小小的翻盖手机,里头没有纸条。

响到第五声,山姆接起电话。

"喂?"

"怀特先生,你听好,不要说话,"那端传来的声音经过数字仪器的干扰,听起来比一般人的声音更加低沉,速度也更为缓慢,"你家人还活着。"

"你说什么?"山姆提高声调。

"死掉的女人和小孩,"那声音继续说道,速度很慢,显然字字都经过深思熟虑,"不是你的老婆和女儿。"

山姆仿佛真的被人揍了一拳,倒退几步,并倚在司法中心铺了花岗岩的水泥墙上,即便这栋大楼打了六层的地基,稳若泰山,却也似乎扶不住他的身子。

"你到底在说什么?"

"今天早上在火场发现的两具尸体不是你的老婆和小孩,汉纳和玛丽安还活着。"

山姆搓搓脸，他低声说："你是谁？你在玩什么变态的游戏吗？"

"怀特先生，这不是游戏，"苍白的声音沉着稳重，"如果你不希望汉纳跟玛丽安真的死掉，你就要照我的话去做。"

"你他妈的混蛋！"

"这三天之中，你就是我的奴隶。如果我要你做的事情你都能办好，你就能再看到你的老婆跟女儿。但如果你让我失望，我就会把她们干掉。"

"为什么？到底为什么？"山姆嘶声呐喊，即将陷入歇斯底里的状态。

"等警方发现那两具尸体不是那两个人，就会开始寻找答案。既然你也答不出个所以然，你最好避开他们。你也可以选择。如果你决定要跟警方合作，我打电话来你也不接，那么你的家人就得死。"

"我可以跟她们讲话吗？拜托你，可以吗？"

对方不理会他的哀求。

"我会给你好几个任务，测试你对家人到底有多忠诚，而且难度还会不断提高。到了最后阶段，你得要给我一百万美元的现金。"

"不可能的，我不可能凑到那么多钱。"

"第一项任务只是一个简单的选择，"那声音继续说，"你可以上楼去找警察，或者避开他们的监视。我建议你选择后者，但是不管我给你怎样的任务，选择权都取决于你。"

山姆深深地吸了一口气，"等等，如果那两具尸体不是我的家人，那她们是谁？"

16

霍根探长走到狭窄的员工午餐间,从咖啡壶里倒了两杯泛着油光的黑咖啡。午餐间跟办公室大多数的公共空间一样,有一面墙装上了告示板,贴了慈善奖券、车库拍卖、房屋出租的信息,还有一张庞克乐团的海报,上面是来自波特兰的"烂男"乐团,某名探长还曾趁着公务之余在那儿担任鼓手。

霍根在一杯咖啡里加了奶精,然后把杯子拿到他跟搭档分坐两侧的办公桌上。

普雷斯顿探长歪斜身子,似乎快从椅子上跌了下来,他还把牛仔靴高约一寸的鞋跟摆在桌下突出来摇摇欲坠的键盘托架上。他从搭档的手里接过那杯黑咖啡,喝了一大口,啧啧有声。

"恶心死了,"他整张脸皱在一块儿,"我一直都搞不懂咖啡怎么有办法变成伟大美国人的国民饮料。"

霍根耸耸肩,小啜一口后脸部也跟着略微抽动,"你觉得怀特这人怎么样?"

普雷斯顿坐在椅子上,又把身体靠向椅背,"我不想承认,但我觉得他很好啦。我逼他逼得这么紧,但他向我发脾气都是出自正当的理由,感觉起来他真的很伤心。但我还是觉得有点怪,不知道他能得到什么好处。"

"我同意,这应该跟金钱无关,因为他一毛保险费也拿不到。实际上,他变得更穷了。不过,我很喜欢那个潦倒演员的说法。或许他想去掉所有的包袱，就能无忧无虑地回到好莱坞去了。"

"对呀，这值得继续调查。我们应该去找他的邻居谈一谈，看看他们的婚姻是不是出了问题。"

"已婚的人一定都有婚姻问题的。"

"你说对了。"普雷斯顿再喝了一口咖啡，整张脸又皱在一块儿。"如果我老婆敢对你大吼大叫，你一定很纳闷我怎么还没把她给干掉。"

霍根大笑，此时桌上的电话响起，打断了他的笑声。他接起电话时还在"咯咯"发笑，"我是霍根。"

"啊，霍根探长，"对方语带兴奋，"我是法医蓝迪·豪格，我发现了一件很不寻常的事，要跟你们报告。"

霍根用手捂住话筒，"是验尸官。"

普雷斯顿把脚放到地上，拿起自己的电话，接到同一条线路。"蓝迪，什么事？"霍根问。

"你们知道的，我还有很多测试要做，但我发现其中一具尸体有异常现象——"

"你可以换个我们听得懂的说法吗？"普雷斯顿插嘴。

豪格换句话说："你们确定两名被害人都是白人吗？"

"白人？"霍根很迷惑，"对呀，她们都是白人。"

"嗯，我的笔记上也写着她们都是白人。"

"然后呢？"普雷斯顿不耐烦了。

"好，那个小孩似乎不是白人。我们找到一片没烧掉的皮肤，

能确定她是非裔美国人。我当然还需要对照骨骼和牙科病历等，做出更多测试，不过经过粗略检查后，我敢说这具尸体并不符合被害人的身份。"

17

她们没死！

山姆放下手机，觉得头昏眼花。手机轻薄的塑料壳突然变重，重到拿也拿不动，仿佛里面精密的仪器突然换成了沉重的铅块。

他左顾右盼。周围匆匆忙忙的行人都没注意到他的脸上，覆盖着一丝痛苦的神情。行人们身影朦胧，竖起衣领、撑着雨伞抵挡飘落的雨滴，有人趁着开会的空当偷溜出来抽根烟，有人则在街角闪亮的铬制餐车上购买咖啡和热狗。

山姆在他们眼中仿佛幽灵，飘忽不定。

她们没死！

当他听到这个消息，一阵眩晕席卷全身，让他感到两腿无力，胃里不住翻搅。他靠在司法中心的墙上，把脸贴在线条分明、感觉起来湿湿冷冷的灰色砖块上，紧接着他膝盖一软，就这么贴着墙边滑了下去。

粗糙的水泥刮在脸上，他想站直身子，但两腿毫无力气，双脚也一直向外滑动，直到他"啪"的一声倒在地面，张开四肢瘫在人行道上。

一对老年夫妇撑着容得下两人的大伞走过山姆趴着不动的身

躯。老先生面露不悦之色，老太太则是咂了咂嘴，深表厌恶。

山姆的喉间发出呜咽之声，他深深呼吸，不断颤抖，胸口也跟着扩张和收缩。没人过来帮他的忙，过了几分钟后，他只感到精疲力竭，全身空空荡荡。

她们没死！

山姆用衣袖擦了擦鼻子，撑起身子，跪在地上。有人面露好奇之色，却马上移开目光。或许是惧怕，或许是冷漠，大家都闪得远远的，没人过来伸出援手。

大腿不再发抖后，山姆用双手扶着墙慢慢爬起。他的腿还在打战，血淋淋的脸颊刺痛无比，但他知道该是化悲愤为力量的时候了。

他离开了那道墙，开始行走。他毫无计划，也毫无目标，但他得活下去。

札克看着山姆蹒跚地远离司法中心，他的动作看起来摇摇晃晃，札克不知他是烂醉如泥，还是心神不定。

不管理由为何，他都能够体谅，因为直到现在他都还没戒掉酒瘾，而且如果上一瓶酒还没喝完，他现在铁定也会啃起酒瓶。

札克在山姆转过街角时发动了奔驰车，跟在山姆后面。他不知道那两个被他丢在餐厅里的条子是不是正在找他，也许他们觉得不必再管他了。家人的命运正悬于一线，要是他被逮捕就惨了，不过他也不能丢下车子，因为现在他所有的家当全在车里。

札克拿起手机，按下预先设好的快速拨号键，报告他的状况。

18

山姆上了市内公交车，问司机如何才能坐到他家。司机告诉他可以搭出租车，或者搭这班公交车到终点站，然后换另外一条线。

山姆丢了几个铜板到车票盒里，并坐到门边为老人和残障人士保留的博爱座上。

今天，他觉得自己又老又残。

公交车离开了市中心，往东边驶去，周围的房子愈加朴素，行人的脸上也笼罩着愈加浓烈的挫败感。下个路口有家汽车旅馆，淡蓝色的霓虹灯在空中闪烁，山姆盯着招牌，心中感到一股深沉的疲惫。

山姆拉了拉头上的下车铃，通知司机他要下车。

"老兄，还没到终点站呢。"公交车司机说。

"到这里就行了。"

山姆站起身来，转过身去面对车门。公交车"吱"的一声停了下来，他走下公交车，转头看看身后，然后往汽车旅馆走去。

他在司法中心外面就已经看到那台奔驰车，现在它就停在半条街以外。

"蓝调人汽车旅馆"的接待员凡是接待白天进来的顾客都相当开心，但等到山姆进了旅馆，告诉他自己既没行李也没车子，对方就变了个样。

"偶（我）不要麻烦，"那男人带着浓浓的口音，"不准吸

毒、不准带枪、不准嫖娼，更绝对不准在这里拍 A 片。"

"我很累。"山姆拿出他的信用卡，"帮我准备一张干净的床，还有热水能让我洗澡就够了。"

"偶（我）们粉（很）干净滴（的），"接待员说，"偶（我）的汽车旅馆粉（很）不错。偶（我）们不欢迎人渣或 A 片明星来这里拍小电影。"

"那就好了。"

接待员把眼睛眯成一直线，然后刷过山姆的信用卡，连接到电话上的电子卡片阅读机。

"四号房，粉（很）赞的房间。干净、清新，马桶偶（我）已经亲手刷过了。"

"谢谢你告诉我。"山姆张开嘴巴打了个哈欠，"房间有后门吗？"

"迷（没）有，"接待员说，又眯起眼睛，"谁来，谁企（去），偶（我）都看得一清二此（楚）。"

山姆想要摆出一个友善、肯定的微笑，却又打了个哈欠。

接待员把钥匙递给他，"要耳塞吗？子（只）要都（多）四块美金。"

山姆挥了挥手表示不需要，走向房间，而房间就是从同一楼层围起玻璃的柜台走过去的第四个门。他把钥匙插进门锁，又转头往街上看去。

奔驰车往前移动了两个车身，停在一棵营养不良的树下。这棵树每天受到汽车废气的荼毒，晚上还有喝多啤酒的人在这里小

解，居然还能存活下来。稀疏的树叶形成了暗黑的天篷，山姆因而看不到车里的情况。

他背对那台车子和不知名的车主，走进自己的房间。

19

玛丽安醒来时，四周一片黑暗，腐败的酸臭扑鼻而来。

她揉揉眼睛，虹膜上出现了白色和蓝色的小火花，当她眨眼之后火花便随即消失，无法穿透的黑暗又重回眼前。她把手举到脸前面，眨眨眼睛调整焦距，但还是伸手不见五指。

恐惧令她心跳加速，恐慌犹如冰冷的短剑刺穿她的脑袋。

她怕黑。

她最后的记忆是自己缩成一团，在床上书写日记。要去上生物课的时候，她在走廊上碰到保罗，保罗曾经对她微笑，她知道那不是一般的微笑，而是个特别预留给自己的微笑。她想得心里甜甜的，正好让自己入眠。

一阵尖锐的"吱吱"声吓得她跳了起来。

那声音消失之后，紧接着传来的便是细碎的脚步声。玛丽安在胸前抱起双膝。不管这是哪里，里头的空气又湿又冷，地板感觉很硬，但若用指甲去抠，地板又会碎成一片片，连墙也一样既冰冷又脆弱，感觉起来活像座坟墓。

另一阵"吱吱"声让她拉长耳朵，想要分辨出声音的方向。下一次"吱吱"声更为响亮，接着便突然传来一阵尖锐的叫声，听来痛苦万分。

玛丽安蜷缩在角落里，靠着夯实的土墙，哼起了"酷玩乐团"的歌曲，想要盖过噪音。

周围恢复宁静之后，她深深吸气，憋气憋了几秒才吐了出来。但之后她听到了脚步声，其中有十几只小脚在走动，锐利的爪子"哒哒"地踩在结实的地面上。

她不停颤抖，下唇颤动，然后又开始哼歌，决心要保持冷静，搞明白到底发生何事。哼着哼着似乎真起了作用，直到一只老鼠从她脚上跑了过去，玛丽安才放声尖叫。

20

接待员说得没错。房间很干净，床铺看来也很软。山姆用尽了所有的意志力才没让自己躺到床上逃避世界——心里虽想十分钟也好，但他知道这么一躺下去，自己就会睡上好几个小时。

山姆脱掉衣服，进了淋浴间用大量的热水冲打背部和肩膀，放松自己紧绷的肌肉。

他把上臂靠在贴上瓷砖的墙壁，凑上头去，闭起眼睛，等着舒服的热水流到背部、臀部和疼痛的大腿上。淋浴间里蒸汽氤氲，他能感受到大量的尘土和油腻的烟雾残余物正从毛孔中渗出来。

等他睁开眼睛，他已经冷得直打哆嗦——此时蒸汽已经消失，打在身上的全是冰冻的冷水。

居然睡着了，山姆这么咒骂自己，并抓起玩具大小的肥皂，

撕掉单薄的包装,在冷得发抖的身上从头到脚涂满肥皂。等到他终于洗完走出浴室,他的嘴唇早已冻得发紫。

他迅速穿好沾满烟味的脏衣,然后又走回浴室。洗脸台上雾面玻璃的大窗户镶有老旧的木框,窗户无须上锁,多年来一层又一层的油漆就已把窗子给封得死死的。

山姆从前方的口袋取出装在红色套子里的瑞士刀,打开两把刀片中较小的那一把,并切开接缝内的油漆。他花了十分钟,用了一点力气,又把剩下的肥皂涂在轨道里当作润滑剂,终于把窗户拉到他爬得出去的高度。

山姆落至地面。窄窄的巷道约有六十厘米宽,紧邻旅馆,到处是破掉的瓶子、废弃的针头和干枯的杂草。山姆小心翼翼地踏出每一步,沿着巷子走到街口,脆弱的铁丝网早已多次遭到破坏,所以他不费吹灰之力就能顺利穿过。

山姆穿过小路到达下一个街口,然后走到街角。他看了一眼,就知道那辆奔驰车仍停在树下。

山姆深深吸了一口气,把瑞士刀的大刀片扳至定点,然后向前走去。

21

玛丽安的尖叫声引来了更多骚动:有人拖着双脚走过来,接着是门闩"啪哒"一声打开,最后则是生锈金属如砂纸摩擦的声音。

随着声音出现的则是一抹刺眼的蓝光,在一片黑暗之中,海

市蜃楼骤然浮现。

玛丽安以手遮眼,滤掉一些强光,才不至于那么刺眼。

"你醒啦,"一个男性声音传来,声调缓慢嘶哑,"觉得不舒服吗?"

玛丽安吞了口口水,觉得喉咙干渴。

"你是谁?"她怯懦地问,"这是哪里?"

"你不必知道,你觉得不舒服吗?"

玛丽安满心愤慨,想要回嘴,却硬生生地给忍了下来。

"我好渴……这里有老鼠。"

"我拿水给你。"

那抹灯光消失后,四周回复一片漆黑,这次感觉更加黑暗,带给人更强烈的不祥预感。玛丽安强忍泪水,只怕自己一发不可收拾。

过了一会儿她又看到那抹灯光。

"别惹麻烦,"男人说,"你就不会有事。"

玛丽安听到金属锁头发出的声音。

"我妈呢?"她问。

"不用担心。"

那抹灯光换了个角度,变成大长方形,而长方形内出现了一个笨重的身影,挡住了绝大部分的光线。

男人低头走进小小的牢房。因为天花板实在太低,他得一直低着头,而且他弯着腰的粗壮身影就跟一个怪物没有两样。

玛丽安目不转睛地盯着走过来的男人,几乎无法移开目光,

换命

但她还是强迫自己趁着有光的时候观察四周的环境。

牢房是个方形的土洞，宽度大约一百八十厘米，高度也差不多一百八十厘米。四个角落都用厚实的木柱撑住，而毛板的色泽很黑，又用木馏油处理得十分光滑，所以看起来就像化石一样。靠近地面的地方则是浸过油的木板，而且已经开始腐烂。木板上方的墙面一片光秃，只看得见干掉的泥巴和粗糙的石头。

玛丽安抬头一看，忍不住吸了一大口气。泥土天花板上裂缝很多，让她联想到巨大的蜘蛛网。

葬身于此的念头蓦地浮现于她的脑海，犹如钢钉刺进体内，玛丽安再也无法自制，觉得自己近乎崩溃。

男人给了她一瓶水。他站得很近，让人倒尽胃口的气味朝着玛丽安扑鼻而来。他在颈上贴了一块胶布，中间还有干掉的血迹。

"我要找我妈，还有我爸。"玛丽安小声说。

男人耸耸肩。

玛丽安吊起双眼瞪着他看，突如其来的愤怒就在她浅绿色的眼眸中燃起熊熊烈火。她旋开瓶盖，喝了一大口水解渴，然后无预警地跳了起来。

男人还来不及反应，玛丽安便张口尖叫，用尽她的肺活量从喉咙中发出激烈刺耳的叫声。男人猛然一惊，差点站不住脚，一头撞在低矮的天花板上。

干掉的泥土撒了下来，还下了一阵泥块雨，男人低吼一声。

玛丽安毫不迟疑，往灯光跑去，冲出牢房，跑进一条跟牢房一样老旧的阴暗窄道。那个地道也是结实的泥地，有些地方铺了木板,墙壁上满是裂缝,泥块不断剥落,仿佛随时都会坍塌。唯一的灯光,则是来自系在天花板上光秃秃的灯泡。

玛丽安顺着光线走,脚步逐渐加快,后面也传来了恼怒的吼叫声。

地道似乎无穷无尽,玛丽安跑着跑着,眼眶中又满是泪水,怒气很快就被失望取代。

"妈!"她大叫,"妈!"

前方传来的声音让她差点绊倒,有人正在啜泣。

"妈——"

玛丽安匆忙地跑向一排牢房,这跟她刚才所逃离的牢房一模一样,其中有两个房门开着,里面空空如也,但接下来的四间都关了起来。

玛丽安停在第一间上锁的牢房前,努力聆听房里的声音,同时拼命让自己稳住呼吸,啜泣声就是来自这间牢房。

"妈?"玛丽安大喊,"妈!你在里面吗?"

里面的女人抽噎着,啜泣声愈来愈大。玛丽安把手伸到门上的方形窗口,手指笨拙地摸索着门闩上的插销,那插销说不定已经几十年没上过油了。她还没机会拉开插销,一只巨大的拳头就一把拉住了她的头发,把她给悬吊在半空中。

"你这个小贱货!"

玛丽安的整张头皮几乎都要被扯下来了,她从没想到会痛成这样。

"我刚才还对你很客气。"

玛丽安想要说话，想求对方让她见母亲，但她已经痛到说不出话来。

"把她关进三号，"另一个声音说，"有人陪的话，她应该会老实一点。"

玛丽安想看清楚第二个男人的面孔，但痛苦带来的泪水模糊了她的视线。

高壮的男人举起她的身子，把脸凑近她的耳朵。他满脸涨得通红，一层薄薄的汗珠让他的脸孔闪闪发光。

"我本来要帮你的，"他恶狠狠地低声说，"是你自作孽。"

玛丽安低声呜咽，在痛楚和恐惧的夹击下，她立刻昏厥。

22

山姆朝着奔驰车移动，他溜到三个正漫步通过街角的男人身旁，用他们的身体当作掩护，所以就算开奔驰车的人不再盯着汽车旅馆也不会看到他。一走到奔驰车旁边，山姆就脱离了三人行的掩护，伸手拉住副驾驶座的车门。门没上锁。

驾驶员注意到时已然措手不及。山姆把刀架在他的颈上，门也一把关上，路过的人即使想偷窥也没办法。

男人吃惊地喊出声来，他想避开刀子的威胁，却一头撞到了身旁的窗户。山姆跟着把刀子往前送，锐利的刀锋在施压过后割出了一道血痕。

"我没有恶意，"男人大叫，"我想帮你。"

"我老婆跟女儿到哪里去了？"山姆问，语气比刀刃更锋利。

"我不知道。我发誓我真的不知道。"

山姆压下刀口，血痕遂变成长约十厘米的伤口。

"我没说谎，"男人哀求他，"我叫札克·帕克，我家人也被绑架了。"

"放屁！"

"如果是屁就好了，"札克呻吟，"我发誓，我真希望这一切都是狗屁。"

"爆炸前你出现在我家门口。"

"对。"

"你去干吗？"

"他说我家人在那。"

"在我家？"

"对。"

"谁说的？"

"绑架她们的人。我不知道他是谁。"

山姆低吼，像野狗一样龇牙咧嘴。

"我发誓，"札克说，"我不知道是谁干的。"

"爆炸呢？"

"不是我干的，我……"札克的面孔扭曲，"怎么可能？我老婆跟女儿在里面。"

"你老婆？"

"对，我家人跟你家人掉包了。"

疯狂犹如野兽用爪子挖出山姆的心,"去你妈的,放狗屁!"

札克勃然大怒,"我也不想相信,你知道吗?如果可以不相信,我宁愿放弃一切,你知道吗?"

"我不认识你,"山姆厉声答道,"你可能就是那个打电话给我的人。"

札克靠在刀口,刀刀入肉更深,他的脸也更靠近山姆的脸。

"我的家人死在你家,那个打电话给你的人已经把我毁了。"札克的双眼闪着泪光,"我不知道他为什么要让我活下来,我希望他也杀了我。但是既然我还活着,我就想要帮你。"

山姆目不转睛地瞪着札克,感觉这男人温热的血液已经流到他的手指上。"我干吗要相信你?"

伤口里的血继续从他的脖子往下滴,札克咬了咬牙。

"今天早上警方在你家发现两具尸体。不是你的妻女,就是我的家人。你要相信哪一种说法?"

"我要知道真相。"

札克哼了一声,头往后靠在窗上。山姆并未逼近,刀子也与伤口分离。鲜血染红了札克白衬衫的领口。

过了一会儿,札克叹了一口气。"真相就是我搞砸了,代价就是我的老婆,还有我的宝贝女儿。"札克声音变得喑哑,双眼噙满泪水,"他要我做什么,我都办到了……只是……"

"只是什么?"山姆追问。

札克抬起眼睛凝视山姆,棕色的双眼布满血丝。

"我以为他只是要钱,"他慢慢地说,似乎想在自己的脑子里拼凑出答案。"我把凑到的钱都带来了，只不过没凑到他要的那个数字，但我已经尽我所能，我以为这样就够了。我在你家外面的街上等，那个地点是他选的。他说那是最后一步：用钱换回我的家人。结果你家爆炸了，在屋里的是我的老婆跟孩子。"

"天哪！"

札克继续说着，他的声音很轻，虽然路上车子不多，但也快把他的声音给盖了过去。

"我觉得我看到了卡丽，我的宝贝女儿，她就站在窗户前等我，好端端地活着，深信我会去救她。"

札克眼中的苦痛之深，险些要让山姆忘了自己的悲剧。

"你为什么不留在现场？"

札克揉揉眼睛，"跟你一样，我想自杀。"

"你为什么还没死？"

"勇气让我活了下来，或许我也没有勇气去死。我只喝了个烂醉。"札克重重叹了口气，"连自杀都没办法。"

山姆更仔细地察看眼前这男人的面孔。他的表情正反映出山姆的感受。他巧克力色的肌肤带着一抹灰色，气色暗沉，眼睛也因困倦而凹陷，更衬托出深凹的双颊。他瘦到犹如濒死之人，发梢处的浓密短发颜色似乎较浅，仿佛咖啡上的奶精，很难从外表猜出他的年纪。

只有从他的衣服，才能看出在正常状态下他应该是个有钱人。那套西装虽然皱褶四起，但价格应该还是超过山姆全部的财产。

"你怎么知道我是谁？"山姆问。

"我不知道,"札克回答,"我不太清楚。我猜那是你的房子,然后就一直跟着你,想知道你会不会就是凶手。"

"你认为我杀了你的家人?"

札克点点头。

"万一真是我做的呢?"山姆问。

札克轻轻点头,示意他往下看。

山姆看到札克的右手抓着一把银色小手枪。他放松手臂,把握着刀子的手放到腿上。

"你赢了。"他说。

"但是我没拿枪出来。"

"我干吗要相信你?"他又问。

"你需要吗?"札克从口袋里拿出一条亚麻布手帕,按住颈上还流个不停的血。"如果我说的是假话,等到警方验完那两具尸体,你就会明白了;但如果我没说谎,我就是你唯一的朋友。"

山姆揉揉下巴,过去几个小时内他已经长出了一脸胡楂,摸起来就跟砂纸一样。他需要排解怒气,需要消除他内心燃烧的愤恨,但看着眼前这心烦意乱的男人,他决定不再把札克当作出气筒。他伸出了手,"我叫山姆·怀特。"

札克的眼光扫向他伸出来的手,然后才和山姆四目交接。车内的空气沉重僵硬。才过了一眨眼的时间,两人就站在同一阵线了。札克把枪放回口袋,握住山姆的手。

"现在该怎么办?"山姆问。

"你住房付的是现金吗?"

"信用卡。"

"那样会被警察找到。"

"那又怎样？"

"尸体应该跟他们的记录不符，你有合理的解释吗？"

"现在有了。"

"他们会相信你吗？"

山姆沉思半晌，"连我自己都不相信。"

"那就是他的计划：把你逼得无处可去。你得一直逃命，逃命的时候就没空好好思考。"

"或睡觉。"山姆接了一句，却立刻为自己的软弱充满罪恶感。

"睡觉才有体力，"札克说，"到了没办法睡觉我才知道睡眠有多重要。你看看我就知道。"

山姆抬起眼睛。

"我拼老命想抢先，想跑在那个王八蛋前面，但是他睡饱了再来计划，看我这么蠢地到处乱跑，差点笑掉他的大牙。要是我能再来一次，我会更小心自己的身体，我的行动才会更快，在重要的时刻也才能更警觉。"

山姆又垂下眼睛，因疲乏而产生的罪恶感也逐渐消失。

"我有一间房间可以用，"札克继续说，"接待员收现金，也不管我们用的是不是假名。"

"我们？"山姆没听懂。

"不论主使人是谁，我已经被他玩完了，"札克说，"你是他的新玩具。或许你不相信我的话，但是我希望他人别再步我的后尘，跟我一样失去亲爱的家人。我愿意尽我所能帮你，不过有一个条件。"

"说啊。"

"等你的家人安全了，我负责扣扳机，把那个王八蛋直接送到地狱里。"

23

玛丽安睁开眼睛，眼前又是一片黑暗，门关上的声音很快就被厚厚的墙吸收，感觉就像一场噩梦。

她轻轻地抚摸头顶，扎穿头皮的感觉让她痛得抽搐。她抚平头发，想象头上的手就是母亲的手。

"你是谁？"有个女人开口了，声音非常微弱。

玛丽安吓呆了，那不是母亲的声音。

"我知道有人进来了，"那声音说，"我看到他们把你丢了进来。"

玛丽安吸吸鼻涕，所剩无几的镇定已几乎消失殆尽。

"我是玛丽安。"

"你一个人吗？"

"应——应该是吧。"

"你怎么进来的？"

"我不知道，我睡着了，然后……醒来时就在这里。"

女人的声音变得比刚才更柔和了些。

"你几岁了？"

"十三岁。"

"你看到其他人了吗？"

"没有。我听到有人在另一间牢房里哭，但是我没看到她。我……我以为那是我妈妈。"

那声音并未立刻回答，"她哭了好几个小时了，我不觉得她吵，反而觉得她可能快疯了。"

"这是哪里？"

"我不知道，我问过了，那些人不肯说。"

玛丽安的声音变得沙哑，"我好害怕哦。"

"孩子，我知道。"女人想要安慰玛丽安，她的声音变得更加轻柔，"听着我的声音走过来，这边有张小床和两条毛毯，不怎么豪华，但总比脏兮兮的地板来得好。"

玛丽安站起身来，朝那声音慢慢走去。等她的腿碰到军用帆布床的金属架子，她伸手往下摸，碰到了一双没有衣物遮盖的腿，而光滑的皮肤上已经长出粗硬的短毛。

她缩了一下。

"孩子，没关系的，"那声音向她保证，"我不会害你。"

玛丽安一向被教导不要相信陌生人，但是她很害怕、很想念母亲，所以这时的她必须违背自己的本能，坐到床上，背靠着那女人的双腿。

女人抚摸她的头发，用柔和呆板的声音轻轻吟唱。玛丽安开始放松，把自己的脚塞在女人的双脚下，并蜷缩身子靠近女人的

身体取暖。

"小宝宝,乖乖睡,"那声音说,"我不会让别人伤害你,我保证。"

玛丽安再也克制不了情绪,随即便哭着入眠。

24

由于满腹心事,驾驶员和乘客坐在奔驰车内温热的皮椅上,却一点也不觉得享受。

"他要一百万美元,"山姆说出心里的想法,"老天啊,他难道不知道我是购物中心的保安人员吗?"

"他也跟我要过一百万美元,"札克说,"我以为我凑得到,但是时间不够。我把所有的东西都变卖了,差点就凑齐了……如果他能给我更多的时间……"

山姆转过头去,双眼扫视札克瘦削的身形。他手腕上有一圈肤色较浅,以前应该有一只手表,而他的指头上除了有个简单的金色婚戒,也是光秃秃的毫无首饰,况且那只婚戒就算是高档货,也典当不到一千美元。

"车子呢?"山姆说,"还有西装?"

札克双眼怒火中烧:"如果他愿意放了我老婆小孩,我愿意光着身子爬去求他。我说车子给他、钱给他,连我的命都给他,但是都不够。"

札克紧紧抓住方向盘,因为用力指节泛白,"如果你要快速

变现,你知道这台车能卖多少钱吗?"

山姆耸耸肩,他从没买过新车。

"一文不值,"札克恨得牙痒痒地说,"因为朋友不要,他们想买明年的新款;小偷跟解体工厂也不要,他们觉得自己去偷一辆还比较划算。我说要把车子给他,希望他也算在现金里,但他不肯。"

山姆吃了一惊,"他还没拿钱?"

"后车厢里起码有七十五万美元,对我来说一点价值也没有。"

山姆转过头去,目光穿过后座,落入后方的空间,这时他脑海里突然闪现暴力的景象,非常吓人。

"你不必抢我的钱,"札克看穿了山姆的念头,"我老婆跟女儿都死了,那些全都给你吧。都是我失败了,才会害死她们。如果可以,我能帮到你什么……"他的声音愈来愈小。

山姆呆若木鸡,"我不知道该说什么。"

"说你会信任我。"

山姆垂下眼睛,用一只手随意揉拧另一只手的手指。阵阵的疼痛无法证明他已经睡着,也无法证明这并非另一场漫长恐怖的噩梦。

"你要让我信任,而不是要求我信任。"他说出了他的决定。

男人挑起单边眉毛,"我的后车厢里都已经装满现金,你还不信任我?"

"不。"

札克反复思索他的说法,"OK,在你还不愿意信任我之前,

你能不能保证不会趁我闭上眼睛时划开我的喉咙？"

"如果你说谎，或者我发现你跟他们是一伙的，那么不管你是睡着还醒着，我都会把你干掉。"

札克脸上闪过一丝微笑，暂时抹去了眼中的伤悲，"我没问题。"

山姆觉得这人很不错，片刻之间，他甚至在脑海中描绘出他们两人在平安无事的状况下可能会结为好友：一起欢笑，一起在后院烤肉，两家人一起吃饭……

山姆摇摇头，甩掉脑海中的景象，他知道自己只想暂时逃避现实。汉纳时常告诫他别做白日梦，当然她告诫他的事情不止这一项。

山姆，你又到外星球去了吗？她会这么问他，双手叉腰，轻松随意地弯起手肘，再踮起脚尖，想让自己看起来更高大、更威猛——只不过这一向成效不彰。闭上眼睛，假装没有问题，问题也不会自动消失。

山姆望向窗外，路边的店面变得一团模糊，即使他看得清楚路上的招牌写着字，但他也读不出来上面究竟写了什么。他擦擦眼睛，抹掉一层薄雾，再用两个干燥的指节扣住鼻涕流个不停的鼻孔。

"要怎样才能救回我的家人？"他问札克。

"我不知道该怎么回答，"札克很谨慎地说，"不过我知道你一定累坏了。他要把我们搞得精疲力竭、频频犯错。我说过了，我就是这么搞砸的。我好累，累到看不见他在玩什么。他会给你任务，还说你可以'选择'，但在两次任务之间，你会觉得充满

罪恶感，然后折磨自己。我们先去睡个好觉，等他打电话来，我们再决定捕猎的方法。"

25

普雷斯顿探长坐上了Nissan公务车的副驾驶座，他扭来扭去，想找个舒服的姿势。不论谁设计出这么符合人体曲线的赛车椅，这都已经变成他咒骂的对象，因为他知道这有可能是亚洲某个自作聪明的计算机专家，在从未看过身材高大、吃玉米长大的得州牛仔所设计出来的车。

"你觉得他会到哪儿去？"他低声问着他的搭档。

"我本来以为他会回来。"霍根看向挡风玻璃外距离他们半条街的地方，而人行道边还停了一辆海军蓝色的吉普车。"他现在唯一的财产就是这辆破车。"

"父母呢？"普雷斯顿问，"你查过了吗？"

"他岳父岳母住在佛罗里达，"霍根回答，"但管家说他们去了意大利度假，在乡间骑脚踏车和品酒，无法使用手机或收发电子邮件，所以她也不知道联络的电话号码。我向领事馆发出警告，要是他们前往领事馆报到，那么他们就会知道。他自己的爸妈也已不在美国。他们好像去年就变卖了所有的家当，买了一辆露营车，在尽是沙漠的那几个州四处旅游，成了现代名符其实的吉普赛人。"

"妈的，超可怕的，"普雷斯顿嘀咕着说，"你能想象吗？一个礼拜七天、每天二十四小时全都跟老婆挤在有轮子的小盒子

里！真该死，亚利桑那州的男人一定都喝醉了。我说啊，一定有很多被揍得很惨的怪人跑到高速公路上自杀，路边的男人尸体应该会比我们撞死的动物还要多。"

"我很喜欢陪我老婆。"霍根抗议。

"噢，别误解我的意思，我也很喜欢陪我老婆，不过你等着瞧吧。"

普雷斯顿伸手拿起仪表板上的话筒，按下传输钮。

"妲琳，亲爱的，你在吗？快点回答。"

"在呢，牛仔先生，"单位的调度员回答，"你到哪里了？"

"亲爱的，你在挑逗我吗？"

妲琳咯咯笑了起来，霍根直感背脊发冷，他不明白她怎么会相信自己搭档信口胡诌啊？妲琳的长相就像路易斯安那州的短吻鳄，局里所有的警官也觉得她个性跟短吻鳄相差无几——除了普雷斯顿。

"你要什么，牛仔先生？"

"亲爱的，你帮我接小科科好吗？"

普雷斯顿向搭档使个眼色。

"我搜过了演员先生的皮夹，"他解释，"然后要小科科处理一些号码，免得那些卡片被停用。"

无线电"嚓嚓"作响，一个清脆的声音通报说："我是科斯楚·盛科。"

"小科科，我给你那张 Visa 卡有新线索了吗？"

"等等。"

普雷斯顿转头看着搭档,"他真的是省字一哥?"

霍根耸耸肩,"他不喜欢你啦。"

"你在开玩笑吧?那宅男很崇拜我呢。"

"你别叫他小科科,他不喜欢这个名字。"

"要我念他的俄国名字,我怎么可能念得出来?真要强迫我,我就得用侵犯人身安全的罪名逮捕他。"

无线电发出"嘶嘶"声,"喂,你们在吗?"

"小科科,说啊。"

"有人用卡片入住了'蓝调人汽车旅馆'。地址是——"

"不用说了,我知道,"普雷斯顿打断他,"干得好啊,小科科。我会跟队长谈谈,你不是想买鸡翅吗?"

"鸡翅?"科斯楚·盛科惊惶地喊道,"不是鸡翅,是内存!我要买更多的内存。"

26

山姆在睡梦中霎时惊醒,薄薄的人造纤维毛毯从肩上滑下。他的皮肤泛红湿润,脑子里的焦虑和罪恶感顿时轰然作响。

他从床上坐起身子,所睡的小床就靠在唯一的窗户旁边。他睡眼惺忪,看了看周围的环境:中等大小的房间采用最基本的白色装潢,带有一抹烟味,同时两张床光溜溜的金属骨架钉死在地上,还有两张窄小的夹板床边桌。

坚固的三抽五斗柜上放了一台二十四寸的彩色电视,遥控器

换命

用六十厘米长的电话线圈牢牢地固定在旁边。札克床边的桌上有一部黑色的老式转盘电话，他已经狂拨数通电话给汉纳的父母和自己的爸妈，但是都没人接听。

在另一边的墙上，空心木板门的后面则是小小的浴室。

札克在另一张一模一样的床上翻身，睁开单眼，就好像家里养的猫咪，要先探看情况是否值得自己把另一只眼睛也睁开。

"你睡了吗？"他问。

山姆耸耸肩，"睡了一会儿吧。"

"山姆，睡饱了才有精神处理事情，如果处理得不好，你就会躺下翘辫子。我个人倒是不在意翘辫子这件事，"札克面色暗沉，"但是你没有选择，而且我也不希望自己死了以后那个王八蛋还能在这世上横行霸道。"

山姆摆动双腿下了床，伸手拿起衣服。他明白自己跟札克不同，他至少还有一丝希望，但是希望无法减缓他的恐惧。

着装时他从窗帘缝里看到札克的奔驰车停在低一层楼的柏油停车场上。初现的暮光倒映在车子的金属表面上闪闪发光。

"你确定钱放在车里没问题吗？"山姆问。

札克点点头，也跟着穿上自己的衣服。睡觉前他把西装挂在淋浴间里，丝质布料上的皱痕虽然减少，但湿气却去除不了血迹、灰尘和草渍。

"那辆奔驰车就跟坦克一样，"他解释道，"我还多花了点钱购买外交官的配备，所以车内附有防火装置，后车厢里也还有另外一把锁，要用非常特殊的工具才能把钱偷走。况且你如果不知道车里有钱,也不会想要花时间打开。"

"唔,没事,只是……"山姆在脑海中搜寻适当的字眼,"不放心吧,我想。"

"你要我给你钥匙吗?"札克问。

"你说什么?"

"如果钥匙在你手上,会不会比较安心?"

山姆摇摇头拒绝了,"没关系,不用了。我很紧张,钥匙给我的话,我很可能会弄丢。"

"如果你改变心意的话……"

山姆点头,表示感激。

"现在该怎么办?"

手机响起,仿佛正在回答他的问题。

27

"你知道吗,"普雷斯顿探长说,"跟你在一起消磨时间没什么不好,但是我肚子正咕噜咕噜叫,我该回家找点东西来吃、跟老婆缩在沙发上、看看电视上的机智问答,然后再开一瓶冰凉的得州啤酒来喝。"

霍根没理他,继续细查山姆刚才入住的房间。

汽车旅馆的接待员站在四号房打开的门边,双手叉腰,皱起眉头。

"他没办退黄(房)啊,"还不到一分钟,他已经重复第四次

了,"谁来谁去偶(我)都看得一清二楚,他没有出企(去)啊。"

"他是偷跑出去的。"普雷斯顿用拇指指向房间后面的小盥洗室,"窗子都开了。"

"他不会开,"接待员说,"而且窗子打不开。偶(我)们这里粉(很)干净,粉(很)棒,不准拍小电影。"

"好可惜哦,"普雷斯顿语带嘲弄,"要是踢开门就能看到小电影,那才有趣呢。"

霍根叹气,搔搔自己的下巴,"你觉得怀特是故意的吗?"

"故布迷阵?"普雷斯顿耸耸肩,"我不觉得他有那么聪明,但是……"

"如果爆炸只是为了掩饰——"霍根高声表达他的想法。

"他谋杀了那黑人小女孩……"普雷斯顿接着说。

"那他可能正在逃亡的路上。"霍根作出结论。

"我们还让他离开,所以我们根本就是蠢蛋。"普雷斯顿补了一句。

霍根转向接待员,"他进来的时候看起来怎样?"

接待员睁大双眼,"他粉(很)困,猛打哈欠。偶(我)看他不像坏人厚(或)拍小电影滴(的)。偶粉(我很)小心滴(的),不过偶(我)也素轮(是人),有可能会看走眼。"

"有人来找他吗?"普雷斯顿问。

"没有哪。谁进来、谁出企(去)都逃不过偶(我)的眼睛——"他突然住嘴,看起来有点尴尬,"偶(我)不相信窗户基(居)然打得开。"

"嗯哼，的确要费点力气，"普雷斯顿同意，"打开窗户当然不是为了呼吸新鲜空气。"

霍根叹气，"情况不太好，你说是吗？"

"或许他的演技比我们想象中还要好。"

霍根翻开手机的盖子。

"我请上级批准，派巡警监视他的吉普车，然后再请验尸官优先处理那两具尸体。等我们知道死者的身份，或许就能猜到他杀人的理由。"

普雷斯顿也拿出自己的手机。"我跟小科科说一声，如果他用信用卡交易，就请他立刻通知我们。"

"偶（我）得把窗户关起来。"接待员说着，立刻走进盥洗室。

28

山姆接起电话，强迫自己保持正常的呼吸。

"怀特先生，我说，你听，"异样的声音说，"有一个卖酒的地方，叫作'托乐洋酒专卖店'，就在第十大道和北街的交叉口。我要你去那家店，拿两瓶四十盎司的烈酒。我不管你选什么牌子，也不管你选什么酒。明白吗？"

"明白。"山姆瞥了札克一眼，皱起了眉头。

那声音继续说："山姆，我知道你认为自己很诚实，同时也引以为傲。不过，你马上就要改变这个想法。"

"你在说什么？"山姆问，声音中尽是挫折。

"山姆，《圣经》上有七大原罪，傲慢也包含在内。"

"我道歉，"山姆回嘴，"这样可以了吗！你有完没完？"

"我叫你不要说话、不要考验我，不然会有什么后果……哼哼。"

山姆又深吸了一口气，"对不起，我很抱歉。我会安静听。"

"你不可以付钱买酒，"那声音继续说，"过去六个星期来，那家店已经被打劫四次了。最后一次打劫的歹徒被猎枪打中，脑袋落地。你应该在报上看过这则消息吧？那家店的老板坚持他没有错，媒体和警方都赞美他是波特兰的英雄。尝过了光荣的滋味后，现在他也成了嗜血英雄。"

山姆呻吟，"天啊。"

"或许你该先去购物中心的置物柜拿枪，然后再去洋酒店。两个小时之后，我会再打电话来。如果你没完成任务，我就干掉你老婆。当然，最终的选择权，还是在你自己手上。"

山姆不假思索地大喊："我们可以约个——"但他还没说完他的恳求，电话就挂断了。

山姆把手机丢在床上，面如死灰。

"这是你的第一个任务。"札克说，声音轻得几乎听不到。

29

亚伦·罗柏森对着晚餐食不下咽，他用叉子切开了红皮的迷你马铃薯，又把半月形的切片推到盘子的另一边，准备继续再切。

SWITCH

他并未注意到长方桌另一端的妻子眼中所流露出的担忧。两个小孩儿在吵着吃完饭后谁可以先玩 PS3，即使声音愈来愈大，他也充耳不闻。

电话铃响了，亚伦茫然地起身走到前厅，此处的壁龛经过妻子的改造变得十分高雅。无线电话机就放在古董卷门桌上，旁边还有一张红丝绒长凳。

亚伦并未坐下，拿起还在响的听筒。

"你看到电子邮件了吗？"那个声音亚伦已经熟得不能再熟了。

"看到了。"

"看到新闻了吗？"

"看到了。"

"很可惜啊，他家人都死了。"

"没——没错。"亚伦的声音变得沙哑。

"一定很可怕。"

"是——是的。"

"如果要保证你的家人没事，你愿意怎么做呢？"

"叫我做什么都可以，都可以。"

"我相信你没有说谎。"

亚伦膝盖一软跪了下来，听筒仍牢牢贴在耳朵旁边。地上的瓷砖很硬，但地板下装了暖气，感觉起来温暖舒服。他不惜一切代价，什么都给家人最好的，但在他们最需要他的时候，他的钱反而变得一文不值。

"还有别的方法吗？我真的很想表达我有多抱歉。"亚伦问。

那声音并未立刻回答，静待片刻才说："现在这已经不重要了，但是亚伦，你之前就该想到才对。"

"但是我从来不说谎。我……我……"

"亚伦，你说你看到了什么，那不是真相，那时你也在房里。"

"都是那些律师。他们只问我——"

"来不及了！"那声音大叫，"亚伦，总之他妈的来不及了！"他的呼吸很粗重，"你爱你的老婆小孩吗？"

"当然爱。"

"你要他们受苦吗？"

"不要，天哪，我不要。"

"那你就准备好，等我打电话来。你只有一次机会，就那么一百零一次。你明白吗？"

亚伦的声音轻得几乎听不到。"明白。"

手里的电话挂断后，亚伦开始啜泣。

30

"可以给我你的车钥匙吗？"山姆问。

札克高举钥匙，镭射雕刻的奔驰标志闪闪发光。

"拿去吧，"他说，"但是先别急，我有话要说。"

山姆皱起了眉头。

"我知道，这对你来说很不容易，"札克继续说，"该死，这简直就办不到嘛！我的经历跟你一模一样。当时他指使我跑来

跑去，我听了他的话就立刻反应，连思考的时间都没有。但是我们现在有两个人了，你告诉我他要你做什么？"

山姆迟疑了一下，才解释给札克听。

札克沉思了一会儿，"他得看得到才能确定你没作弊，没钱买酒。"

"天啊，"山姆哀号，"付钱这件事，我连想都不敢想。"

"你看，人变得有多快，很吓人吧？周围的情况一变，我们就变了个样。他要我们一点一点地崩溃，这就是他的目的，我们得抢在他前头。"

"怎么抢？"

"我跟你一起去，"札克说，"但是你在路口就放我下车。或许我可以找到他在哪里监视你。如果能找到车牌、看到他的脸或者听到他的名字，我们就有线索查出他为什么要挑上我们，或许就可以提早结束游戏，而你的家人不用像我的家人一样付出代价。"

山姆想了想，"他叫我去拿枪。"

札克挑起单边眉毛。"你要做什么，我都没意见。"

山姆咬着自己的指甲，很快地撕下指甲，露出下方的嫩肉。

"如果他要我去拿枪，我就去拿枪。我不一定会用，但我如果违抗他的命令，他很可能就会以为我要挑衅。"

"那就走吧。"札克站起来，递出车钥匙，"你来开车吗？"

山姆摇摇手拒绝，"你说的事情，我需要好好想一下。"

31

朝着购物中心前进时,山姆凝视札克,心里七上八下。除去那满脸的疲惫,札克其实轮廓分明,长得很帅,一看就给人很聪明的感觉。那张脸他不知曾在哪里见过,但山姆不觉得他是演戏的同行,因为只要是具有威胁性的对手,他都会记得一清二楚。

"他给你什么任务?"山姆问。

"你说我的第一项任务吗?"札克说。

山姆点头。

"完全不一样,"札克说,"我得在圣迭戈到处闯红灯,一共要闯五个。"

"圣迭戈?"

"我住在圣迭戈……不过我已经搬走了。"札克停顿半晌,"我在那里什么都没有了。"

"为什么要闯红灯?"

"在接到他的电话前,我这辈子从来没接到过超速罚单,记录干干净净。"札克皱了皱眉。

"我手心出了好多汗,连方向盘都快握不住了,有两个路口我还差点过不去。到处都是车子,大家猛按喇叭,好多人紧急刹车。他会算我通过信号灯的时间,我一定要在限时内通过。"

"叫你去闯红灯对他有什么好处?"

札克耸耸肩,"可能希望我被警方通缉吧。他选的信号灯旁

边都装了自动摄影机。我不知道警方下载照片或影片要花上多长时间，但我知道他们如果看到我的车子一个下午就闯过五个红灯，他们一定会来找我，所以我只要一看到警车就非常惶恐，不知道他们什么时候会叫我靠边，不让我把游戏玩完。"

"他也用同样的说法威胁我。如果我们报警，不回他的电话，我老婆跟女儿就得死。"

"对呀，"札克叹口气，"那个王八蛋把我们吃得死死的。"

到了购物中心，山姆蹑手蹑脚地下了车，然后立刻跑了进去，穿过四处乱走的人群。

走到手扶梯前面，他没走主要的走道，反而踏上通往洗手间的走廊，然后经过写着"闲人勿进"的两扇门，猛然向左转，走到带有保安人员标志的蓝色门前。

他转开门锁溜了进去。

山姆一屁股坐到置物柜前的长凳上，转动挂锁上的数字，并用力一拉，把门打开。由于他已把制服带走，置物柜里几乎空空如也，只剩下他的黑色皮鞋、皮套、皮带，还有小小的蓝色枪盒。

他拿起盒子，打开了上面的锁。

山姆取出公司发给他的 Smith & Wesson 25 型左轮手枪，外壳是蓝色碳钢，还有可可波罗木[1]材质的指沟把手。这种枪的设计就是挂在腰上时看起来够吓人，但重量才一公斤多，佩枪当班八个小时也不觉得重。

---

[1] 微凹黄檀木的俗称，因材质坚硬耐水，常作为手枪及刀的把手。

换命

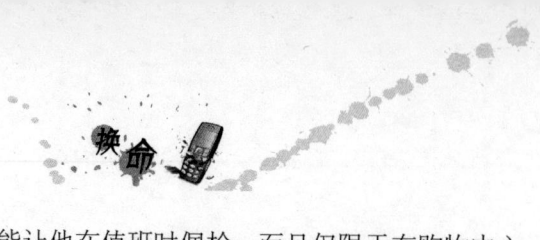

山姆的执照只能让他在值班时佩枪，而且仅限于在购物中心的范围内。他每个月都要去射击场练习打靶，公司还会发给他额外的临时许可，让他携枪外出。不过他必须提早两天报告。

山姆把枪拿到背后，插进皮带，再把一盒标准的点四五弹盒塞进口袋，然后把枪盒放回置物柜，拨乱号码锁。

正当他要站起身来，门打开了，值白班的保安哈利·库布斯走了进来。白天的保安共有四人，哈利正是其一。

"噢，是你呀，"哈利吼叫，但他并无恶意，"今天倒很勤劳嘛？"

哈利身高一米九六，肩膀很宽，进门时还得侧过身来。虽然他个头魁梧，一张肉脸就像个铲子一样平，但他还是给人一种头大身小的感觉。如果电影《摩登原始人》要重拍，山姆相信哈利可以担任主角。

山姆紧张地笑了笑，一只手溜到背后确定枪牢牢地插在皮带里，并稳稳地盖在灰色背心的下方。

"昨天把东西忘在置物柜里了，"山姆说，很快他就想到借口，"就怕留在这里会把整间休息室都搞得臭兮兮的。"

哈利大笑，露出一口不整齐的黄板牙。

"对啦，我懂你的意思，"他说，"记得吗？那个叫温斯顿还是塞西尔的英国人——反正他名字超娘娘腔的——留了一些奇怪的奶酪在这儿对吧？他妈的，那东西可真臭。"

"后来他真是跳到黄河也洗不清了，"山姆补充，"你给他取名叫'奶酪头'，后来他就走了。"

哈利哄然大笑，用力拍打墙壁，山姆甚至听得到墙上灰泥震破的声音。

"在他辞职前，我都叫他'王八蛋臭奶酪头'，也算得上名副其实啦。有时我觉得自己还闻得到那股臭味哩。"哈利朝着天花板抬高鼻子，四处乱闻，嗖嗖有声。

"才怪，哈利，那是你闻到自己那双大脚的味道吧。"

哈利又大笑起来，举起一只穿着十八号黑色牛津鞋的巨足，作势要踢山姆。

"你忘了带走什么？"他问。

"呃，鲔鱼三明治，"山姆说，"它正开始发臭呢。"

哈利皱皱鼻子。

"哎呀，快点给我丢掉，我觉得我也闻到味道了。"他咧嘴一笑，"那你就要变成'鲔鱼头'了。"

山姆惨叫，却利用这个机会离开窄小的休息室和因为好奇而问个不停的哈利。

回到走廊后，山姆调整了一下枪的位置，快速地穿过员工专用门，混入嘈杂的购物人潮中。

山姆一走出购物中心，札克就把奔驰车开到人行道旁让他上车。

"没问题吧？"札克问。

"我都处理好了。"

两人默默地坐在车内，札克穿过车潮往市中心前进。札克熟练地切出拥塞的车道，把车子转到旁边的小路里，接着又回到交通顺畅的大路上，山姆满心好奇地看着他。

"你很熟悉波特兰的路嘛，"山姆说，"我以为你一直住在圣迭戈。"

"过去二十年来我都住在南方，不过我在波特兰长大。十几岁的时候，我一天到晚在这几条街上混。我的第一辆车也很漂亮，一九七三年的软顶 Mustang（福特野马汽车），芥末黄的车身镶黑边，超级耗油的 V8 引擎，两百六十六匹马力。"

"真的吗？"

"我拿到驾照后我爸买给我的，不过我觉得他对我很失望。"

"失望？"

"他很希望我有了这辆车就能钓到一堆漂亮妹子。结果我却载了一车科学研究社的书呆子回家，一个啦啦队员也没有，我认为，他好像觉得自己把钱通通给丢到水里了。"

"他希望能在你身上找到他失去的青春吧。"山姆猜测道。

"他跟我一样是个书呆子，一直都是。我想，他希望我变成不一样的人。"札克停了一下。

"变成他没机会变成的酷哥。"

"龙生龙，凤生凤。"山姆补了一句。

"说得好。"

32

再过一条街就到洋酒店了，札克把车停在人行道旁，"你要走路过去，还是开车？"

"你觉得他知道你跟我在一起,"山姆问,"还知道你在帮我吗？"

"我不知道。他知道的事情很多,太多了,但我还没发现有谁在跟踪我们。"

山姆立刻环顾四周,街上车子不多,一一映入眼帘。他舔舔嘴唇,"如果他要确定我没付钱,应该要从店里监视吧？"

"有道理。"

"购物中心的做法也一样,"山姆继续说,"我们可以从警卫室的闭路电视监视所有的商店。如果这家店也装了闭路电视,他又有方法从外面拦截信号,那么他不用现身,就可以看到店里的情况。"

"可恶！"札克搓了搓脸,"如果真是这样,他就不会在附近埋伏,而我也抓不到他了。"

山姆叹了口气,"好吧,载我到门口去。王牌都在这王八蛋手上,我们还得继续调查。"

山姆走近洋酒店的强化钢门,整个胃痉挛不已。这种感觉就像要登上舞台,还知道自己马上就会忘记所有的台词,然后一口吐在鞋上。

向前走的时候,他在脑海里温习刚才在车里所做的准备。他用一支小钥匙打开 Smith & Wesson 里面的安全装置,装了五颗两百格令[1]包铜的点四五柯尔特子弹。第六膛还是空的,因为他在受

---

[1] 十三克。

训时曾经学过，少装一发可以避免自己不小心射出子弹。

走了几步后，因为手枪的碳钢外壳不知为何开始发烫，炙烧着他的皮肤，所以他很谨慎地把左轮手枪移到背心的口袋里。枪支上膛之后变得更重，却无法给他更踏实的感觉，反而让他明显地失去平衡。

洋酒店正面是结实的砖墙，只有一扇窗户，但是连这唯一的自然光源都被黑色的钢板堵住。这整间店看起来毫无吸引力，山姆觉得这家店不像卖酒的，倒像是卖毒品和非法泰国色情片的地方。

穿过沉重的店门后，响起的门铃声居然是一阵粗鲁的打嗝声，让他着实吓了一跳。

山姆审视店内的环境，注意到天花板的角落装了几台摄影机，而且店里满是坚固的木架，架上还摆满了烈酒。靠墙的地方放了大型的玻璃门冰箱，里面也放满了各种啤酒、葡萄酒以及含酒精的饮料。

"你要什么？"一个粗哑的声音问。

山姆转身，看到一个头发日渐稀疏的男人，他杂草般的眉毛呈现姜黄色，缀着几丝白发，连海象般的胡须也是同样的颜色。他的身高才一米六左右，却感觉身宽也有一米六，看起来就像由肌肉和脂肪组成的结实正方形。

"随便看看，"山姆说，"我要买两瓶四十盎司的酒。"

"要去钓几天的鱼吗？"海象先生问，微微露出牙齿对他一笑。

"跟邻居开派对。"山姆回答。

因为山姆晚上工作、白天睡觉，和邻居并不太熟，所以他临时所捏造的答案居然这么讽刺，连他自己也吃了一惊。其中还有一个理由更蠢，那就是他不想让别人知道自己只是购物中心的警卫。想想自己还在演戏时，即便星途不顺，但一说自己是演员，别人就会用不同的眼光看他，所以他不想告诉别人他在空无一人的购物中心值晚班，还会一边喝咖啡一边梦想拥有那些自己根本买不起的东西。

"大瓶装的都在后面那几排，"海象先生告诉他，"自己去看看吧。"

山姆点点头表示感谢，走到后面去，拿了一瓶伏特加，又拿了一瓶朗姆酒。他提醒自己，不论发生何事，这一切都是为了老婆跟女儿。回到前方，他把两瓶酒放在收款机旁的柜台上，掌心已经汗湿。

老板结账时，山姆清了清嗓子，全身肌肉紧绷。

"我有一个故事要告诉你。"他小心地说。

海象先生瞪着他看，挑起单边眉毛，露出警惕的神色。

"我家人被绑架了，"山姆解释，"为了让绑匪释放她们，我得不付钱就把这两瓶酒带走。"

海象先生哼了一声，这次挑起另一边的眉毛。"我听过很多花招，就你这招最逊。"

山姆点头，"我知道，但我没骗你。"山姆把手伸到背心口袋里，"我得把酒带走。"

海象先生噘起双唇，摆出一副极不友善的笑脸。"我告诉你啊，老弟，"他咆哮道，"他妈的，管你有什么理由，你不付钱

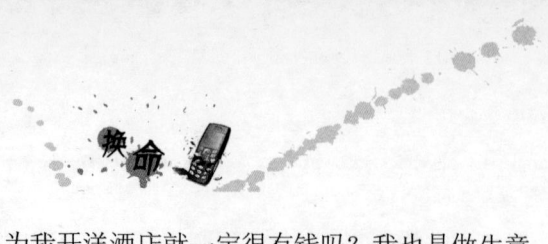

就给我滚蛋！你以为我开洋酒店就一定很有钱吗？我也是做生意的，做生意的谁会大发善心，把酒免费送给你们这种穷鬼！"

山姆后退一步，用熟练的手势掏出枪，高举在店老板脸前。枪管前端的洞口准确无误地对准他的两眼之间。

"把酒装在袋子里。"他命令那老板。

海象先生惶恐不安，颈上多筋的肌肉鼓胀而起。

"你以为有枪我就会怕吗？"他气得满脸通红，"你以为老子是第一次被人用枪指着头吗？"

山姆咬紧牙根，"把酒装进袋子里，不然我发誓我真的会开枪。我老婆跟小孩——"

"我不想听你的废话。"海象先生把身子往前倾，用粗壮的指节撑住自己的重量。"你他妈的不就是个酒鬼，连一份稳定的工作都找不到。"

山姆扳起枪上的击锤，声音很响，他记得在射击场听到的声音还没这么响。

海象先生的眼睛眨也没眨，仍旧直瞪着山姆。

"我看过你。"他说。

"什么？"

"对啦，我以前看过你。"

"那又怎样？我叫你给我酒，快点！"

海象先生的目光移到门上的摄影机上，"你知道，你的一举一动我都录下来了。"

山姆往前走了一步，在那老板面前挥挥他的手枪。

SWITCH

"现在就把瓶子给我装到袋子里！"

"好啦好啦，"海象先生说，声音变得很冷静，很不自然的冷静。在讲话的同时，他把两只手都伸到柜台下，当他举起手时，左手抓着一个白色的塑料袋。

山姆正要放松，却看到海象先生的右手在柜台下抽动片刻，随即便出现了一支手枪式握把的霰弹枪。山姆怒吼，扑向前去，并拿自己的枪管打在那男人的脸上。枪管击中了男人的蒜头鼻，划出一道伤口，鲜血喷涌而出。

海象先生往后倒去，撞倒在另一边的柜台上，然而他却没慢下动作，还是举起那把霰弹枪。山姆感到一阵惊慌，收回自己的手枪，用枪托重重打向海象先生的太阳穴。海象先生又开始摇晃，左眼满是鲜血，膝盖似乎已经撑不住身子，但他还是站直身子，把霰弹枪举至柜台。

山姆犹如原始人类般狂野嘶喊，并用大瓶朗姆酒扫过柜台，打在男人的脑袋上。瓶子碎了，令人作呕的碎骨声就像在四处飞散的玻璃暴雨中打了个闷雷。

海象先生两眼翻白，再次滑下，跪在地上。山姆怕他还能再站起来，正打算抓起剩下的那只酒瓶，但海象先生已然承受不住，他再也握不住霰弹枪，一如烂泥瘫倒在地，而且猩红的血液就从头上的伤口汩汩流出。

山姆大口喘气，又抓了一瓶酒，然后急忙冲出洋酒店。

札克才开了两个路口，山姆就要他停车。

车子靠上人行道，山姆打开车门，伸出身子，对着排水沟呕吐。

"你没事吧?"札克问。

山姆摇摇头,"你没看到那个人。天啊,他可能已经死了。"

"你也是万不得已啊。"

"真的吗?"山姆问,"我怎么知道我老婆女儿是不是还活着?说不定我根本没理由去抢那家洋酒店。"

"既然你已经完成任务,说不定他会给你一些证明。"

山姆用手背擦掉唇上的口水,"他给过你吗?"

札克有点气馁,"一直等到最后他才告诉我。"

山姆使劲吞了一口口水,"我就怕同样的事发生在我身上。"

33

玛丽安抬头聆听。通过牢房与牢房之间的厚厚土墙,她听到了另一名囚犯的啜泣声,感觉她似乎在好几公里以外。

"听起来很像鬼在哭,对不对?"跟玛丽安在一起的女人说,"感觉不像是人。"

"那不是鬼,"玛丽安语带愤怒,"我去过她的牢房外,她也被关起来了。我以为那是我妈,但是我妈从来不哭,就算哭也不会哭成这样。"

"那个人很痛苦啊,别气了。"

"如果她是我妈,她可能以为我已经死了。"

"自己的小孩死了,的确是世界上最难过的事。"女人同意她的话,哽咽更是明显,似乎每说一个字,心情就愈加沉重。

玛丽安自小床上站起，用双手圈着嘴巴弄成扩音器的模样，并把手压在土墙上。

"妈！"她放声大喊，"妈！是我，玛丽安。你听得到吗？"

玛丽安停止喊叫，专心倾听。女人的啜泣声更响了，感觉也更加悲痛。

"我觉得她听不到我的声音。"玛丽安轻声说。

"这里的墙壁很厚，厚到声音都穿不过去。或许她只能听到自己的哭声。"

玛丽安迅速转过身来，"我妈才不是那种人，"她顶撞那女人，"为了我，她什么都肯。"

"乖孩子，我不是说她不好，"女人说，"我只是说她刚才的声音很像鬼在哭。如果她相信你已经死了，或许她会以为你的声音只是幻觉。"

"噢？"玛丽安倒回床上。沉默了一会儿后，她问："他们会给我们东西吃吗？我又觉得渴了。"

女人伸手抚摸女孩的头发。

"那个大个子通常一天会拿一次食物跟水来，但是这里太黑了，我不知道是不是又过了一天，也不确定他上次来是多久以前。"

玛丽安吸吸鼻涕，身体往后靠在女人的腿上。

"我们会死在这里吗？"

女人坐起身来，张开双臂，把女孩抱在胸前。

"乖孩子，我不想骗你。我们很有可能会死在这里，但我不

会轻易放弃。你要跟我一起对抗坏人吗?"

玛丽安缩进女人的怀里,点了点头。

34

"他看过你?"札克问,打破了凝重的沉默。

"他说他看过我,不过在哪看过可说不定。"

"噢?"

"我上过电视,"山姆解释,"拍过本地的几则广告,在犯罪影集中跑过几次龙套,还在《CSI犯罪现场》扮过两次死尸。我最大的突破是在一九八六年演过《夏威夷之虎》。"

"你没唬我吧?"

"制作单位安排我飞去夏威夷拍了两集,其中都有台词,也上过演员名单,还不错。"

"你演谁啊?"

一想起快乐的时光,山姆就放松了些,"我演汤姆·谢立克的侄子,他是庞克族。我到他家做客,却没告诉他我嗑可卡因嗑疯了,还欠了当地的毒枭一屁股债。"

"听起来很棒呢。"札克说。

"是啊,"山姆叹气,"我还以为我的演艺生涯从此就会稳定下来……"他没说下去,让回忆留在过去。

"人会变成什么样,真的很不可思议,"札克打破沉默,"一切很难说得准。"

35

普雷斯顿探长被搭档烦死了。

"我们干吗来这儿？已经八点多了，我应该回家跟我老婆一起看机智问答节目了。她已经跟我说好要用融化的奶油做爆米花，上面会撒上一点点的碎海盐。"

一想到美味佳肴，他便亲了亲自己的指尖。

"你呢？有什么好料给我？"他对着洋酒店张开双臂，"顺手牵羊吗？"

"我是有礼物要给你，"霍根的语气带着讽刺，"但是我忘了你的伏特加里要加人血吗？"

"他妈的。"普雷斯顿露齿一笑，把两只拇指插入皮带扣眼，挺出肚子，故意装出好人的模样，"酒就是酒，什么颜色都好。"

普雷斯顿笑容不减，转身去检查收款机后面的地板。溅出来的朗姆酒稀释了被害人的鲜血，凝聚成猩红色的水池，上面还散落了尖锐的玻璃碎片，反射着店内的日光灯。

普雷斯顿脸色变得凝重，"你觉得他会死吗？"

霍根摇头，"这家伙的头骨就跟大角鹿一样硬。他们带他去马莎那边照X光，在救护车里他就开始抱怨不能做生意会损失多少钱。"

"那我再问一次，我们来这儿干吗？"

霍根笑笑，"跟我来。"

换命

霍根领着伙伴走到后面堆满酒品箱的房间。房间通往一间小办公室，里面全是装满收据的箱子，其中厕所里还有一个更小的橱柜，放有三架卡式录放机以及三台十三寸的黑白屏幕。某位导演看了里面的厕所或许会想起拍电影《猜火车》的续集吧。

普雷斯顿在霍根背后张望，看着他按下三台录放机上的播放键。录放机各从不同的角度播放抢劫和攻击的实况，接着霍根按了中间那台机器的暂停键，又按了放大按钮。山姆的脸庞占满整个屏幕。他的眼神愤怒，眯起双眼瞪着摄影机。

"哟，干脆把我涂满奶油，烤香了再请大野狼上门吧。"普雷斯顿喃喃自语，"他跑来抢劫洋酒店干吗呀？我不就说这家伙疯疯癫癫的吗？"

"还有更疯的。影片上说怀特宣称他家人被绑架了，他必须来抢劫才能把家人救回来。"

"该死的演员，"普雷斯顿嘟囔，"他们总要把自己搞得歇斯底里。"

"或许吧，"霍根同意，"但这或许也能解释他的行径怎么这么古怪。"

"骗人的啦，"普雷斯顿的语气粗暴，"谁绑架你还要把你家炸掉啊，他们走的时候当然也不会多偷几具尸体留在里面。"

"那你的理论是什么？"霍根问。

"他是个变态，既简单又明了。他决定把自己的老婆杀了，带着女儿回洛杉矶去。为了消灭证据，他找来另一个女孩和他女儿掉包，然后再把房子炸掉。"

"那我们应该去找找,看有没有黑人女孩失踪喽?"

"或者有没有被挖开的坟墓,"普雷斯顿说,"既然都要烧光了,干吗还去找个活人来啊。"

"老天啊!你的想法太扯了。"

普雷斯顿耸肩,"警察都是这样好吗?你要是能找到哪个警察没有这种念头,那我敢告诉你,这人的脑子铁定是被动过手脚。"

36

在汽车旅馆的房间里,山姆坐在床上,双眼盯着桌上的两瓶酒。喝了就没感觉了,那两瓶酒似乎正召唤着他。

背心口袋的夹层保鲜袋里面还有五六颗蓝色小药丸,它们也正对他发出类似的召唤。他知道喝了酒再吞几粒药丸,就能忘却所有的问题,但是为了家人,他击退了内心的欲望。

札克去了街角的熟食店,也是一脸忧心忡忡。山姆左思右想,不知道自己到底干了什么,等到这件事结束,说不定他无法向自己和妻女解释他是否真有正当的理由。

札克站在熟食店外,手机压在耳朵上。

"洋酒店的老板认出他来了?为什么?"

"我不知道,"那异样的声音说,"或许在电视上看过他的广告吧。"

"听你胡扯!你到底想玩什么把戏——"

"帕克医生,小心点,你别惹毛我,洁丝敏会不高兴的。现在我有一个很重要的问题,山姆记得你吗?"

"不记得,他也没有理由记得,我们以前没讲过话。"

"那就继续吧,别让他认出你。"

手机响了,山姆一把抓起电话。

"干得好啊,怀特先生,"异样的声音说,"我本来以为您这位正直好市民手脚会更干净利落的,看来你也有黑暗的一面嘛,对吗?这表示你很有潜力。"

"什么潜力?"山姆问话小心翼翼。

"你打算怎么筹钱啊?"

"我可以跟我的家人讲话吗?"山姆插话,"我怎么确定她们还活着?"

"如果她们死了,你一定会知道的,"那声音说,"我不想打扰她们,但是你如果真要听她们的声音,我可以让她们尖叫。"

"不要!"山姆不假思索地说,"不要,不必找她们来,我求你。"

"就照你说的,"那声音停顿了一下,"好,我刚才要问你打算怎么筹钱?"

"好,我的意思是我会筹到钱,只是我没有——"

"山姆,我知道你有办法,再联络了。"

对方挂断电话。

要给他一百万美元,山姆还要筹到二十五万。一想到这么多钱,他就想哭。

他留了讯息给汉纳的父母,但是他们去旅行了,也没带手机。如果他们把房子拿去抵押,应该筹得到二十五万。但是抵押要花多久的时间?他自己的父母也已经把房子卖掉,买了那台蠢到极点的休旅车,根本就帮不上忙。那么该找朋友帮忙吗?他并没什么朋友。早在很久以前,能称得上真心的朋友便已经从他的生命中彻底消失了。

每次遇到这么绝望的时刻,比方说试镜没过,或被年纪只有他一半的导演羞辱——当然,现在想起这些事感觉一点都不重要了——汉纳总会在身旁安慰他。他一直都很依赖汉纳。

天啊,他好想她。

门开了,沉浸在思绪中的山姆也醒了过来,札克走进门里,手里拿着热腾腾的越南式三明治和冰凉的 Dr Pepper 可乐。山姆接过食物,点头表达谢意,便坐在床边吃了起来。他嘴巴本能地咀嚼食物,根本没注意那尝起来是什么滋味。

"他又打来了。"山姆吃了几口后,对札克说。

札克的嘴巴也停了,"他要什么?"

"他问我钱的事情。"

札克缓缓点头,"我也在想那件事,"他说,"我得先打几通电话,说不定能找到认识的人。"

山姆睁大双眼,"太感谢你了,因为我找不到人可以帮忙。"

"先别太兴奋,"札克告诫他,"我还没打电话呢。"他停了一下,又问:"他提到你的家人了吗?"

山姆神色变得凝重,"有啊。"他从鼻子呼出一口气,"他说如果我要证明,他就要让她们尖叫。"

37

"你走错路了,"普雷斯顿探长抗议,"我家住在另一边。"

"我想去那边看一看。"霍根说。

"你不能先送我回家再去看吗?"

"别紧张,机智问答已经播完了,你连结尾都看不到。"

"我老婆录下来了。"

"真的吗?"

"你这是什么意思?"普雷斯顿抗议,"我们喜欢一起看,看谁答出的问题最多。"

"你怎么知道她没作弊?"

"作弊?"普雷斯顿皱起眉头,"你在说什么?"

霍根笑了笑,"你怎么知道她不是边看边录?等你回家一起看,她早就知道答案了。"

普雷斯顿沉吟半响,"不会,她才不会作弊。"

霍根大笑,"你不是最爱说女人最会骗人吗?"

"没错,但是……去死啦!你真以为她会作弊?"

"可以的话为什么不?"

"所以每次都是我赢。"普雷斯顿沉思。

"都是她故意让你的——"

"那样我就不会怀疑她了。"普雷斯顿接话道。

"一点都没错,如果她每次都赢,你一定会发现。"

"作弊鬼……"普雷斯顿摇摇头,说到一半就不说了。

霍根把车子转往山姆住的那条街,把车停在发现两具尸体的大坑洞前,并关掉引擎爬出车子。普雷斯顿烦躁地叹了一口气,也跟着出去。

霍根走到大洞旁边四处张望。里面有破掉的水管、电线、水泥块、烧黑的木头、扭曲的金属、砖头,还有一个无法辨认的东西发出亮光,那可能是被毁掉的烤面包机、音响,或者任何有可能出现在家里的物品。

他转过身子背对大洞,眼睛来回巡视街道。

"你在看什么?"普雷斯顿问。

"我不确定,但是怀特在洋酒店的时候,刻意看了摄影机一眼,感觉他好像知道有人在监视他。他必须让对方看到他干了什么好事。"

"他可能只是对我们挑衅吧,"普雷斯顿争论道,"凶手不但逃亡去了,还对我们说:'你们算什么玩意儿!'"

霍根的眼睛盯住对面那户人家的车库。他朝着那房子走去,安静的住宅区街道上连一辆车也没有。

那是一栋白色镶棕边的双层楼房,普雷斯顿也跟着过了马路,和霍根一起站在屋前的人行道上。

他循着搭档的眼光,看到可停靠两部车的车库顶上装了三头的安全灯。

霍根走到车道上,灯一侦测到动作就亮了起来,其所投射的

光线穿过街道直至对面的大洞旁,高得并不寻常,而且最让霍根觉得奇怪的是,其中只有两盏灯泡会亮。

"你有没有发现中间那盏灯很怪?"霍根问。

"烧坏啦,还有什么怪?"

"还有一个地方很怪。"

普雷斯顿走近一些,抬头张望。

"这跟其他两盏不同,"他说,"事实上,我觉得那不是灯,感觉像是镜头。应该是安全摄影机吧?"

霍根走上花园的小径,到了这家人的门口,并用手指敲了敲门。门上有一片很可爱的手刻名牌,上面写着"牧者的羊群"。

门打开了,出现一位红发男人,年纪看来约莫五十出头,身上还穿着上班的条纹衬衫和领带。

霍根一拿出警徽,对方立刻露出服从的神色。

"跟我儿子有关吗?"他操着一口苏格兰口音,"他又干了什么好事?"

"我们想问你一些事情,跟对街的房子有关。"霍根说。

男人的脸略略抽动,声音洋溢着关切之情,"真可怜啊,不是吗?那家人好可怜。"

"爆炸发生时你在家吗?"普雷斯顿问。

"在啊,我正在睡觉。不骗你们,我吓得屁滚尿流呢。"

"我们想问问,你有没有留着当时的监视录像带?"霍根问。

男人皱起眉头,"我不懂。"

"摄影机拍到的监视录像带啊,"霍根用大拇指指向车库的方向,"你的摄影机正对着那栋房子。"

"我没装摄影机,"他说,"只装了自动感应灯。"

"你可以过来看看吗?"霍根问。

"可以啊,没问题。"

三个男人走到车道上,抬头看着那三盏灯,屋主抓了抓头。

"怪了,我不知道中间那是什么,感觉是第一次看到。"

霍根皱眉,"我们可以带回局里吗?"

"没问题,我去拿梯子跟扳手。"

男人走回屋里。

普雷斯顿看着霍根,流露出痛苦的眼神。

"怎么了?"霍根问。

"妈的,这男人的苏格兰口音真难理解,你怎么听得懂啊?"

霍根咧嘴一笑,"抓到重点就够了。"

38

吃完三明治后,山姆把包食物的蜡纸揉成一团,朝着墙角的小藤篮丢去,但没有丢中,纸团便在地毯上滑行,滚入桌底。

他拿起电话,"十点就上班了,我最好打个电话去请假。"

时间刚过九点半。

山姆向上司解释他家毁于火灾,家人也随之失踪,并在说完后静静地听了一分钟,才挂上电话。

"他说我可以请几天假,再多就不行了。"

"烂人。"札克嘟囔道。

"老板不都这样吗?"

"我很努力不让自己变成这种人。"札克说。

"你也是当经理的?还是你担任什么其他职位?"

"其实我是整形医生。我开了……"他停了一下,"我在圣迭戈开了一家私人诊所。"

"隆乳跟打肉毒杆菌那类的吗?"

札克耸耸肩,"对,几乎都跟美容相关,不过我一星期会去儿童医院两天。那些需要整形的孩子最令人心碎,可是也让人觉得最有价值。"他又停顿半晌,"我好想念那些孩子。"

"你回不去吗?"山姆问,"我的意思是,等这一切结束之后。"

札克摇摇头,"我的第二项任务让我甭想回去了。"

"为什么?"山姆的声音除了同情,还有恐惧。

札克用纸巾擦了擦手,再擦掉嘴角的酱汁。

"闯红灯过后的一两天,"札克说起故事来,"因为我要变卖所有的财产,筹到一百万美元,所以我也没去诊所上班,结果他打电话来,一定要我接待一位特别的顾客……"

札克有所迟疑,他脸上的表情告诉山姆那痛苦的过程记忆犹新。

"她来看诊已经有一段时间了,过去几年来我帮她动了好几次手术。我们的术语叫作'对抗地心引力'。她曾在纽约拍过一阵子的肥皂剧,长得非常美丽,骨架也棒得不得了……她当然对自己的外貌相当自负，而且即便是卸掉了厚厚的妆，她仍旧甜美可人、娇艳欲滴，我以前就很喜欢她。"

"以前？"山姆问，立刻想到更糟的情况。

札克缩了缩身子。

"现在也很喜欢，"他更正道，"她还活着，他并没叫我杀死她。"

"他要你做什么？"

札克深吸了一口气，"他要我毁她的容，然后强暴她。"

"噢，我的天啊！"

"我老婆跟女儿都被绑架了，"札克继续说，语气听来非常痛苦，"我已经好几天没合眼，然后我做的每件事都违反我的本性。"他看着山姆，流露出哀恳的眼神。"自从卡丽出生，有时候我会思考自己肯为家人牺牲到什么程度。我曾想象过，如果有只大象朝她俩冲了过来，我一定会飞身过去救她们，或者我们在快要沉没的船上，救生艇只剩两个人的位置，我也一定会让给她们。但这人要的不是牺牲，他不要我们当英雄、不要我们舍弃生命，也不让我们跟崇高的行为沾得上边。他只要啃食我们的灵魂，让我们变成野兽。"

山姆不知该说什么，"最后你怎么办？"

札克怒目而视，"你觉得呢？"

山姆知道自己无法判断，于是避开他的眼光，更害怕自己不知还要面对什么挑战。

札克伸出手抓住山姆的手臂，把他拉近，两人的脸几乎都快

碰在了一起。他的声音细若蚊蝇，口中的气息又香又甜。

"我造假。"他轻声说。

山姆瞪大了眼睛，"怎么造假？"

"整形手术就是要精准，用细致的手法进行小到看不见的缝合。只要组织跟肌肉都对了，我就能创造奇迹。要是技术够好，我也可以创造噩梦。"

"我不懂。"

"在皮肤下切开小小的伤口，把肌肉和皮下组织及一层层的肉分开，就能立刻看到很可怕的效果。就像老人把假牙拿出来的时候，脸颊会立刻垮下，要是再加点瘀伤，你看起来就会像被大卡车撞到一样。手术的过程中，若要不留下永久的伤害，底层的组织只要保持完整就可以修补。整形医生的圈子很小，她被紧急送医后，外科医生一看就知道是我动的刀，也知道该怎么处理。"

"强暴呢？"

札克望向远方，"我已经确认过我的手术室里没有摄影机。我只要安排好场景，所有人都会立刻想到最简单、最下流的结论。毕竟，我已经把那个可怜女人蹂躏到不成人形，还会有谁怀疑我究竟有没有强暴她呢？"札克的眼中满是伤痛，"大家都认为我有罪。"

"造假啊。"山姆语带佩服。

"但是我要付出的代价呢？"札克问。

"你觉得他发现了吗？"

札克摇摇头，并没针对问题回答，"我想过，但他又何必在乎呢？那女人的命对他来说根本无关紧要。他只想毁掉我的名声、我的事业，他要把我变成亡命之徒。那女人只是他用来毁灭我的工具。"

"但是他还没毁掉你，"山姆说，"你还在努力。"

扎克擦去眼角溢出的泪水，"山姆，如果你不觉得我已经完了，那表示你还不够了解我。"

39

霍根站在铝梯上，发现根本不需任何工具就能拆下那个小摄影机。那机器本身连接在金属小圆盘上，以强力磁铁固定在两盏安全灯的中间，并未连接到任何电线，而是靠内部的电池发电。而连接到屋内电力系统的唯有剩下来的那两盏灯。

霍根拉下摄影机，轻轻地翻了个面。机器比他的拳头还小，看来是个毫不起眼、密封完整的白色塑料盒，前面还有个小镜头，从旁边伸出一条短短的金属天线。镜头边缘印了一圈字，标榜这台摄影机除了有强力变焦镜头，还有精密的无线技术。

"里面有带子吗？"普雷斯顿在下面大喊。

"我从没看过这种型号，不过我确定它是通过远程接收数据。如果我猜得没错，有人用计算机控制摄影机，通过无线网络传送并接收数据。"

"操作的人一定就在附近。"普雷斯顿说。

"不一定。只要找好中继站，他人在哪里都可以。这人更有

可能就在附近的车里，用笔记本电脑操控摄影机，用不到的时候或许还能通过睡眠模式省电。"

"所以我们不知道它到底拍到了什么？"

霍根爬下梯子，"我不确定。我找不到备份装置的插槽或记忆卡，不过我们可以找高科技专家来鉴定指纹，看看里面是什么东西。"他从口袋抽出收纳证物的透明塑料袋，把摄影机放了进去。"如果他们能找到序号，或许我们就能找出谁买了这台摄影机。"

"哎呀，"普雷斯顿装出很开心的模样，"但是我们可以明天再弄吗？我现在看到你的脸就觉得好烦哦。"

霍根大笑，"你真是迫不及待要回家，看看你老婆有没有先偷看机智问答的答案呢。"

普雷斯顿开始皱眉，"对，你这蠢蛋，我这么单纯的兴致也被你给破坏了。"

玛丽安听到生锈的铰链"嘎嘎"作响，牢房的门打开了。

她惊慌地坐起身子，全身紧绷。

"孩子，别紧张。"女人把手放在女孩的肩上。

玛丽安瞪着牢房的门，在漆黑的房间里待了如此之久，打开的灯光让她睁不开眼。

"我要弄清楚。"她说话的声音很轻，轻到嘴唇几乎毫无动弹。

待那方灯光完全进入，那巨人移动身子挡住中间的光线，身子周围放射出少许的光线。

光圈的效果让他看起来像是纸板剪出来的人形，毫无立体感。

"别动。"他的声音缓慢而沉稳，"我拿水跟食物来了。"

"谢谢您。"女人说。

玛丽安瞥了她一眼，皱起眉头，她不喜欢女人充满感激的语气。

"玛丽安跟我都很感谢您，"她继续说，"玛丽安，对不对？"

玛丽安依旧眉头深锁。

"不要讲话。"男人走进牢房，手上拿着小托盘，上面有两瓶水和两个包了塑料膜的三明治。

"戴维，很不好意思。"女人卑躬屈膝，一如往常，"我们觉得有点寂寞，要是——"

"我不叫戴维。"

"噢，抱歉，一定是我听错了。我——"

"我不想听！"

男人弯着腰站在牢房中间，正要把托盘放到地上。他回头看着那个女人，内心百感交集，脸上一览无余。

这时玛丽安跳了起来，逃出牢房。

"玛丽安，不要啊！"女人尖叫。

男人愤怒大吼，把托盘丢在地上，转身追起了玛丽安。

男人才走了两步，女人就跳到男人背上，用尖锐的指甲伸进

换命

他的双眼,并用更锐利的牙齿咬入他的颈项。

玛丽安沿着走廊跑去,刺眼的灯光让她泪水直流,眼前呈现一片朦胧。但这次她不想逃跑,她有了新的目标。

当她跑到之前去过的牢房,她顿时止步,把耳朵压在木门上,听到里面传来痛苦的哭声。

玛丽安用拳头嘭嘭敲着牢门。

"妈!"她大喊,"妈!我还活着,我没事。别再哭了,求求你。我会救你出去,爸一定在找我们,你知道他一定会来的。"

牢房内传来的尖叫声充满痛苦,玛丽安顿时僵住。

"妈——妈?"她喊道。

玛丽安抓住牢门的把手,她一推便吓了一跳——门居然没锁——于是她用力推门,感觉到门缓缓打开,老旧的铰链"嘎吱"作响。

门开了一半,走廊上的灯光便照出有个人躺在角落的小床里,用毛毯包住全身,只露出单臂垂挂床边。那一看就知道是一只女人的手,瘦弱苍白,虽然悬着不动,却隐约带着一抹高尚。只不过那手沾满尘土,连带五根指头都破了,指节也呈现出瘀青流血的样子。

玛丽安克制住想哭的念头。

"妈——妈,是……是你吗?你没事吧?"女人的手臂抽了一下。

"她没事。"黑暗中传来一个冷酷的声音,有个人就在门后。

SWITCH

玛丽安转过身子，一个紧握的拳头打中了她的侧脸。拳头的力量把她打得站立不住，一把撞在坚固的门框上。玛丽安的头砸到石头，便宛若一团稀泥晕倒在地。

女人被巨人从背上丢下，尖声大叫。

她重重地摔在地上，但她不顾疼痛，在地上一滚，像摔跤选手一样半蹲着身子。她龇牙咧嘴，准备不顾一切来保护那个女孩。

巨人抓住自己流血的颈项，上面的绷带已经撕了下来，他放声怒吼。

"贱女人！"

"不要欺负小女孩。"女人声嘶力竭地说。

"去你妈的！"

女人向前一跃，但巨人也不是外行人，他移动迅速，不似外形那样笨拙。他借力使力，把女人用力一转，用一只粗壮的胳膊环住她的颈项，而另一只手猛然"咔嚓"一声，扣住了女人的肉身，开始用力挤压。

压住女人气管的力量越来越大，导致她的双眼突出。她还用脚去踹那男人，但那巨人只是狞笑，向后弓起身子，将她举离地面。

"别把她弄死了，"门口传来一个声音，"她应该还有点用处。"

喉头的力量仍未松脱，女人的眼前已经出现闪亮的火花，她觉得自己快要失去意识。

"理查德，我说放了她，你已搞砸过一次了。"

在黑暗占据牢房之前，她看到浑身松软的玛丽安被放到床上，被打歪的脸上布满鲜血。

41

手机响了，山姆觉得自己的心脏就像汽油快要用完的引擎，即将停止跳动。

他接起手机。

"怀特先生，"异样的声音说，"我想请你去送个东西。"

"好。"山姆感到胃在翻搅。

"你把那两瓶酒带到波特兰的正中心。等你到了，我会有进一步的指示。你有一小时的时间。"

"那是哪里——"

对方已经挂断电话。

"可恶！"

札克看着山姆，眼中带着期待，但他跟山姆一样极度恐惧，面如白纸，同时却又怒不可遏。

"波特兰的正中心在哪里？"山姆问。

"伯恩赛德桥，"札克不假思索地回答，"这座桥把波特兰分成南北两半；威拉密特河则把波特兰分成东西两边。"

"所以桥的中间——"

"就是波特兰的正中心。"札克替他接话。

"听起来很熟悉,"山姆说,"或许我在学校学过,只是我以前没注意听。那座桥有什么特别的地方吗?"

札克想了一下,然后耸耸肩,"那座桥可以开合,有船通过的时候可以打开。"

"我得一个人去。"山姆说。

札克点头表示同意。"他之所以选择这个地点,或许正是因为他可以任选一头监视,确定没人陪你一块儿去。"

"如果我做了什么蠢事,"山姆恨恨地补充,"他就可以把桥打开,让我他妈的就这样掉进河里。"

札克把车钥匙递给他,山姆却摆手表示拒绝。

"我们应该去开我的吉普车。如果他不知道你在帮我,应该就会认为我会开自己的车去。"

"万一警察正在找你呢?"札克问,"如果洋酒店的老板认出你是谁,他们一定会派人监视你的吉普车。"

"他妈的!好吧,去开了就知道。"

札克把车开到宁静的住宅区,停在一辆Suburban四轮驱动车后,那辆车就像小巴士一样大。

山姆的房子——或者说之前是他家的那个大洞——距离这里还有一个路口。

"有哪里不一样吗?"札克问。

山姆摇头,"他们没理由因为我抢了两瓶酒就来监视我。若真要监视,他们每天晚上都会开巡逻车经过好几次。"

"现在还是这样吗?"

换命

"我今晚再把车子开回来好了,"山姆说,"就开最后一次。"他在这世界上就只剩下这台车了,而现在自己居然连车子都要丢了。

山姆下了奔驰车,用手臂夹着抢来的酒,小心翼翼地走到下一个路口。他绷紧神经留意开过身旁的车子——就连停着不动的车子也在他注意的范围之内——直到最后才平安无事地走到吉普车旁。

他轻巧地坐上驾驶座,把两瓶酒放在旁边的座椅上。未铺车垫的金属车底放了一个塑料袋,这吸引了他的注意。他觉得非常好奇,于是弯下腰去打开袋子——里面装有他本来要送洗的保安制服、红色的保温瓶,以及肯尼斯帮他录下广告的 DVD。

在购物中心工作、被精力旺盛的青少年用漆弹攻击,这些全都恍若前世——那时的他只是担心制服会不会弄脏,还有自己会不会颜面尽失。

山姆坐直身子,深吸了一口气,并插进车钥匙,踩下离合器、打了空挡。启动后的引擎轰轰作响,很快便转换成平稳的颤动声。

札克把车停在他的旁边,通过吉普车空空的车框看着他。

"我会继续筹钱,你先去办事吧,"他说,"我先去找个老朋友。"

山姆点头表示感激,并带着钢铁般的决心,把车往伯恩赛德桥开去。

山姆离开后,札克翻开手机报告情况。为了挽救妻子的命运,他不得不背叛山姆,但是札克发现这比想象中要难得多。

他还记得二十几年前的他恨透了山姆,可是现在的山姆已经完全变了个人。

42

伯恩赛德桥的构造十分壮观。从河边看过去,桥两端高耸的机舱就像是童话故事里的塔楼,但若从路面上看,就只是另一条延伸而过的窄柏油路,连接波特兰的南北两半。

开合的接缝就位于两座塔楼的中间。快要抵达目的地时,山姆闪了闪车子的危险警示灯,并把车停在桥边。小小的吉普车不但挡住了脚踏车道,还连带占了另一条车道的一小块。

桥上的车子不多,但几个闪过山姆的车主仍然很不耐烦地按了按喇叭。

山姆把手机放在仪表板上,掏出他的 Zippo 打火机和装着小雪茄的锡盒。他选了一根雪茄,舔湿了表面的卷烟纸,花了一点时间烤干滤嘴,然后才点着打火机,把雪茄放在外层的火焰上转动,直到烟草均匀地燃起。虽然这场仪式可谓多此一举,却也让他更加平静。

随着山姆吐出刺鼻的烟雾,他看到玻璃舱里的操作员也跟着激动起来,他就坐在椅子上,愤怒地向吉普车比起手势。那人摇着一根手指和三个指节,勾起的拇指看来就像枪上的击锤。山姆下定决心不理他,那人拿起了电话。

这时,手机响起。

"再来呢?"山姆问。

"很焦虑是吧?"那声音说。

"只是为了要见到我的家人。"山姆冷冷地回答。

"马上,"那声音说,"你马上到桥的东侧,下面有个小村子。你去那里找戴维。河滨步道的南端有个仓库,围篱上有很多洞可以穿过去。当我看到你们两个都在仓库的停车场里,我就会再打电话来。"

"什么——"

电话那头一片死寂。

山姆把抽到一半的雪茄丢在一旁,发动了吉普车。操作员高举双臂,一看就知道他想说你到底在搞什么。山姆仍旧置之不理。

到了桥的东侧,山姆把车子切出主要街道,开上小路,然后来到铺满碎石子的停车场,周围的铁网围栏已经出现破洞。

威拉密特河的西侧有旧城、中国城和亲水公园,吸引了不少观光客和居民,但东侧就不一样了,它还在等待重生的机会。投机商人买下一片又一片上等的土地,却任其荒芜,耐心地等待最适合出手的时机。

山姆停下吉普车,走到车子后方。他打开后车厢,把一片薄薄的正方形黑色橡胶片向后拉,露出凹下去的不锈钢栓,上面还有个结实的挂锁。山姆拨到正确的数字,打开不锈钢栓。他把千斤顶和紧急工具箱推开,拿起一个里面装有黑色金属手电筒的小帆布袋,那手电筒的光线虽然微弱,却还能派上用场。

山姆迟疑半晌,把左轮手枪从背心的口袋里拿出来,放入黑

色工具箱旁边的空间。这工具箱装了舞台化妆用具、假发和假牙，万一临时需要上场表演，自己就能从这里找到工具。汉纳常拿这工具箱嘲弄他，说他比拿着鼓鼓手提包的女人还要糟。但因为导演原本想要的演员无法及时报到，这只工具箱曾经让他抢先获得两次演出的机会——即便那两次都只是有几句台词的小角色。

山姆把挂锁锁上，再把垫子盖回去，并把一瓶酒包在沾了油渍的破布里，免得两个瓶子相互碰撞，然后又把酒瓶塞进帆布袋里。之后，他手里抓着手电筒，把帆布袋背在肩上，朝着威拉密特河走去。

43

穿过高速公路后，山姆下了一道长长的楼梯。傍晚的雾气让木头踏板变得湿滑，金属扶手也因使用多年、堆积了一大堆鸟粪，已然遭到侵蚀。

走完楼梯后，山姆凝视桥下雾茫茫的一片黑暗，待双眼习惯黑暗之后，便能逐渐看清摇摇晃晃、走来走去的游民。这些人不肯去城里的庇护所，波特兰的帐篷城"尊严村"虽然越来越大，但他们不愿遵守那儿严格的规定，有人即便想去，却也走不完十一公里的路途。

山姆走近人群，全身紧绷，眼睛扫过当作临时住所的帐篷和纸箱，寻找一个他素昧平生的人。这座古老的桥梁下居然有这么多的流浪汉，他看到了也大吃一惊，然而组成的人更是让他意想不到：几十个年轻人的眼睛就跟野兽一样，表情也非常严肃；单身的男女喋喋不休地交谈，愤怒、笑声和疯狂相互交融；甚至还有整个家庭，家人脸上失落的表情怎么藏也藏不住。

山姆走到桥梁的阴影下，才走了几步就停住——一个不比八岁儿童高多少的胡须男走了过来。他穿着土黄色的雨衣，长长的下摆像结婚礼服般拖在后面，脚上一双过大的牛仔靴让他看起来就像霍比特人走错地方，从托尔金[1]的书跳到了葛雷[2]的西部小说里。

男人走到离山姆一步远的地方就停了下来，抬起头来专心地凝视他，山姆极力克制内心的恐惧。

"你要干吗？"男人低声问他。

"呃，我来找人……一个男人。"

"这里男人很多。你找的人叫啥名字？"

"戴维。"

胡须男点点头，转过身去扫视这个临时村庄里更为黑暗的角落。

"第二个火桶，"过了一会儿他说，"白头发，绿外套。走路时小心点，有人带的东西没你多也照样死在这里。"

山姆还没来得及问清楚，男人就消失在桥下阴暗的角落里。

山姆走近火桶，两个男人和一个狮子鼻的女人围着火桶站着，分喝一瓶没有标签的葡萄酒，嘴里还不住吹嘘。在闪烁的光线中，

---

[1] John Ronald Reuel Tolkien, 1892—1973, 英国作家，以《魔戒》一书闻名于世。

[2] Zane Grey, 1875—1939, 美国西部探险小说作家。

葡萄酒浅黄的色彩带上一抹绿色，仿佛那尚未成熟的柠檬。

"你是戴维吗？"山姆问。

一个白发驼背、穿着绿色外套的男人慢慢转过身来。他炭灰色的双眸直盯着山姆的面孔，目光跟刚才那胡须男一样强烈，但他的眼神不知为何变得柔和起来，脸庞感觉起来也比他历经沧桑的外表更加年轻。

"我认得你。"戴维说。

"我有话要跟你说，"山姆的口气有点不自在，"我带了东西给你，但我不能在这里给。"

"好哇，好哇，等我拿一下背包。"

戴维进了一座用纸板和破木头所搭成的屋子，其中木头和纸板是用橘色和绿色的渔网错综复杂地组合而成的。山姆在外等候，戴维从里面拿出了一个装得鼓鼓的蓝色牛仔布背包。

山姆想，背包里可能是他所有的财产。这也是人生中他第一次明白身无长物是怎样的感觉。

戴维使劲地把沉重的背包甩至肩上，跟着山姆往下游走，远离桥梁的庇护，并躲开窥探的目光。

"你是山姆。"

"你在等我吗？"山姆很惊讶地问。

"没有啦，但是我记得你。"

山姆停下脚步，"记得我？"

"对呀对呀。你演过很多舞台剧，酷毙了。"

山姆又继续往前走，"我高中毕业后就没再演舞台剧了。"

"真可惜，"戴维说，"你很会演。有一出戏里你跟所有的女巫跳舞，我们还要用黑色的灯光和造雾机，我好喜欢那一出哦。"

山姆又停下来，"那是《月之暗面》，我演小巫师。"山姆停顿了一下，"十二年级的时候。"

"对啊，超酷的。我负责设计灯光，还有控制灯光。"

山姆瞪着眼前满头白发的男人，慢慢地认出他是何方神圣，"戴维·奥唐纳？"

戴维缩了缩身子，"是啊，我就是戴维·奥唐纳，但是大家都不知道我姓什么了，就叫我戴维吧，好吗？"

"天哪，我刚才没认出你来，以前我们老是混在一起。"

"对呀对呀，"戴维启齿一笑，拉拉自己的头发，"我运气不太好。人嘛，能承受的就那么多，你明白吗？"

山姆从步道移开目光，找到了那座仓库，开始沿着一片长草走去。戴维跟在后面，过长的野草拂过他的膝盖。

"你还跟我们那帮人来往吗？"戴维问。

"没有。我毕业后就离开了波特兰，几个月前才回来的。"

"我听别人说——忘了是谁说的——你演过《夏威夷之虎》，那一定酷毙了。"

山姆微笑道："对，不过我只演了两集。"

"还是……很赞嘛，对吧？"

山姆走近隔开仓库和河岸的铁网围栏。"我们出去吧，不然要给虫子吃掉了。"

戴维指了指下游,"那里有个缺口。没有虫子,冷到没虫了。"

山姆又继续走,戴维跟在旁边。

"你怎么会到这里来呢?"山姆问。

戴维的声音既痛苦又空洞,"酒后驾车撞死了一个孩子。那驾驶员才十九岁,所以我也从此完蛋。打破了修不好的东西就再也没有机会了。"

"是你开的车吗?"山姆说。

戴维的下巴碰到胸口,他仿佛想就此躲起来,不愿承认事实。

山姆找到了围栏的缺口穿了过去。他走过铺满碎石子的停车场,停在四辆大型工业垃圾车旁,并把肩上的帆布袋放在地上。戴维走过来的时候,山姆把手伸到帆布袋里,取出一个大瓶子。

山姆把酒递给戴维,他的双眼亮了起来。

"朗姆酒。"戴维舔舔嘴唇,一边转开瓶盖,"这么大瓶,可能会喝死呢。"

戴维大大喝了一口,把瓶子还给山姆,山姆也随之喝了一口,感觉酒精热热地在喉头灼烧。

戴维拿回瓶子,又喝了一大口。他笑了一笑,把背包放在地上,开始在里面摸索。

"要给你看个东西。"他的口气很兴奋。

过了一会儿,戴维站起身子,拿着一大本厚度超过一厘米的精装书,书封用银色墨水绘出印第安战士,而且"一九八四"四个数字还是金色浮雕,只不过早已褪了色。

"还记得吗?"

"我们的高中毕业纪念册。"

"他妈的答对啦！"戴维面露喜色，又喝了一大口朗姆酒，"下一届他们就改了吉祥物，因为有人说印第安战士带有种族歧视。我到哪里都带着这本纪念册。"

"为什么？"

"为什么？"戴维尖叫，"为什么？"戴维又喝了一口酒，他喝得很快，烈酒从嘴角喷出，"老兄，这是我的一切。我这辈子的好事都发生在高中的时候。接下来的则全是狗屎。"他开始叫喊，"你懂我在说什么吗？狗屎！狗屎！全是狗屎！"

他把手放在纪念册上，就像按着《圣经》发誓，同时泪水夺眶而出，"就好像跟诸神走在一起。我也在那里，我好纯洁，我……我是个好人。"

戴维一屁股坐在地上，盘起双腿，并把酒瓶放在旁边、把翻烂的纪念册放在大腿上。

"我找给你看。"他翻开铜版纸书页，指向一张张的照片。

山姆手足无措，只得坐在从小就认识的戴维旁边，和他共饮一瓶酒，听他诉说起陈年往事。

44

屋顶上有个人，凝神监视着下方停车场内的情况。

一弯新月初上，停车场里一片漆黑，肉眼几乎看不到里面的人影。但他却能听得一清二楚，声音在夜晚的空气中毫无障碍，

每个字都清晰得犹如说话者就在身旁。

好熟悉！

好惬意！

监视的人从小包包里取出一副夜视镜戴在头上。他扳开了电力开关，下面的情景立刻添上了一层含磷的绿光。他现在能清楚地看到两个男人的身影，他们两人依偎在一起看着手上的纪念册。

他们一度是好友，但两人之间的友情却是如此脆弱，没过多久便随即破灭。山姆·怀特就是那种人，他只想到自己，从来没想到要跟自己最忠诚的好朋友保持联络。

戴维上了法庭受审，也曾自杀过，最后入狱了好几年，山姆根本就不知情，同时也不在乎吧？别人的痛苦对他而言又有何干？人总会受到演员吸引，就像飞蛾扑火一样，从不了解火焰不在乎飞蛾，也不明白火焰燃烧只是为了保持自身的光亮。

戴维在最需要帮助的时候得不到山姆的协助，现在却跟他一起欢笑，仿佛什么都没有发生。

监视的人摇摇头。遭到背叛的戴维应该很恼火，他把这个人当作朋友，朋友却自私地不关心他；一看到这个人，戴维应该手脚并用、牙咬手撕，把他海扁一顿，而不是跟他一起开怀大笑。

山姆·怀特这个自恋狂，他的真面目已经被揭穿了，他应该向大家跪地求饶。

屋顶上的男人紧紧地抓住抛弃式打火机，用大拇指猛力摩擦，擦到手指都滚滚发烫。

他仍然动也不动。

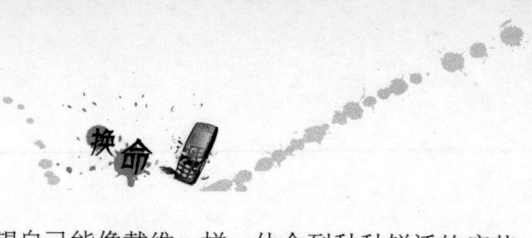

有时候他也希望自己能像戴维一样，体会到种种鲜活的痛苦感受。他跟戴维还有很多相似的地方——两人都想掩盖把他们推上现在这条路的伤疤，两人都是生命的斗士。

但看着戴维欢笑的模样，他的思绪变得紊乱。或许他该温柔地提醒戴维看清楚他的老朋友究竟是个怎样的人。

45

手机响起，山姆吓了一跳，恐惧足以撼动他的五脏六腑。

"山姆，叙旧叙够了吗？"异样的声音问。

"你想怎样？"

"你要你的家人回来吗？"

"当然要。"

"你现在应该全心想着家人才对。"

"你要我做什么，我都办到了。"

那声音笑了，只是一阵电子仪器的"咯咯"和"沙沙"声。

"你根本还没开始。"

山姆凝视着迷失在另一个时代里的戴维，那个时代还没手机，他似乎没注意到山姆突然被拉回了现实。

"你要我做什么？"山姆冷冷地问。

"我要你干掉他。"那声音说。

"老天，我不要——"

"不干掉他，我就干掉你女儿，选一个。"

"你这个变态的混蛋！"

"我要听到声音，"那声音说，"不要挂断电话，我要听到他的惨叫声。"

山姆把手机压在耳朵上，环顾四处，寻找起折磨他的那个人。要看清楚停车场的情况，一定要从仓库屋顶上往下看，同时也须具备夜视镜。虽然山姆找不到蛛丝马迹，也看不到从玻璃上反射出来、泄露行踪的微弱光线，但他却觉得那声音也在现场。

山姆蹲下，把手机放在脚边，他的心思敏锐，发现蹲下来时垃圾车正好挡住了屋顶。

山姆在地上放好手机，他全身肌肉紧绷，一心只想着玛丽安和汉纳。他清空了情绪、放空了脑袋、抛掉了气愤和恼怒，更完全忘了戴维是他的朋友⋯⋯

山姆咆哮一声，跳了起来，无情的暴怒让他只能盲目地迅速行动。戴维尖叫了一声，被山姆抓着外套领子提起来，他最珍爱的纪念册从手里滚到地上。

"干什——"

抗议声骤然变成"嘶嘶"的吐气声，山姆一拳打在戴维的肚子上。

打伤了戴维后，山姆还把他丢在两台金属垃圾车的中间。戴维的体重很轻，在地上连滑带滚，一直到他撞在桶子上，发出了沉闷的声响。戴维挣扎着要起身，山姆便抓起已开瓶的朗姆酒一把摔在他的脚上。

戴维结结巴巴地说话，颤抖的嘴唇上浮出了白沫。

"你——满——意——了——吗——"山姆从帆布袋里抓出第二瓶酒,在瓦砾堆上敲碎了瓶子。

"山姆,求求你,"戴维终于发出了嘶哑的声音,"不要啊。"

山姆无视老友的恳求,伸手抓起纪念册。

他把书凑到打火机上——

"不要!"

书页着了火,他把纪念册丢到沾湿了酒精的木片和纸片堆上。

戴维震耳欲聋的尖叫声在停车场中发出回音,酒精爆出了白热的火焰,一口气点燃了所有的东西。黑色的浓烟在夜空中翻腾,干燥的木头爆开断裂,熔炉般炙热的空气带来了上升气流,而纸板正飞舞其中。

山姆转过身子,背对着狂暴的火焰。他拿起地上的手机,熏黑的脸颊上满是泪痕。

"你听到了吗?"字字饱浸愤怒。

"怀特先生,谁才是变态的混蛋啊?"

监视的人脱下了夜视镜,眼睛盯着火焰,倾听戴维的尖叫转为一片寂静。

他独自一人待在屋顶,看到山姆准备离开,却又停下脚步,浑身发抖,接着倒在地上。

微风带来痛苦的呐喊,监视的人笑了。

"你学了一课,"他说,"你学会睁开眼睛,看看你自己到底是谁。"

监视的人收起夜视镜站了起来,一身黑衣的他隐没在黑暗之中。

47

山姆坐在冰冷、凹凸不平的地上,背对着还在燃烧的余烬。血管中暴升的肾上腺素消退后,他不断颤抖。

三十分钟前,他觉得他听到了车轮轧在碎石子上的声音,那辆车已从仓库的另一边开走,只是他不确定那是不是幻觉。

两台大垃圾车中间最黑暗的角落飘出低沉的呻吟声。山姆环抱住自己,想要停止发抖。

呻吟声越来越响,接着爆发成一长串短促的干咳声和喘气声,然后戛然而止。这个晚上终于有了片刻绝对的宁静。

"山姆,你干吗要那么坏啊?"一个微弱、颤抖的声音问。

"有人要你死,行吗?"山姆的声音比耳语大不了多少,"而且他要我来动手。"

"为什么?"

"我还没查出原因。"

"你烧了我的纪念册。"

"不烧书,就烧你。"

"你烧到我了,真的。我的腿上都是水泡,鞋子也熔化了。"

"我必须让你尖叫。"

戴维哼了一声,"完成任务……妈的,好痛。"

"别动!"山姆厉声说。

"为什么?"戴维反驳,"你还没完吗?"

"他可能还在看。"

"谁?"

"我不知道。"

"你他妈的真没用。"

"我刚救了你的命。"

"你用火烧我。"戴维抗议。

"你留在这里,等天亮了再去看医生。我想你应该知道有哪些地方不会检查身份证明吧。"

"我知道啊,那又怎样?"

"你要低调点。"

"山姆,我就住在桥下,他妈的我还能低调到哪里去。"

"他找得到你。"

"是你找到我的。"

"不,他告诉我在哪里可以找到你。"

"好,太好了。我得爬到石头下躲起来,但不是我平常藏身的那块石头,而且我还得战战兢兢,不知是谁要来取我的小命。"

"但是你还没死。"

戴维又哼了一声,"我是生不如死好吗?"

山姆站起身子,拍掉裤子上的尘土。他已经停止颤抖,背对

仓库,不让别人看到他的面孔跟嘴巴。

"戴维,"他的声音几乎小到听不见,"在高中的时候,你记得有个姓帕克的黑人男孩吗?他应该是书呆子那伙的。"

"我想不起来啦,"戴维恨恨地说,"如果你没烧了我的纪念册,就可以找找看有没有这个人。"

"戴维,我再找一本给你。"

"真的吗?"戴维喜出望外,"没骗我?"

"真的,"山姆承诺,"没骗你。"

48

回到吉普车旁,山姆把快没电的手电筒丢到秘密置物区里,拿出手枪,并放好化妆箱。他拖着沉重的脚步走到驾驶座旁,把钥匙插入锁孔。

他抓起装了脏制服的塑料袋,转身离去,同时还把吉普车留在原地。不用到第二天早上,不是车子的零件被人扒光,就是整辆车被人偷走或是烧了个精光。

在夜色中前进时,他想起了戴维,不知那人为何要选戴维当作目标。他们自从高中毕业后就没再见面了,而且毕业已将近是二十五年前的事。除了刚刚被他用火烧伤的老朋友,山姆跟其他同学都早已断了联系。他们两人怎么可能会有共同的敌人呢?

他突然想到一件事,令他惴惴不安,洋酒店的老板说他认得山姆。如果不是在电视上看到呢?难道他也读同一所高中吗?

山姆揉揉眼睛,煤灰弄得他满脸油腻。他想起了戴维的尖叫声和他自己赤裸裸的野蛮行为。戴维说不定就这样被他弄死了。他还想起札克,他的事业毁了,而且毁灭的方式会永远留在他人的心里。

如果山姆顺着这条他完全无法掌控的路继续行走,那么他就必须弄清楚结局是否值得他持续进行下去。正因为他不知道妻女是否还活着,所以那个禽兽把他吃得死死的。

山姆拿出手机,把手伸到牛仔裤前面的口袋里,抽出一张白色的名片,背面有用铅笔写的私人号码。

他迟疑半晌,用指头划过那几个数字,然后深吸了一口气,按下了号码。

电话响到第三声后,有人接听。

"普雷斯顿,如果是你打来,"那声音有气无力,嘟囔着说道,"看老子不在你帽里拉屎才怪。"

"霍根探长?"

那声音立刻充满了警觉,"您是哪位?"

"山姆·怀特。"

"抢了洋酒店的山姆·怀特?"

山姆顿时失去防备,"对。"他终究承认了。

"有意思。"霍根的声音若有所思。

"他没事吧?洋酒店的老板。"

"他还活着,只是快气死了,我建议你以后别再去那买东西了。"

"还好，"山姆轻声说，"我是说还好他没死。"

"嗯，他也有同感。"

山姆又迟疑半晌。"我有个问题要问你。"

"说吧。"

"验尸官有结果了吗？"

霍根吸气的声音很明显，"他说还要花一些时间才能把工作做完，不过我们知道那个小孩不是你的女儿。"

泪水从山姆的眼中倾泻而出，正式的宣告让他更有理由相信自己没走错路，她们真的还活着。

"你知道她是谁吗？"霍根问。

山姆的声音发颤，"这不该由我来说吧。"

"哟，你这说法很怪哦，她的尸体是在你家的残骸里找到的哦。"

"她是黑人吗？"

"没错。"

山姆感到胸口一阵剧烈疼痛，痛楚从他的脚指头和发梢发散而出。他想起札克，想到他说要自杀，却没有勇气扣下扳机。他是否觉得自己还有一线希望？札克是否相信他的家人也有可能就像山姆的家人一样再次复活？山姆要有札克的陪伴才能坚强下去，但是一听到确切的消息后札克铁定会崩溃的。

犹豫了一会儿，山姆说："等她爸准备好，我就会打电话给你们。"

"哦，她爸还活着？"

"对。"

"那她妈呢?"

"不就是另一具尸体嘛。"

霍根叹气,"怀特先生,你杀了两个人吗?"

"不!不可能的!你怎么——"

"什么?你不觉得一切顺理成章吗?"

"不,这跟你们想象的不一样,我家人被绑架了,他要我去完成任务……"

"他要你去完成任务?怀特先生,你知道你的口气像什么吗?"

"我知道。"山姆让步了。

"山姆,自首吧,我可以马上来接你。我们可以想个办法,帮你找个好律师。"

"我做不到。"

"你要怎么办?"

"我必须找出幕后的主使人,"山姆说,"让他不能继续害人。"

"我们可以帮你,山姆,来自首吧。"

山姆嗤之以鼻,"你以为我有神经病。"

"是啊,那就证明你没有吧。"

"我正在努力。"

"是吗?"霍根又叹了口气,"是啊,抢洋酒店似乎是你成功的第一步。"

49

"妈的！"

霍根表现得太强悍了。他应该扮演一名好警察，像朋友一样取得山姆的信任。

他把话筒放回话机，看了一下来电显示。屏幕上面写着私人号码，看不出是几号。

霍根打电话回警局，要接电话的人把他转接给技术人员。当他跟独自值晚班的技术人员搭上线后，他要求对方追查他方才所接到的那通电话。

"不要耍什么三角测量法的花招，"技术人员总爱埋怨警察都看了太多电视，以为大家都有《CSI犯罪现场》和《24小时反恐任务》的神力。霍根先发制人，不给他任何抱怨的机会。"你只要帮我找到电话是登记在谁的名下，还有账单的寄送地址就行。"

技术人员保证第二天上班前一定会把数据送到他的桌上，然后霍根翻身搂住熟睡的妻子，整个身子叠了上去。她的躯体温暖，身上穿着柔软的睡袍。霍根轻轻地吻了她的颈背，她微微一颤，喃喃地说了一句听不懂的话，便举起手来拧了拧他的手指，然后发出轻微的鼾声。

霍根微微一笑，闭上双眼。正当他要进入梦乡时，他的脑海中浮现了《艾丽斯梦游仙境》里的一句话："愈奇愈怪，愈奇愈怪。"

50

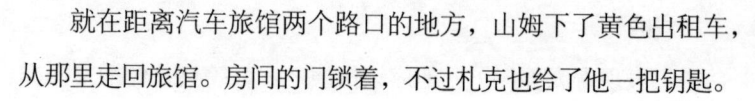

　　就在距离汽车旅馆两个路口的地方,山姆下了黄色出租车,从那里走回旅馆。房间的门锁着,不过札克也给了他一把钥匙。

　　进了房间,札克居然不在,他的床也看不出过夜的痕迹,这让山姆有些讶异。床边的时钟显示时间是凌晨两点。山姆走回床边张望,奔驰车并没停在平常的车位上。

　　车子不见了,表示里面的东西也不见了,他无预警地心跳加速。

　　山姆压根儿就不知如何才能凑到那剩下的二十五万,所以本来的七十五万不见了又如何呢?如果按照札克的计划,他也凑不到所有的钱……他不敢再想下去了。

　　山姆犹如笼中的野兽来回踱步,每次转身时都朝窗外张望。他觉得自己越来越愤怒……同时也越来越绝望。

　　他坐到床沿开了电视,但是特写镜头照到的面孔在说些什么他完全都听不懂,就连心思也无法专注在听到的声音上。

　　他洗了个澡,刷掉毛孔内陈年的烟雾、朗姆酒和汗水。用毛巾擦干身体后,他又走回床前。霓虹火焰灼烧着窗上的玻璃,隐约映出窗外汽车旅馆的招牌。

　　他继续等待。

51

霍根探长抓起办公桌上的一张蓝纸,对着纸上的文字微笑。

"你知道那张纸为什么是蓝的,对吧?"普雷斯顿说。

霍根抬头看了搭档一眼,等他说出答案。

"大夜班的技术人员是个同性恋。"普雷斯顿伸出一根手指摸了摸鼻侧,"但是他还不肯承认。他以为用蓝色的纸就会让别人以为他是异性恋。"

霍根纵声大笑,"你真是一个很棒的探长,满肚子的大便,胡说八道就属你最行了。"

普雷斯顿装出震惊的模样,"等着瞧吧。等我们的宝贝'出柜'了,所有的通知文件都会变成骄傲的粉红色。"

霍根大笑,手伸到桌上的电话,拨了纸上的手机号码。

电话响了一声,就传来预录的讯息:"很抱歉,这部电话无法接听未经授权的来电。"

霍根挂上电话,把那张纸在搭档的鼻子前挥来挥去。

"想要去踹开门,逮住咱们行踪成谜的怀特先生吗?该你上场了。"

普雷斯顿笑了笑,露出两排健康的牙齿,"你只不过是嫉妒我破了蓝色纸张的案子吧。"

52

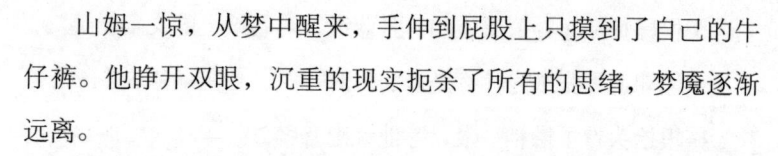

山姆一惊,从梦中醒来,手伸到屁股上只摸到了自己的牛仔裤。他睁开双眼,沉重的现实扼杀了所有的思绪,梦魇逐渐远离。

他转向左侧,看到札克仍旧穿着那套肮脏的西装,就这么坐在他的床沿。他皮包骨头的脸颊不可思议地更加瘦凹,黑色的双眼也比前一天晚上更为深陷。

"我没听到你进来的声音。"山姆的声音又粗又哑。

"很晚了。"

"你看起来很冷静。"

"我没事。"札克勉强挤出一个微笑来安慰他,"晚上总是最难熬。"

最后这几个字细若蚊鸣,山姆不知道札克是不是已经没有力气说话了。

"我平常都是上晚班,但我明白你的意思,"山姆亦有同感,"外面的门都关了起来,安安静静的,一家三口在一起。"

"那是我活着的目的,"札克说,"瘫在沙发上看一本新书;卡丽戴着耳机看搞笑片;洁丝敏缩成一团坐在我旁边翻着食谱,看到觉得好吃的东西还会咂咂嘴。"

他闭上嘴,脸上闪过一丝阴霾。

山姆开口说话,虽然这些话有可能带来负面的冲击,但他一

定要说,"昨天晚上,我打了电话给警局的探长。"

札克的脸色一沉,"去你妈的,你怎么可以——"

"我要弄清楚一件事情。"山姆不假思索地说。

"弄清楚什么?他警告过你——"

"我要知道我做的事情……那些暴力的行为……到底有没有希望。还有……"山姆停下来,想到他跟戴维的关系。

"还有什么?"札克要他把话说完。

"还有我能不能信任你。"

札克奋力摇了摇头,看着自己的双手,右手的手指扭转着戴在左手的金色婚戒。

"信任?"札克跳了起来,开始在房里踱步,"信任?"他又走到山姆身旁,把脸凑近山姆的面孔,语带愤怒,"山姆,你谁都不要信任,不要信任我,也不要信任警察。每个人都有自己开心的事。你要找回家人,我要报仇,警方要抓人。警察除了惹恼他,还能有什么鸟用?"

"探长证实了那孩子不是玛丽安,"山姆希望自己的话能够缓和当下的局面,"你没骗我,她是黑人。"

札克踉跄后退了几步,仿佛被人打了一拳,泪水奔涌而出,脸颊上出现了两道悲伤的瀑布。他一点都不想隐藏,但是意识到这消息当中的意义时,他的悲伤却又转为愤怒。

他站起身来,握紧拳头,咬紧牙关,全身抖个不停,鼻子呼出的气息又浅又急。

"你以为你是谁?"他的神情激动,"你这自私的王八——"

换命

札克挥出拳头，一记由下而上的右勾拳打中了山姆的下巴。

山姆滚倒在床上，口中鲜血直喷。

"你他妈的以为你是谁？"札克像个醉汉般摇摇晃晃，口中吐出的声音已然构不成字句。他双手抱头，手指插入发间，然后又弯起手指，用力地揪住自己的头皮。突如其来的恐慌让他放开双手，急忙往浴室里冲去。

札克趴在马桶上，吐得肝肺翻江倒海，但胃里翻腾的胆汁绝对比不上他心中起伏的思绪。

山姆越界了。他怎么可以这么蠢？监视的人警告过他们，而且说得相当清楚，要是他发现山姆打电话给警察，他或许会决定壮士断腕，把人质全都杀了……杀了洁丝敏。

札克走到洗脸台前，把冷水泼在脸上。

山姆逼得札克得选边站，但自己却毫不知情。札克绝对不会告诉那人山姆给警察打过电话，反而选择要对抗这个人，因为札克知道，自己很有可能再次变得一无所有。

札克走回房间，山姆背对着他站在窗前，用毛巾捂着嘴巴，身体的姿态说明了一切。

札克移到床铺后面，清清嗓子，"山姆，你会遇到我并非偶然。"

山姆转过身，眼神凶狠。

札克举起一只手,"你说得对,你不该信任我,但是先听我说完,你再决定怎么做。"

山姆眼光扫过床铺,放在床单上的手枪踪影全无。

"我老婆还活着。"札克说。

山姆大吃一惊。"怎么可能?"

"我不知道。我以为爆炸发生时她也死了,跟……"他的嗓音颤抖,"……跟卡丽一起死了。但是我跟你一样,也接到了电话。"

"你跟她说上话了?"

"对。"

"他说你有机会救洁丝敏?"

札克点头。

"方法就是背叛我?"山姆握起拳头,手中的毛巾掉了下来。

"不然你会怎么办?"札克立刻反驳,"他要我监视你,确定你没有违反承诺。我还没告诉他——"

"他妈的!"山姆尖叫。

"山姆,他还没从我这边收到最新消息。"

"那么,你对我还有什么好处?"

"我知道怎么凑到钱。我可以帮你弄到整整一百万美元。"

"然后呢?然后你跟他干!"

札克反驳,"山姆,我还是要宰掉他。要是我还在骗你,那么我就不会告诉你了。"

山姆转身,一拳打在墙上。他的力道敲开了墙上的灰泥,留下了裂痕，还好并没打到墙上的钉子。他猛然转身，满脸通红，指节肿痛。"所以我该相信你喽？"

"当然！"

"为什么？"

"如果你不信任我，我们两人都会失去非常宝贵的东西。这次我们立场相当。我不会告诉他你打过电话给警察。我只要把我的老婆救回来。"

一股忧虑浮现心头，山姆觉得自己的脊髓也随之冻结，"汉纳……那另一具尸体是汉纳吗？"

札克的脸上微微抽搐，"我不知道。谁知道那个变态的王八蛋会做出什么事来？但是你先别放弃希望。"

山姆怒发冲冠，"你真的不知道他是谁吗？我怎么相信你？他把她们两个藏在哪里？"

札克也气得横眉竖目，"要是我知道他在哪里，我老早就宰了这家伙！"

山姆用力吐出一口气，心擂如鼓。他转身看向窗外，暴怒和气恼毫无帮助，他想要知道的是真相。

"他为什么挑上你？"

"你是指挑上我来监视你吗？"

"不是，挑上你来折磨我。为什么挑你？为什么挑我？昨天晚上他要我去虐待高中时代的老朋友。为什么？毕业后我再也没见过戴维，连电话也没打过，但他却打电话来，叫我把他活活烧死。"

"天啊！"札克倒抽一口气，"你真的下了毒手？"

山姆转过身来牢牢盯着他看，"你说过那个女演员的事，我也如法炮制——他的尖叫声很有说服力，但他不会有事的。"

房里的气氛凝重，两人都沉默不语，最后札克深深吸了一口气，不太顺畅，身体也开始不住哆嗦。

"还有另一件事，"他的语气迟疑，"你记得瑞克·铁木吗？"

山姆努力回想，多年来从没想过的面孔在他眼前一一闪过，"铁木，踢足球的，打后卫的。这个自负的大块头还没毕业就拿到了奖学金。"

"我杀了他。"

"什么？什么时候发生的事？"

"那是我最后一项任务，然后我就开车去你家，准备接我老婆跟女儿。"札克的语气很冷漠。"第一眼看到他时，我几乎认不出——"

"认不出？"

"我也念布鲁克赛德高中，早你一年毕业，但是我一直不明白这中间的细枝末节……都毕业那么久了。"

"你认识铁木吗？"

"他是天之骄子，书呆子在走廊上碰到他都不免被他吓唬几句。"札克无法保持冷静，"每次他一看到我，就会学猪咕噜叫：'猪仔帕克，猪仔帕克。'这就是他逗女生笑的方式。"

"听起来你的确有充分的理由报复他。"

"的确，"札克同意，"虽然这么多年来我都没想到这个人，但第一拳揍下去时还真的有点爽,不过这样就爽够了。他早就不是以前那个在走廊上折磨我的小霸王,而只是另外一个体重过重、为了家计奔波的中年男人。我的生活就是对他最好的报复,我有家庭、有事业,只不过全被那个王八蛋给毁了。"

"他是怎么死的?"

"我拿了一把枪。在他家的车库里,一下就解决了。"

山姆脸上闪过一丝恐惧,无从隐藏。

"今天换成是你,你也会跟我一样,"札克理直气壮地说,"你还不是以为洋酒店的老板死在你的手里。"

"没办法假装吗?"

札克摇头,"他用摄影机拍了下来,我无计可施。"

山姆流露出冷酷的眼神。"为什么挑铁木?"

"我不知道。或许他觉得对我来说,要我去杀害一个之前自己恨之入骨的人比较容易吧。"

"绑架我们老婆小孩的人也是对铁木恨之入骨吧?"

"没错,"札克叹气,"一知道下个目标是你,我就想到了这一点。"

"现在要怎么办?"山姆问。

札克把手伸进口袋,掏出山姆的手枪,并把枪丢在床上,"看你喽。"

山姆拿起手枪,握在手里感觉冷冰冰的。

"如果你敢对我说假话,我一定会宰了你。"

"早就有人对我说过一样的话了。"

"你现在要我怎么相信你?"

札克耸耸肩,"因为我把秘密全都说了出来,因为我女儿死了,因为我老婆不见了,因为我们有共同的目标,因为我们两人都没有选择的余地。"

山姆掂掂手枪的重量,然后慢慢把枪插到腰带里。

"你有办法弄到钱吗?"

札克点头,"昨晚我跟很久以前认识的人见过面,告诉了他我们的需要。他愿意见你一面。"

"这个朋友肯借我二十五万美金?"

"他肯定有这个钱,"札克的口气谨慎小心,"只是我不知道他会指望得到什么回报。"

54

坐在副驾驶座的普雷斯顿弯下腰,把备用的点三八短管转轮枪塞进牛仔靴筒,呼吸的气息粗重。

"还记得吗?以前的警察都有像样的车子可以开,空间够大,后车厢还放得下三具尸体。"普雷斯顿用裤管盖住靴子,抚平皱褶。"该死的,我在得州开过一辆福斯的Caddy,如果你把尸体叠好,就连四具也放得下。咱们要去突检民宅,开这种新款的小车哪能好好准备啊?还有,你试着去后座打个盹吧。"他哼了一声,"我告诉你,保准你连背也断掉。"

霍根没搭理搭档的埋怨,仔细研究起那栋用底漆饰边的灰色

房子,蓝色纸张上写的地址就是这里。他记得自己还是小警察时巡逻过这一小区。

这里一度是个不错的住宅区,在二十世纪八十年代早期房地产起飞时火速落成。但如今每栋房子几乎都需要大量翻修。

"你觉得我们要叫人支持吗?"霍根问。

"就为了一个混蛋演员?"

"是为了个武装的警卫。"霍根加以澄清。

普雷斯顿狰狞地笑道,"根据他们受的训练,我可以先随便让他射两枪,我看他啊,根本就打不到我。"

"穿上防弹背心吧,"霍根说,"谁在里面还不知道呢。"

两名探长靠近那栋郊区的房子,普雷斯顿试了他所学的潜入民宅法则之一:尝试开一下那见鬼的门把。

门紧紧锁着。

他静静等待。

无线电"嘎嘎"响起。

"我在后门,"霍根说,"门上了锁,但四周没什么了不起的保安设备。你看到有人走动吗?"

"没有,你呢?"

"也没有。"

"数到三哦,"普雷斯顿说,"一、二——"

两名探长在同一时间分别踹开前门和后门,拔出枪冲进屋子。屋内有三间卧房,有些地方做了挑高设计,他们小心翼翼地迅速巡查一番。

SWITCH

两人就在客厅相会，厅里一张不甚起眼的长形地毯上摆了一张 S 形双人椅，还有两台其貌不扬的模拟电视机。

"找到什么了吗？"普雷斯顿问。

"厨房的桌上有半盘冷掉的意大利面，还有一罐打开的啤酒。"

"那是早餐吗？"

霍根耸肩，"这男人真难以捉摸。"

一阵抓挠的声音传来，两人的注意力顿时转移到客厅那一道通往窄门的走廊。

"从车库传来的吗？"普雷斯顿低声说。

两人朝着门挪动身子。门并未完全关上，里面正传出一阵阵的抓挠声。

普雷斯顿举起三根手指，收起第一根、第二根，然后才使劲把门拉开，霍根压低身子——

一只黑猫正在玩摔跤，它的双耳之间有道橘色的闪电图案，而摔跤的对象正是一辆老式庞帝克火鸟跑车上的破雨刷，导致引擎盖上褪色的鹰啸标志印满了小小的猫爪。屋椽上只挂了一枚灯泡，梅花形的脚印在冷冷的灯光下闪现出猩红的色彩。

两位探长绕过车子，看到一个大肚皮的男人瘫在车库地上，躯体僵硬惨白。他穿着粉蓝色的四角裤和有点旧的 Kiss 乐团 T 恤，面孔朝天，周围还环绕着不少油罐。男人面目全非，伤势最重。

"宠物猫无聊到咬死饲主？"普雷斯顿问。

"探长,我说除了那颗头颅上的弹孔,"霍根语带嘲讽,"您可真是观察入微啊。"

鉴定小组带着照相机、镊子、胶带和采证粉末蜂拥而入。霍根和普雷斯顿无所事事,在外等候那些人完整记录犯罪现场、贴卷标、采指纹并将证物装袋。

"探长!"

霍根和普雷斯顿转头,看见车库门悄悄地打开,一名身穿宽大白色连身服的警官走了过来,他身形颀长,把装了个旧皮夹的透明塑料袋递给霍根。

"我们已经采过指纹了,"警官说,"这是在被害人身上找到的。"

霍根接过袋子取出皮夹。里面有张驾照,上面的人名跟那张蓝纸上写的一模一样。他也给搭档看了那个名字。

"那么,铁木先生,"普雷斯顿说,"那个该死的演员干吗要拿走你的手机?"

55

札克把奔驰车停在计时收费器旁,路边的那家店叫"旧城海鲜餐厅",这名字取得很好,因为深具历史意义的旧城区就在伯恩赛德大道的北边,通过步行便能到达广受游客欢迎的亲水公园。

山姆看着札克,一脸狐疑,奔驰车自通风孔吸入了蒜头、油脂及海鲜的气味。

"你朋友是这家餐厅的老板?"

"确切说来,那个人谈不上是我的朋友,但这家餐厅是他在管没错,"札克说,"雇用他的大老板除了这里,还坐拥附近好几家不错的店面。"

"这区很不错,"山姆说,"但一个餐厅老板若肯借我二十五万美元,那我能拿什么来回报他呢?"

"咱们看看吧。"札克打开门、下了车,山姆参不透他那脸上的神情。

山姆又把枪往腰带间紧紧一插,下车前才拉好背心的下摆、盖住手枪。前门的菜单上写了营业时间,说明餐厅要再过三个小时才会营业,不过门倒没锁。

札克领着山姆穿过空无一人的用餐区,走进工厂般的大厨房。厨房里则是挂满了闪亮亮的不锈钢锅,不论什么形状、什么大小,这里全都应有尽有。

有两个男人坐在高脚椅上切着洋葱,他们穿着洁白的围裙,头发用弹性发网紧紧扎住,并把切好的白洋葱、黄洋葱都丢到碗里,堆积成一座小山。

其中一个男人对札克点点头,用手背擦拭着直流眼泪的双眼,然后站起身子,领他们走进一座冷冻库。

在超大的冷冻库里,厨师把手伸至地上、穿过钢环、用力一拉。装了隔绝材料的活动门在一对亮红活塞的推动下悄悄打开。

换命

札克走向黑暗的开口，对厨师点头致谢，然后走下了一道木制楼梯。山姆跟在后面，紧张地四处张望，就在此时厨师慢慢地放下门板，把他们关在门内。

活动门关上后光线全失，过了一眨眼的时间，两排电灯才闪了闪亮了起来。此时映入眼帘的是一条宽敞的地道。夯实的泥土和红砖墙打造而成的开口高约二点五米，宽度可容纳两个男人并肩而站，同时两侧还残留一丁点的空间。

隧道的墙面上有些地方已经崩裂，虽有人曾用新砖头、新木板和现代水泥桩加以修补，但泥顶依旧保持原貌，并以宽三十五厘米的老木横梁与鬼斧神工的石制拱门牢牢撑住。拱门的材质是人工切割的玄武岩，石头的长宽至少有三十厘米，两边是完美的垂直石柱，上方则是倒过来的U字形，弯曲的弧度一点也不突兀。

在靠近楼梯底部之处，有一扇半开的木制小门就嵌在右侧的墙上，门板厚达十五厘米，但高度却不到一米，门上有个正方形的开口，还装了三条呈现锯齿状、已有锈斑的铁棒。

山姆朝里望去，发现里面是采用泥土和砖头砌成墙壁的洞穴，宽度不到一百八十厘米，深度约有两米半，而且墙面已经裂开，并以厚实的西洋杉木板支撑。木板上有抓痕也有缺口，感觉这里好像曾囚禁过老虎。

"以前人蛇集团就把人关在这里，一直关到开船的时候，"札克说，"大学时代我用这个题目写过一篇历史报告。"

"人蛇集团？"

"就是最早的企业化人力资源集团,十九世纪的波特兰也因此恶名昭彰。你只要一不小心选错时间、走进黑店,几杯黄汤下肚醒来之后就搭上了开往其他国家的船。当时的市价是一颗人头五十美元。据说那时有好几千人遭人绑架而且卖掉。"

山姆摸了摸下巴上的瘀青,"如果你要杀我,我想这倒是一个完美的地点。"

札克停下脚步,"山姆,我只有一个心愿,"他几乎无法控制自己的声音,"那就是找回洁丝敏。我不知道该怎么向你证明,但我们一定要齐力合作,彼此之间没有秘密,也没有欺瞒。"

札克继续走下隧道,一离开餐厅下的洞穴,通道立即变窄。

"这些隧道四通八达,"札克努力保持语调平静,"若要偷偷摸摸地把人和货物送到河边,这些隧道是最佳选择。在十九世纪末二十世纪初,这里全是酒吧、廉价的旅馆和妓院,要是某个船长准备远征出洋,但船员短缺,那么这里就是最适合他补充人手的地方。"

"有意思。"

山姆低头穿过另一道雕工细致的石制拱门,进入第二个洞穴,这个远比第一个大得多。泥地上铺了厚厚的红色地毯,天花板的中间还有一扇大型的活动门,此刻正用沉重的钢锁牢牢封住。

札克指着那扇门,"这门通往以前的黑店,可能是酒吧,也可能是妓院。走错地方、贪喝了几杯或者发春脱下裤子,老板只要拉个杆你就下来了。以前的人会在地上放张用不着的垫子,免得你掉下来时摔断了腿——跛脚的水手可是卖不出去的——掉下

来以后，还会有个恶棍用木棒把你敲昏，然后把你关进地牢，等着下一班即将开航的船。你可能要等个三到六年才能回到家乡。"

"我怎么从没听过这些故事？"山姆问，"听起来超可怕的。"

"在禁酒期间，隧道里热闹非凡、生意兴隆，但解除禁酒后，这座城市想要埋葬那一段污秽的历史，只让大家看到桥梁和玫瑰园，并把隧道和人贩子都忘个一干二净。到了二十世纪七十年代，市政府决定在旧城区翻修道路，本地的历史学家才又再次发现了这些隧道。"

"你的朋友又把隧道打开了？"山姆问。

札克耸肩，"我只看过这一条。"

"昨晚你就是来这儿？"

札克点头，"真希望我在写报告时就看过这条隧道。当时我查到的资料多半只是来自尘封的记录和前人的日记。"

山姆细看铺上红毯的大洞穴，不禁好奇那些已经作古的人贩子现在若能亲眼目睹这个洞穴不知会作何感想。角落里放了一张大型的半圆形沙发，颜色红若地毯，极尽奢华，很适合《花花公子》在此取景，拍写真。同时，沙发还面向一台巨大的电视，看起来就像山姆对着新力索尼专卖店的橱窗猛流口水的那台。

"这里超酷的。"山姆的目光扫射到其他几面墙上，上头还有另外两座构造更加宏伟的拱门。他右侧第一个出口外的通道一片漆黑，感觉起来不太吉利，而第二个出口则是一扇紧闭的木门，那扇门就跟中古世纪的门一样厚，上面装饰的铁钉也已生锈。

木门边的拱门刻了些神秘的符号。

SWITCH

"我不知道这些符号是什么意思,"札克说,"隧道里到处都是。那个年代的人说的是英语,受聘修筑铁路、建盖码头的华工也留下了一些华语,但这些符号既非英语也非华语。我猜,那很可能是建筑工人所留下来的共济会[1]密码。"

札克用指节敲了敲沉重的木门。犹如对门上投棉球,老旧的木材吸去了该有的声响。

"我觉得你应该用狼牙棒敲门,"山姆说,"用指节敲,连个回音都没有。"

札克还没回答,一个高大的亚洲人便把门打开了,他的双肩肌肉发达,几乎比拱门还要宽,而他穿的黑色T恤是用一种富有光泽的布料制成,完美地贴在他线条分明的胸肌上。

男人剃光头发,一颗光头在冷冷的人造光中闪闪发亮,就连讥讽的神情都足以让胆小鬼望而生畏。

"他早就等着我们。"札克的语气异常坚定。

56

守卫把门拉得更开,站到门边让他俩进去,但他一只树干般粗大的胳膊卡在了门框上,逼得札克和山姆只得低头通过。

第三个洞穴更加奢华。洞穴的墙上挂着华丽的窗帘,地上铺着波斯地毯,而几面墙上的窗帘拉了开来,露出了颜色鲜明的油

---

[1] Freemasonry,十八世纪成立于英国,宣扬博爱和慈善思想,是目前世界上最庞大的秘密兄弟会组织。

画，正由于那些画家的作品一般不会在博物馆以外的地方现身，因此教山姆看了惊叹不已。

一幅小小的海景画让山姆看得目瞪口呆。最近他在报上读到阿姆斯特丹某家画廊的名画遭窃，而它就和眼前这幅看起来一模一样。

"怀特先生，您喜欢艺术吗？"一个刺耳的男声问。

穿着合身黑色西装的矮胖男人从窗帘后走了出来。西装虽然合身，却掩盖不了他笨重的体态。这男人从小就在西伯利亚大草原上劳动，双腿粗壮、胸膛厚实，和个子差不多的人相较之下，他的手掌如此之大，山姆还是首次看到。虽然他比山姆起码矮了十厘米，但感觉起来更具力量与威势。

"这是梵高的真迹吗？"山姆问。

男人耸耸肩，"或许吧，我不太懂，不过老板就是喜欢奢侈的玩意儿。"

札克向前一步，为两人引见，"山姆，这位是瓦迪克。有个和我们很熟的朋友曾经介绍他跟他女儿来找我看诊。"

"你真客气，"瓦迪克说，"帕克医生可是我女儿的救命恩人。她被人烧伤，伤得很重，疤痕……"他打了个冷战，"……疤痕甚至可怕到了极点。"

"但是塔丝雅没事了。"札克说。

"她现在美极了，"瓦迪克自豪地说，"多亏有你。来吧，让我带你们进来。"

瓦迪克领他们到洞穴的另一角，那里有张结实的 U 字形办公

桌，在四台计算机大屏幕的光线下发出光芒。屏幕上闪耀着抽象的保护程序，让山姆想起了电影《黑客任务》。

札克和山姆在两张皮质扶手椅上坐下，瓦迪克则坐上了一张可以旋动的办公椅。架势十足地守卫站在门边，直盯着两位访客看，从未移开过目光。

"帕克医生跟我说了你的处境，"瓦迪克进入正题，"我真的很同情你。如果你要枪或要人帮忙，只要跟我说一声就行，而且不必预支费用，你觉得怎么样？"

山姆点点头。

"很好。"瓦迪克拍了一下手，"还有，听说你需要二十五万美元。"

山姆试图佯装神态自若。

"帕克医生解释过了，"瓦迪克继续说，"你还不了钱，也不想还钱，就连利息也不想给。我倒是很少碰到这种要求。"

"拜托，你可以帮我吗？"山姆脱口便说。

瓦迪克阴森森一笑。

"帕克医生也告诉过我，一旦你的考验结束，你不是去吃牢饭，就是被人干掉。是这样吧？"

山姆瞥了札克一眼，他的坐姿僵硬，眼睛眨也不眨地盯着瓦迪克。山姆得自行应付。他对自己说，没有秘密，他回想起札克的话，没有欺瞒。

山姆点了点头，十分泄气。

"山姆，别担心，"瓦迪克向他保证，"帕克医生跟我是老

朋友了。我要是觉得自己帮不上忙,也就不会让你来到这里。我已经跟我老板讲过了,他说可以让我全权做主。"

山姆直盯着男人深褐色的双眼,"你要我做什么都行。"他真心诚意地说。

"很好,我知道你进得去你工作的地方。"

"你是说购物中心吗?"

"没错。我给你钱,但你要让我带人进入购物中心。"

山姆一脸不解,"你要去抢某家店吗?"

瓦迪克"咯咯"笑了起来,"山姆,那样就太稀松平常了。我们要抢的是整栋购物中心。每一层楼的每一家店,你都得保证我们能够安心地从头抢到尾。"

那些人再也没来过。

女人睁开眼睛,担心起那些人为了惩罚她们,就连少得可怜的食物都给拿走了,不过还好他们离开的时候并没想到食物——看来他们比较喜欢体罚。女人发觉呼吸时胸口也跟着疼痛,她心想,当自己无助地躺在地上时,铁定是被男人用尖头靴给踹断了肋骨。

她一直想跟大个子聊天,但这个策略似乎效果不大。她读过一本心理学的书,书上说被绑架的被害人应该要反复不断地说起自己的名字,让绑匪觉得他们也是有血有肉的人。如果那人把她

们当成女人和女孩，而非可以随意丢弃的货品，那么这样或许会让他想起母亲、姊妹和自己之前爱过的人。但那个人却是铁石心肠，听到她的恳求后并未流露出一丝一毫的情感。

女人用了一些宝贵的水洗去女孩脸上的血迹，也检查她是否骨折。她的双眼浮肿，鼻子也肿得厉害，不过女人确定她既没少一块肉，也没有骨折。

女孩被送回来后，女人花了很长时间安抚她。虽然肉体上的伤害总会复原，女人却担心起玛丽安的精神状况，因为她一旦精神崩溃，就无法激发她求生的意志。

女人本来以为自己早已勇气全无，但这个女孩给了她力量，让她想要存活下来，最起码，她要看到某人为这一切付出代价、得到报应。

58

札克把车停进沃尔玛大卖场的停车场，熄掉引擎。从隧道出来后，两人都不发一语，但山姆曾有两次张开嘴巴，仿佛有话想说，却连一个字也没说就闭上了嘴。

最后，札克终于开口问他："怎样？"

山姆叹气道："我想问你这个人值不值得信任，但是问了又怎么样？我的意思是，你现在说了对我又有什么好处？"

"我不是帮你凑到钱了吗？"

"才不是，你把我介绍给一个黑帮老大，然后他要利用我去

抢购物中心。"

"另外再给你二十五万美元的报酬，难不成你还有更好的主意？"

"他妈的！"山姆一拳挥向车顶。

札克也动了怒气，"如果你不相信我，我立刻就走，自己去找洁丝敏！"

札克怒目而视，神情漠然。

"我不觉得我能救她出来，"山姆望着札克继续说，"但我也不觉得你会成功。所以我们得放弃争辩、继续合作，不然我们就分道扬镳、各走各的，然后让自己最爱的人就这么死掉。你要选哪一个？"

"你讲这话有点恶劣。"

"放屁，"札克说，"这是事实。"

他伸出手来。

他的手一直等到山姆最后紧紧握住，才不再颤抖。

"我们要找个新车牌，"札克切换话题，"警察如果知道我俩是一伙的，加州车牌马上就会成了众矢之的。"

山姆看了看周围的车。"找一辆没怎么洗的车，这样车主应该不会注意到车牌换了。"

札克打开车门。

"然后我们得要找到高中的毕业纪念册，"山姆继续说，"绑架我家人的混蛋一定就在里面。只要能找到名字或照片就行。"

SWITCH

59

"你有什么想法?"霍根问。

两名探长坐在亲水公园的野餐台旁,眼前川流不息的慢跑人士把河滨挤得水泄不通。

普雷斯顿在蒸好的第一条热狗上挤了些辣芥末,又从手指上舔去多余的酱汁。

"我先前就说过了,"他开始陈述,"演员先生吃错了药,一动手就杀红了眼。"

霍根喝了一大口沙士。

"我不同意,"他说,"你怎么可能一觉醒来就决定要:一、杀光家人;二、干掉别人;三、轰掉他们的房子;四、为了两瓶酒去抢洋酒店;五、宰掉一个穷困潦倒的笨蛋,最后还拿走他的手机。"

"听起来很不简单呢。"普雷斯顿把半条热狗塞进嘴里,伸手拿起自己的沙士罐。

"什么很不简单?"霍根问。

"你能井井有条地分出先后次序。"

霍根不理会他的嘲讽,"照你的推论,怀特先生,一个各方面看来都还算正常的男人——"

"一个演员。"普雷斯顿插嘴,同时把剩下的半条热狗也塞进嘴里。

换命

"一早醒来,就决定变成什么来着——变态杀人魔?连续谋杀犯?"

"倘若他杀了两家人——他自己的老婆小孩,还有停尸间里那对身份不明的尸首——那他算得上是连续谋杀犯。"普雷斯顿用干净的纸巾抹掉唇上沾到的芥末。"但他又去偷手机、抢洋酒店,所以我觉得我们是在对付一个变态。若要写成报纸头条,我们真的无从下手,但若写得出来,那一定会很有看头。"

"但为什么呢?"霍根问,"我们还找不出动机,截至目前为止,受害者彼此之间并无关联,其中毫无逻辑可言。"

"这就是你的问题。"普雷斯顿开始在第二条热狗上挤芥末。

"什么?"

"很简单,你老爱泼我冷水。"

普雷斯顿咬了一大口热狗,霍根别过头去,没了食欲。

60

札克把奔驰车开到布鲁克赛德高中的教师停车场,停在标示"访客专用"的停车格里。

"在我的记忆里,学校没这么小。"他说。

校舍分布在玄武岩的工业双层建筑上,几乎涵盖了整条街区。建筑的设计重点在于容积,毫无美感,方盒构造上较为特别之处,仅在于主要入口上搭建了一个 M 形的屋顶。

山姆注意到几扇窗上都盖起木板,就连墙上的涂鸦也比记忆

中多出许多。学校感觉像个疲惫不堪的老师,该退休了却仍苟延残喘、萎靡不振,老到就连自己都不在乎了。

前门有一群青少年四处闲晃,不论是脚下的滑板还是身上的内衣裤,用的全是名牌,这时期他们最在乎的就是姿态和发型。

"我们以前也那么年轻吗?"山姆问,"我记得那时我觉得自己……超跩的,好像就把世界踩在脚底,而且所有问题都会迎刃而解。"

"对啊,"札克也这么觉得,"我们以为自己什么都会了。"

"戴维说,那就像我们正与诸神漫步。"

"有点夸张,但我能理解他的想法。我们就像地方上的名人,被保护得好好的,安心躲在自己的壳里,跟萤火虫一样闪闪发亮。足球队员啦、啦啦队员啦……"札克转向山姆,"还有演员啦。"

山姆回瞪札克,"那科学社的书呆子哩?"

札克停下脚步,撇了撇头,"一般人除非兴起恶作剧的念头,否则根本不会注意我们。但低年级的宅男就不同了,他们会把我们当成偶像。"

"你不懂得……怎么说呢……你不懂得尽量避开他,结果害他成了变态?"

"你应该也是吧。"札克反驳。

"这实在没啥道理。我们要找的那个人,他觉得我俩双双背叛过他,而他居然难过到要在多年以后才开始报复——是怎样,他遇到中年危机了?"

"不只我们,"札克插嘴,"还有他叫我们去攻击的人。你

昨晚去找的朋友铁——"札克期期艾艾，一想到他杀的人就说不下去。"可恶，我们到底做了什么让他痛苦成这样？"

"或许我们什么也没做，"山姆推断，"所以才会解不开这个谜团。不管他认为我们做错了什么，这都已经被这怪物扭曲到毫无逻辑可言。我们可能认为只是小事、根本没放在心上，但他却左思右想、深受其害，结果成了怪物。"

"那我们要怎么找到他呢？"札克问。

山姆对着学校点了点头，"回忆一下陈年旧事吧。"

61

普雷斯顿把最后一口沙士倒进喉咙，这时霍根的手机响了起来。

"请问霍根探长在吗？"一个粗哑的声音问。

"我就是，请问哪位？"

"华德·托乐，托乐洋酒专卖店的老板。有人为了抢他妈的两瓶酒打烂了我的头。"

"噢，托乐先生。有什么事吗？"

"有个警官给了我你的名片，说我有线索的话可以打给你。"

"所以你有线索了。"

"对啊，我告诉你，我认得出那个男的，但不是非常确定。结果我在看电视时看到他了。"

"看电视？"

"对啊,就是波特兰海狸队的那个烂广告。"

"我们知道嫌犯是一名演员。"霍根打算挂掉电话。

"但我早就认识他了。"华德继续说。

"哦?"

"妈的都已经过了那么多年,我真的没办法马上想起来,但我跟他是念同一所高中没错。"

"真的吗?"

"对,我们不怎么熟,所以我才没马上想起来,但是我看他演过几出舞台剧,主要是因为剧里有些辣妹啦,这你知道吧?"

霍根沉吟片刻,"那他认得你吗?"

"认得个屁!"华德语带轻蔑,"我现在的样子跟高中完全不同,那时我留了披肩长发,还把它染成纯品康纳柳橙汁的颜色,所以大家都叫我维京人。"

霍根对着手机微笑,在脑中描绘起这个头发快要掉光、蓄有海象胡须的男人披着橘色长发的模样。

"一定很值得一看。"

华德笑了,"对呀,维京人和铁木一起称霸他妈的球场。辣妹、喝酒……那时候玩得很疯。"

"铁木?"霍根突然灵光一闪,"难道你也认识瑞克·铁木?"

华德又笑了,"认识啊,你也认识铁木吗?"

"我刚去过他家。"

"别蒙我!我们八百年没见面了,那个老王八蛋还好吧?"

"他死了,被人谋杀,"霍根的语气冷淡,"是我去办的案。"

换命

"噢,真他妈的糟糕。"霍根听到华德重重地嘘了一口气。"我一直想要打个电话给他,约他出来喝啤酒。妈的!真是计划赶不上变化!"他停了一下又说:"你知道是谁干的吗?"

"那你知道吗?"

华德用力吸了口气,"我不想讲老朋友的坏话,不过铁木就是他妈的不会理财,你知道吗?他欠别人钱,又喜欢吸毒,恨死他的人没有两百个也有一百个。他人是不错啦,就是……就是一直很在乎没念完大学这件事。"

"为什么没念完?"霍根问。

"你知道吗,学校要他考高分啊,铁木是球场一条龙,教室一条虫。奖学金没了,学校就要他滚蛋啦。"

"那山姆·怀特呢?"

"他?"华德似乎不知道答案。

"那个攻击你的人。"霍根解释。

"噢,对了,他叫山姆·怀特。他妈的都老半天了我还想不起来。那时我心里只有辣妹嘛。他怎样?"

"他也讨厌铁木吗?"

"应该不是高中时的事吧。运动员跟演戏的疯子才不相往来哩。有时是会这样,就是某个运动员会觉得他可以演戏,但铁木才不会想要上台表演哩。怎么样?你觉得那演员是凶手吗?"

"我们正在追查所有的线索。"霍根不肯透露口风。

"去他妈的高中,"华德若有所思地说,"那段日子真够酷的!"

"就我个人而言,"霍根冷淡地说,"高中时代一点都不值得怀念。"

62

札克和山姆穿过高中的前门,身穿垮裤、在水泥台阶上休息的青少年仿佛正在行致敬礼,全都盯着他们看,其中两人手里拿的滑板几乎跟自己一样高、一样宽。

"你看看那些滑板。"山姆说。

札克耸耸肩。

"二十世纪七十年代滑板正流行时,"尽管札克意兴阑珊,山姆还是继续说,"如果你带那么大的滑板来学校,铁定会被笑死,笑到你想马上找个地洞钻进去。滑板有短有窄,你得具备像奥林匹克选手一样的平衡感才能直线前进。我比较喜欢去溜冰场,起码一只脚下有四个轮子,而且女生看到东摇西晃的新手都会很乐意帮忙。"山姆眨了眨眼,"特别是放慢歌的时候。"

"滑板跟溜冰我都不会,"札克的口气冷淡,"我唯一迷过的东西就是魔术方块,有一阵子超流行的。"

山姆嗤之以鼻,依然沉醉在陈年过往。"飞盘跟手提式音响呢?一群人要是到了海边,都会把平克·佛洛伊德[1]和黑色安息日乐团[2]的音乐放得震耳欲聋,抽点大麻,然后玩起飞盘,要它

---

[1] Rink Floyol,英国著名摇滚乐团。
[2] Black Sabbath,英国重金属乐团。

飞左飞右、飞上飞下、飞出弧线,随心所欲。"

札克停下脚步,露出严厉的目光。"山姆,别忘了我们现在的任务可以吗?过去就是过去,不是人人都喜欢缅怀过去。"

山姆耸耸肩,他知道札克言之有理,却不肯松口承认。

他停下来辨认方向,大厅把学校分成四个象限。右边是通往体育馆的超宽对开门,左边是吃午餐的地方,而右边再过去一点是礼堂,和体育馆中间隔了一条狭长的走廊,算是演员和运动员中间的三不管地带。

"那时候多么无忧无虑啊。"山姆又开始回忆过往。

札克一脸不耐烦。

"不,听我说,"他续道,"体育馆是运动员的领土;爱吹牛的人走垃圾桶旁的东门;书呆子和考第一名的去占图书馆;没人理的跟没人爱的留在午餐间;毕业生开老爸的车到后门炫耀;修车的跟盖房子的走店铺旁的西门;演戏的疯子则是以舞台为家。"

"你是说,大家都各有去处?"札克问。

"人人都知道自己该去哪里窝着,"山姆说,"不同的小圈圈得在走廊上狭路相逢才会发生问题,像铁木和他的狐群狗党就会突袭书呆子或者看不顺眼的人。但大家只要事先找到自己的位置就不会有太大问题。"

"听起来就像种族隔离制度。"札克说话的语气听起来不甚赞同。

"没错,"山姆说,"或许大家不应该分小圈圈,但我知道自己只有和其他演员、喜欢拍电影的人在一起时,才不会觉得那

么格格不入。这是一种心态，跟性别、宗教和肤色无关，而你得承认运动员跟书呆子也有同样的想法。"

札克双眉紧蹙，"所以你的意思是，那个变态绑匪就是碰到过类似的问题？"

"对，他没有小圈圈。"

札克点头表示了解，且更进一步剖析这个推论。"他到哪儿都不适应，"他说，"或许他试过了所有的小圈圈：书呆子、演员、运动员。"

"但大家都不接纳他。"山姆接着说。

"我们不是故意的，"札克继续说，"我们就是这样，所以他只能被排挤在外，无法跟大家打成一片。"

"所以他认为我们要为他的人生负责。"

"对，他痛苦了二十五年，但不知道为了什么，他居然认为所有的问题都是源自高中时代，源自我们的同窗时期。"

"天啊！我老婆跟女儿为了什么付出代价？十七岁时的自私吗？十七岁时谁不自私啊？"

"我们是小圈圈的头，"札克说，"我们是别人心中的神。"

山姆穿过大厅、朝着学校的办公室前进，同时琢磨着他们的推论，越想越无法接受。

"简直是胡说八道，"最后他说，"越想越扯。怎么可能有人认为我们是神？"

"你不是说戴维就是这样吗？"札克提醒他。

"戴维这人衰到极点。他十九岁去坐牢，然后变得无家可归，

原地踏步。"

"山姆，我不是说这个推论很有道理，但我们活在一个独立的小宇宙里，像你和铁木这样比别人优秀，人人都要敬你们三分。见鬼了，大家简直就把你们当成偶像！你想想看，大家根本没把那人放在心上，对他来说，他看到你们会作何感受？"

"但他妈的都那么久了。"山姆小声说。

"有人就是放不下。"

63

办公室门口摆了一张高及腰际、伤痕累累的柜台，区隔出学生和行政人员，而山姆和札克正往柜台走去。

一名女性从办公桌前站起身子，走过来迎接他们。她穿着犹如壁纸花案的洋装，头发梳成一个结实的发髻，她整张脸都绷得超紧，好像随时都会啪的一声爆开。

"校长不在，"她没好气地说，"可能要等好几个小时才会回来。"

山姆就像拍广告一样放低声调，"没关系，你应该也帮得上忙。我们是来学校找资料的。"

"什么数据？"

"我们想看二十世纪八十年代初那几本毕业纪念册。"

她打量了一下这两个男人，似乎正在评估他们是否品行端正。"图书馆里应该有，不过可能都收在南西小姐那里。"

"南西小姐是谁？"山姆问。

"她是义工，专门负责举办同学会，还曾经说服德加玛校长帮她在图书馆设了一间办公室。要是皮尔斯校长还在，他才不会允许她这样乱搞。"

"去图书馆就能找到她吗？"山姆问。

"应该吧，你知道图书馆在哪里吗？"

"我们是校友。"

"你没骗我吧？"女人皱起眉头，"那也一定是超久以前的事了。"

山姆垮下笑脸，两人转身离开。

64

一进入图书馆，有人带札克和山姆前往一间位于角落的办公室，里面还塞满了书。地板上一叠叠的书也已堆及腰际，快从门口溢出来了。

就在快要倒下的书堆后方，他们看到一个矮小丰满的女人，她顶着一丛费心处理过的金发，并穿着紧身的荧光绿洋装。

为了引起她的注意力，山姆清了清嗓子，接着她把头一抬，笑容满面。过多的脂肪抚平了她脸上的皱纹，加上她神采奕奕的神情让人觉得好生亲近。

"哟，你们好啊，"她装腔作势地说，"两位英俊的男士就站在门口还真是我的荣幸，请问有何贵干？"

换命

"我们是来找数据的,"山姆说,"我们要找以前的毕业纪念册。"

"你们问到专家啦,哪一年的啊?"

"一九八三年和一九八四年。"

女人兴奋地把柔软的双掌轻轻一拍,"跟我差不多呢,我是一九八五年毕业的。"

"我是一九八四年。"山姆说。

女人吸了一口气,用手拂过胸前、捂住嘴巴。"等等……"她起身凝视山姆的双眼,"我就觉得你好眼熟,让我想想……山姆·怀特!你是演员,你饰演那出戏的小巫师,戴上帅气的卷发、露出胸口、屁股超翘。我记得你!"

山姆不由自主地涨红了脸。他在好莱坞混了二十五年还是个无名小卒,但在波特兰却还有不少人记得他这个野心勃勃、怀抱明星梦的小子。

"我也在戏剧社,"南西继续说,"嗯,只有半学期吧,我本来是在舞蹈社。"她对着山姆晃了晃手指嚷嚷着说:"你真的帅翻了!"

"谢谢。"山姆低声说。

"这位呢?"

"帕克,"札克说,"我是一九八三年毕业的。"

"唔,"南西想了一下,"我想不起来你是谁呢。"

札克耸肩,"我不太会让人家印象深刻。"

"我们正在找某个人,"山姆说,"说不定能在纪念册里找

到他。"

"噢，那当然，都在这里了。"南西转向书堆，开始用手点着金色和银色的书脊。

她从某一堆里拉出两本毕业纪念册，递给山姆。"就是这两年，但不能带出图书馆哦，知道吗？"

"我们会注意的。"山姆环顾四周寻找空桌，只有几张桌子坐了人。山姆抬了抬下巴，指向一张空桌，"我们就在那里看。"

"OK，但不要故意去翻我的照片，"她警告两人，"我平凡得很。"

她笑了，闪烁的眼神带着挑逗，两个男人尴尬地回她一笑。

"小巫师，如果还有其他需要，"她继续说道，"你知道该找谁吧。"

山姆眨了眨眼，"当然。"

南西面红耳赤，转回计算机，继续工作。

他们一页一页地翻着纪念册，才看不到多久，札克就用手敲着一张照片，上面有三个穿着制服的啦啦队员。

他指着中间的女孩，"记得她是谁吗？"

山姆一看到那张照片便莞尔一笑。苏珊·米乐秀丽绝俗，乌溜溜的长发间裹着一张鹅蛋脸，墨黑的双眼有若潮湿的岩板，而角度鲜明的眉毛和锐利的双眸更掩盖了少女特有的柔美。另外两

个队员则是活泼的金发女郎,曲线窈窕玲珑,同时笑开了怀。

"嗯,我认识苏珊,"他说,"我们一起上过台。她是《月之暗面》的女主角,跟我演过对手戏。"山姆凝神望着那张照片,迷失在自己的思绪之中。"我们有场吻戏,在开演的那一天,大家想要捉弄我们,给我吃了一堆蒜头、蒜头酱、蒜头腊肠啦,想得到的都拿来了,但她倒很镇定,就跟亲雪人一样,眼睛连眨都不眨一下。"

他住了嘴,然后又说:"我没想到她居然会对我投怀送抱。"

札克紧张起来,"就是毕业典礼那天对吧?"

"你怎么知道?"

"我也在啊,"札克说,"我约了苏珊。"

山姆把椅子后倾,"什么?你不是已经毕业了?"

"是我妹出的主意,"札克解释,"苏珊想要引起骚动,所以我妹帮我们两个搭上线。想想看,黑人大学生带着白人啦啦队员啊——我知道她在利用我,不过看到别人嫉妒的眼神,我才发觉自己还挺享受的。大家都想约她,但她却和我在一起,就那么一下子也不赖。那天晚上我们本来相安无事,结果去了典礼后的派对后,她才发现你也在。"

"噢,拜托,你还说我们没见过。"

札克耸耸肩,"都那么久了,我觉得事情之间应该没啥关联。"

"你又知道了?"

"因为那天晚上如果有人感到良心不安,那人应该就是我。"

"你?"

"我是个混蛋。苏珊跟你躲起来后,我气炸了,所以就一个人走了,没送她回家,也没先跟她解释。后来警察来找我的时候——"

"警察?"山姆问。

札克皱眉,"你没听说吗?"

"发生了什么事?"

"苏珊在派对上遭人强暴。这件丑闻在当时闹得很大,但是……"札克叹气,"如果我没留下她一个人……"

"我想起来了,"山姆说,"有次我打电话回家曾经听我爸妈说过,可是我没想到就是那天晚上……"他停了一下,然后说:"是谁干的?"

札克尴尬地撇开了头,"我没去留意审判的消息,直接上了大学,实际上我觉得很丢脸。"

山姆咬了咬口腔内侧的肉,"难不成关键在此?"

"苏珊跟你?"札克问。

"还有你。"

札克摇了摇头,"山姆,那天晚上我真的很气愤你们两个。你们俩去幽会,让我伤透了心,觉得自己就跟笨蛋一样,不过我已经不在意了。苏珊和我在很久以前就已尽释前嫌,她自己现在也过得不错。我上次跟她联络时,听说她已经结了婚、生了两个孩子。再说,审判也是很久以前的事,早就跟我们没关系了。我们的妻儿之所以遇到这种事,起因应该是其他事,我和你一起做过的事情。"

过了二十分钟,山姆觉得十分挫折,把纪念册"啪"的一声合上。

"我不知道我在找什么,"他说,"又不是要参加帮会,得先完成入会仪式。我在戏剧社,社员来来去去,有人上得了台,有人上不了。好运的从此爱上戏剧,不爽的分分秒秒都在不爽。"

札克也把自己那本纪念册合上,"戴维负责什么?"

"设定灯光和控制板子。"

"控制板子?"

"灯光板,"山姆解释,"现在都用计算机控制,但我们当时还采用人工。戴维控制一条条调光器的开关,也就是舞台上的灯光。比方说白天变成晚上、聚光在某一点等诸如此类的设定。"

"有多少人跟他一起控制灯光?"

"四五个吧,偶尔就他一个。"

"那他为什么也成了那个人的目标?"札克问,"他并不觉得自己就跟铁木一样是神啊。"

"对,他一直都在幕后,"山姆同意,"向来就不是舞台上的焦点。"

"你们很要好吗?"

"我们常一起鬼混,嘻嘻哈哈的。"他沉默半晌,"后来我就没跟大家联络了。"

"这跟后来发生的事情无关,"札克提醒他,"在高中时代你们感情很好是吧?"

一阵罪恶感袭来,山姆垂下双眼,"对,我们是搭档,非常要好。"

"那么,"札克作了结论,"如果你是众人的焦点,大家想要接近你,又不想让别人觉得自己是追星族,那么他们最好先接近戴维。"

山姆明白了他的推论,"方法就是加入戴维的灯光小组。"

札克点头,"如果我们能找到那几出戏的节目单,上面会列出所有幕后人员的名字吗?"

"没错。选角活动一定会有个重头戏,就是大家会在节目单上签名。不管角色多么微不足道,大家肯定都会签上自己的名字。"

札克用下巴指了指角落的办公室,"又到了你发挥魅力的时刻了。"

山姆转动了下眼珠,"没问题,但你得先帮我一个忙。"

66

山姆把身子探过南西办公室里犹如城墙般的书堆。她在椅上转过身来,双眼闪烁着淘气的神情。

"我又有个问题要问你。"山姆说。

"问啊。"南西吸了一口气。

"我以前在学校演的那些舞台剧啊,你有没有留下当时的节目单?"

南西垮下脸来,"没有,真抱歉。要是留着就好了,对吧?"她咂了咂嘴,"那时大家都没想到那段时光有多么值得怀念,也没想过以后会要回忆当年、留下纪念。"

山姆显然十分失望。

"不好意思啊,"南西叹了口气,"说不定你们班上的同学还留着呢,对你来说一定别具意义。"

山姆转身离开,却一头撞上札克,札克身子一倒,碰翻了一道书墙,导致十几叠书翻落在地,连毕业纪念册也四处飞散。南西失声尖叫,四肢着地,想要顶住另外几叠摇摇晃晃的书堆。

"噢,对不起,"札克说,"我帮你整理好了。"

"给我滚!"南西激动得满脸通红,"我自己会整理!"

"我只是——"札克欲言又止,仿佛南西冰冷的双眼突然把他的舌头冻在口腔顶上。

山姆抓住他的手肘,把他拉了出去。

札克和山姆匆匆出了校舍,穿过停车场,走到已经换上奥勒冈车牌的奔驰车旁,那车牌上满是泥泞。

"你真绝。"札克说。

"我同意。"山姆把一九八四年的毕业纪念册从T恤底下拉了出来。"但我答应了我的朋友,"他咧嘴一笑,"一个什么都留着的朋友。"

山姆负责指路,让札克穿过伯恩赛德桥,并把车子开到前一晚他停车的空停车场里。他的吉普车只剩下烧得焦黑的残骸,轮子、引擎盖和挡风玻璃都在放火之前被拆了下来。

山姆走到吉普车旁，把手放在后方凹下的挡泥板上。焦黑的金属摸起来还有些温热。他最后的财产，就这样没了。

札克也走过来，"那是——"

"偷都没人要偷。"

山姆转过身去，背对着那堆烧焦物，朝伯恩赛德桥走去。

札克跟在旁边，"我陪你去吧。你伤害了这个朋友之后，他也许不会对你太友善。"

山姆接受他与自己相伴，两个男人静静地走近桥身。

走完楼梯后，山姆停下脚步，看着河面。天空转变成亮眼的橘色，太阳滑至薄薄的云层后方，正准备缓缓地落入海洋。

"小时候我们常来这里，"山姆说，"吸大麻、喝啤酒、惹是生非。只要我们不离开桥，警察也不会来管我们。"他的视线投向水泥和铁制桥身下的一片黑暗。"我在想，对他们来说也一样吧？只要不去骚扰西岸的游客，警察也就随他们去了。"

札克耸耸肩，"或许吧，他们总得有地方住。"

"这就像种族隔离？我们会到自己觉得最自在、最能融入的地方。"

"或是贫民区，"札克回嘴说，"警察只要不来骚扰我们，我们就能待的地方。"

山姆同意他的说法，视线再次转回河面。"你那时就知道自己要做什么了吗？我是说高中的时候。"

"应该吧，"札克说，"我那时就知道自己想念医学院，而且最想念外科，但计算机新时代的开始也让我很感兴趣。念大学

时我选择双修，直到后来才走上整容这条路。你呢？"

"我从没想到自己除了演戏之外还能有什么选择，"山姆说，"我很有决心，心里只有一个目标，而且以为人人都跟我想的一样。我从没想过会有人漫无目标、不知何去何从。"

"你在说那个绑匪？"札克说。

"对，还有像戴维那样的人。对他们来说，高中毕业好像突袭而来，吓了他们一跳，然后所有的后援就这么消失得无影无踪。今天，你隶属于一个很酷的团体，然而到了明天，你就成了独自一人。我一毕业就去了好莱坞，立志要当个明星。但是戴维呢？他还留在这里，吸大麻、喝啤酒、胡作非为。"

"我们现在也回来了。"

山姆挑起单眉，似乎想要抗议，却又放松了脸部的表情，开始走下楼梯。

下完楼梯后，他转了个弯走到桥下。临时搭建的村落看起来空无一人，火桶里也毫无火焰。桥下的铁架一片漆黑，几双冷漠的眼睛从中窥探，且恐惧的表情就隐藏在煤灰制成的面具下。

山姆大喊："我有很重要的事找戴维。"

巨大木轴旁的破布堆沙沙作响，接着变形之后，一个熟悉的身影起身而立。那名霍比特人向前迈步，把雨衣拖在身后，胡子还糊上了一层蛋黄以及亮蓝色蛋壳的细小碎片。

他迈步走到山姆跟前，双手往腰上一叉，"戴维不想见你，你居然拿火烧他。"

"我也是身不由己，"山姆说，"但我带了东西给他，我答

应他要拿来的。"

霍比特人眯起双眼,"他说你烧了他的毕业纪念册。"

"我要补偿他。"

霍比特人清清嗓子,往地上吐了一口浓痰。"他干吗要再信你一次?"

"我承诺过他。"山姆说。

霍比特人哼了一声,"承诺就跟大便一样,要多少就有多少,但就是买不起面包。"

"我带毕业纪念册来了,"山姆解释,"全新的,我要拿给他。"

"我给他就行了。"

山姆不肯接受他的提议,"我一定要亲手给他。"

霍比特人露出龇牙咧嘴的模样,他牙齿的颜色就像湿掉的咖啡粉。"你又想跟他要什么东西对吧?天下没有白吃的午餐,就连承诺也一样。"

山姆勃然大怒,但他并未反驳,因为那男人说的也没错。"你帮我跟他说一声好吗?我今晚再来。"

霍比特人没点头也没摇头,"他如果愿意见你,就会在这里等你。"

进了汽车旅馆,山姆举起手臂阻止札克前进——他们的房门被人打开了。

换命

山姆做了个手势要札克后退，然后他蹲低身子，用脚轻轻顶开房门。门"嘎吱"一声整个打开，不过里面并无动静。

山姆从门口探头往房里看，感觉没人进去过。

他挺直身子进了房间，里面并无藏身之所，于是他快步走向浴室，把门一脚踢开，空的。

他转身比了比，表示警报解除，却看到札克站在电视机前。

屏幕上用白色油性笔草草写了非常简单的信息：

购物中心
午夜

山姆站在洗手台前，往前倾身，用一把抛弃式刮胡刀剃掉脸上的胡楂。这时手机响了。

响到第二声时，他接起电话。

"山姆，你想到怎么给我一百万了吗？"

那异样的电子声音让山姆不停地哆嗦。即便水槽里仍在冒出热乎乎的蒸汽，他却浑身起了鸡皮疙瘩。

"想到了，"山姆心中浮现了电视屏幕上的讯息，"我今晚就会凑齐。"

"很好，就算连你都在怀疑自己，我对你还是信心满满。"

"我可以跟我家人讲话吗？"

"她们好害怕，山姆，黑漆漆的好可怕哦。"

山姆压抑心中的怒气，"我起码要知道她们是不是还活着。"

"很快，我觉得你很快就会知道了，你就快完成考验了。"

"求求你，不要伤害她们。"他哀求。

"那不是我能决定的，"那声音说，"她们的命运完全掌握在你的手里。"

69

监视的人低头看着黑暗中缩成一团的女人，那女人吓坏了，身上只有一条被蠹虫咬了许多破洞的毛毯可以取暖。

发霉的军用帆布床已经摇摇欲坠，床尾那三分之一的帆布也已烂得裂开，让她无法伸展四肢。她应该心存感激的，因为少了这张床的金属架，她就得睡在潮湿的地面上，而泥土会一丝丝地从她颤抖的身躯吸去原有的体温。

他心想，选择把她关在这里，似乎会让人觉得他根本不在乎这个女人。但是他也知道，在最严苛的环境下才能最快看到成效。

现在这女人看起来不如往常美丽。她脸上和手臂上的瘀青已经转变成丑恶的颜色，头发也犹如一蓬乱草。要是你给她照照镜子，她很可能会失声尖叫。只不过这里没有镜子，只有他。他就是她的全世界、她的救主、她的白马王子。

幸亏他的想象力还在，加上他贴在墙上的秘密照片也提醒着自己会一直看着她。等到她完全属于他，他就会把她变成自己心目中的模样。

换命

她的身体和脸庞若要修补非常简单，而且她只要多吃一点就会恢复原本的曲线，加上泡完热水澡她的皮肤就能重现光泽——当然这都要花点时间才能全然恢复。至于她的心理呢，这就要比较谨慎处理了，不过眼看他就快达成目标了。

他把身后的牢门带上，又走近了点。她抬起眼睛看着他，两人四目交接，而他的眼神尽是关切。从女人泛红的双眼中，他仍看得到无从平复的恐惧——她怕那个男人，那个把她从自己舒适的世界抽离出来的男人。不过，只要过一段时日，恐惧就会消失，取而代之的便会是全然的挚爱。

他要求她做的事，她几乎全都愿意做。接下来的目标就是让她自发地想要满足他的要求。

男人抚摸女人的头发，并用自己的大腿托住她的头部。她又开始哭泣，男人轻轻地发出嘘声，抓紧她的脖子，让她停下哭声。

"现在，再跟我说一次，"他低声抚慰女人，"你为何这么爱我。"

70

黑发的女人朝着入睡的女孩柔声低语，把她抱在腿上轻轻摇动。她感到筋疲力尽，肋骨疼痛至极，同时她又没有食物、饮水和灯光，每个动作都会耗掉她一些精力。黑暗之中，时间无从估量，不管她们又活了几天，还是几个小时，这一切都不再重要。

玛丽安醒来之后，女人打算要教她怎么伸展肌肉和控制呼吸，并通过做瑜伽保持体力。

她发现她已经不在乎自己的安危了，她并不怕死。如果只有她一个人关在这里，她或许会想办法寻死，但是现在她要让那女孩坚强下去。

心中愤怒的火焰依然熊熊燃烧，并且对她厉声低语，只要守门人不小心出了个差错，自己就总有脱身的机会。那孩子一定得跑得动。她可以出其不意地拦住那男人，在他身上留下伤痕，即便是阻止他一下子也好——她做得到，她试过了。

女人自说自话，在脑海中一遍又一遍地复习计划，并默默地在内心肯定自己的想法。

她全心全意地对自己发誓，绝对不让别人伤害那孩子。

71

山姆把奔驰车停在购物中心后面的空停车格里，从手套箱中取出手枪，不疾不徐地装好子弹，并确定击锤下那膛没有子弹。觉得满意了，他就把枪塞到背心口袋里，开始等待。

到了半夜十二点，一辆玻璃上贴了黑色隔热纸的时髦黑色凯迪拉克 Escalade 休旅车滑过他的车窗前，就停在不远的地方。山姆下了车，走到凯迪拉克旁边，休旅车后方的乘客则默默地摇下了车窗。

瓦迪克从车内暗处探出了自己的大饼脸。他身旁还坐了一人，

换命

只是那人坐在较暗的地方,别过头去。

"收到我的讯息了吗?"

"没看到也难。"山姆集中精神保持呼吸平稳,努力想让自己的声音听上去很镇定。

"你决定了吗?"瓦迪克问。

山姆点头,眼神严厉,姿态坚定,看来很有自信。

"就跟拍电影一样,不是吗?"瓦迪克敛起笑容,"只是这次所有的摄影机都要关掉。"

"没问题。"

"很好,"瓦迪克看了看手表,"我的人二十分钟后会到。把送货门打开,让他们可以进到所有的店面。"

"我的钱呢?"

瓦迪克咧嘴一笑,山姆看到旁边那个陌生人也露出了一口白牙。

"你真的很合我的意。"

瓦迪克点了点头,驾驶座的车门便随之打开,有个巨人守卫下了车,手里提着一只公文包。他绕过这台大车的车头,把公文包递给山姆,包包黑色的把手上吊了一条短短的钢链,另一头则吊了一圈手铐。

山姆接过公文包,掂了掂重量。纸张虽然不怎么重,但二十五万美元的纸钞拿起来应该有点分量。守卫把固定在金属环上的两把银色小钥匙交给他,然后回到车上。

"等我的人都进去了、你该做的也做完了,你就可以走了。"

瓦迪克说，"没问题吧？"

山姆点了点头，逼自己下定决心做好接下来的工作。

瓦迪克又对着他凝视半晌，四周的沉寂教人好不自在。山姆感觉到对方正在上下打量着他。他并未退缩。

瓦迪克望向他方，陌生人迅速地点了点头，黑色的玻璃车窗便摇了上来，阻绝了外面的目光。

休旅车开走之后，山姆便迈步往购物中心走去。

72

山姆敲敲购物中心后面的巨大金属门，他知道肯尼斯如果按照平时的时间表巡逻，他人应该就在附近。

等几分钟后，他又敲了一次门。

"谁啊？"门后有人细声问。

"肯尼斯，我是山姆，帮我开门。"

他听到钥匙当啷作响，然后门开了一条缝，肯尼斯探出头来。

"嗨，山姆，"他的神色戒备，"我以为你要休几天假呢。"

山姆展颜微笑，面露友善之色。"是啊，"他举起公文包，"我只是过来拿点东西。"

"现在？不嫌太晚吗？"

山姆"咯咯"笑了起来。"好吧，我想顺便来看看你可以吗？"

肯尼斯咧嘴一笑，把门拉开了点，让山姆进去。"山姆，不能跟你一起巡逻，这种感觉真不好。"

"他们派谁跟你搭档？"

肯尼斯翻了翻白眼，"哈利，他自愿上两轮班，不过这轮我只看到他一次。"

"他人在哪里？置物间吗？"

肯尼斯点点头，"我不得不把对讲机关掉，天杀的这老兄居然唱起歌来。"

山姆大笑，一掌拍上肯尼斯的肩膀。"我们去找他吧，说不定他已经不省人事了。"

山姆带头走进黑暗的走廊，敛起了脸上的笑容。

他打开置物间的门，哈利下巴靠着胸口，垂头坐在地上，鼾声如雷，手边还有一瓶喝光的波本威士忌。那熟睡的巨人只穿着白色内衣、蓝色四角裤和一对令人咋舌的弹性吊袜带。制服的裤子、衬衫、枪套和外套全都随意地挂在木制长凳上。

肯尼斯探头望过山姆的肩膀，看到房里的情况。"不……不……不能这样，"他期期艾艾地说，"他会被开除的。"

山姆弯腰从长凳上捡起哈利的枪套和钥匙，然后重重地叹了口气，转身对搭档说："肯尼斯，你的枪跟钥匙也要交给我。"

"什……什么？为什么？"

"我没办法解释，给我吧。"

肯尼斯浑身绷紧，挺起胸膛。"不行。你教过我的，我绝对不能交出我的枪。"

"我也教过你别做傻事。相信我吧，把枪跟钥匙给我。"

肯尼斯的眼神闪烁，下唇开始打战。"不行，山姆。我的工

作就是要——"

山姆若无其事地把自己的枪从口袋里掏出来，搁在肯尼斯的额头上。钢的触感让这名菜鸟警卫心生畏惧。

"很抱歉，肯尼斯，我也是人在江湖，身不由己。"

"天啊，山姆，"肯尼斯结结巴巴，"我们……我们不是搭档吗？"

"所以我才好声好气地问你啊，肯尼斯，我要确定你不会丢了小命。"

肯尼斯吸了一大口气。"丢了小命？"

"我要你跟哈利留在这里，等早班的人来了再报警。明白了吗？"

肯尼斯摇摇头。

"肯尼斯，你知道该怎么做。放轻松，做几次深呼吸，找个东西来读，打个盹也好。或许你现在无法相信，但我真的是从朋友的立场奉劝你。"

肯尼斯吸了吸鼻涕，"山姆，我本来以为我可以信任你的。"

"只要信任我，你就能平安无事地走出这里。"

肯尼斯放松肩膀，卸下枪套，连同自己那串钥匙和保安磁卡一起交给山姆。

"我保留不住这份工作了。"

"不做也好，"山姆说，"这样你就有机会去找你真正喜欢的工作。"

"没有一帆风顺的工作，对吧？"肯尼斯嘟囔着，他的话居

然也带有几分道理。

山姆没听到这句话,他走了出去,把门锁上。

73

山姆快步走上后方的楼梯,目标是二楼的警卫室。白班共有四名,三名警卫徒步巡逻人来人往的购物中心,第四名则采用轮流制,主要负责在警卫室监控闭路电视。晚上所有的店铺全都歇业,连警卫室里也是空无一人。

山姆用肯尼斯的钥匙打开警卫室的门,快手快脚地关掉了里里外外所有的摄影机和警报器。他花了五分钟的时间检查有无遗漏,然后离开警卫室回到楼下。

他把卸货区的大门转开一推,两台半联结车便已倒车定位,连后门也打开了,一名浑身肌肉的黑人走了过来。

"山姆吗?"他讲话的声音就像碎石掉进罐头里。

山姆点头。

"我们是第一队,"他说,"钥匙在你那里吗?"

山姆举起一张通行磁卡。"这是万能警卫卡,可以打开所有的店门。"

男人从山姆的手里抽走卡片。"酷,其他的呢?都弄好了吧?"

"摄影机全都关了,警报器也是,连警卫我也搞定了。在白班的警卫上班之前,你们有六个小时的时间。"

男人笑了,"时间绰绰有余。你呢?要带纪念品的话自己动

手吧。一台新电视？一套新西装？"

山姆拍拍公文包，"我已经拿到我要的东西了。"

男人转向卡车挥了挥手。十个穿着紧身汗衫和松垮长裤的肌肉男从暗影中现身，鱼贯地走进购物中心。

74

山姆默默地走进汽车旅馆的房里。札克把双手叠放腹部，已经倒在床单上睡着。他仍然身穿西装，呼吸微弱到看不出胸口的起伏，睡梦中的他看来就跟一只小麻雀一样脆弱。

山姆想走过去摇醒他，但札克已经睁开眼睛。他瞪着山姆，然后眨眨眼睛，仿佛已经忘了他是谁。

"每次一闭上眼睛，"他的声音很遥远，听来带点诡谲，"我就看到了洁丝敏和卡丽。"

山姆不知该说什么好。

札克用手掌搓搓脸颊，坐起身来，双腿摆放至地面。他清清嗓子，"购物中心的事办好了吗？"

山姆举起公文包，"钱归我，购物中心归他们。"

"那你的搭档呢？"

"如果肯尼斯愿意听我的话，他应该不会有事。"

"很好。看吧，你没变成坏人啊。"他拍拍山姆的臂膀，站了起来。"现在要去哪里？"

"去桥下，戴维应该在等我们。"

换命

到了汽车旅馆的停车场，札克"砰"的一声把奔驰车的行李厢打开，里面有两个红色的大行李袋。

"你可以打开看看。"札克说。

山姆拉开一个行李袋的拉链，盯着那堆价值将近五十万美元的纸钞。

"太新了，"他说，"感觉很不真实。"

札克点点头，"以前我都把纸钞塞在口袋里，或者在皮夹里放几张新钞，但是亲眼看到这么多刚印好的钞票，我才发觉这不就是纸跟墨水而已嘛。"他停顿半晌续道："这么痛苦，只为了这么一个……没有价值的理由。"

山姆拉起拉链，又拉开第二个袋子，这个袋子比较空。他打开公文包的锁，把里面的钞票倒进行李袋，直觉告诉他不用数了，要是瓦迪克少给了他钱，他又能怎样呢？

75

札克和山姆又来到伯恩赛德桥的桥墩下，这里比平常吵闹多了。火桶都生起火来，游民一群一群围成保护自己的圈圈，也有人漫无目的地从这个火桶晃到那个火桶。

有些人号啕大哭，嘴巴里发出胡言乱语，还用拳头敲打泥地，敲到连手上的皮都破了，看得山姆心乱如麻。婴儿的哭声如警笛般划破了这片嘈杂声，接着立刻有人忙乱地哼起节奏过快的摇篮曲。

看门人走了过来，绷起一张脸。

"发生了什么事？"山姆问。

"没事，就是有点乱，"霍比特人咆哮道，"警察今晚扫了几个西边的营地，结果人都跑到我们这边来，后来原本住在这里的人发现自己的地盘没了，所以才会乱七八糟的。"

"戴维在吗？"

霍比特人点了下头，后面就有人打起架来，相互咆哮，还用牙齿、指甲撕扯着对方的衣服和皮肤。山姆往后退了一步，他们一如火山爆发的怒火让他目瞪口呆。一个男人倒了下来，另一个便猛扑过去。他扑倒在那人胸口，手指弯曲成钩，恶狠狠地插入他的发际，还抓着他的头往地上猛敲，直敲到他一动不动为止。

打赢的男人往不省人事的男人脸上吐了口口水，退回摆放睡袋的角落——那个蓝色睡袋看来跟堆破布没有两样。他蜷缩身子躺在睡袋上，合起眼睛，接下来也没有其他人敢再来向他挑战。

山姆向札克瞄了一眼，绷紧肩膀，但你在他身上看不到恐惧。山姆想起札克确定妻女皆已遇害的感受，就知道这世上再也没有什么事会让札克害怕，因为他早就已孑然一身、一无所有。卡丽死亡的消息把札克送到那个境地，山姆觉得他很有可能变得比周围这些无助的游民更加危险。

霍比特人探视了一下失去意识的那人，转回身子时耸了耸肩。

"到处都一样，"他随意往对岸一指，"只是在那个世界里，你看不到自己眼前的危险。"

戴维站在熊熊燃烧的火桶旁，上半身抖个不停，对着自己喃喃自语。山姆走进火光照及的光圈里，戴维抬头看了他一眼，便

很快地转移目光。

"他又叫你来的吗？"戴维问。

"谁？"

"那个要烧死我的人，对不对？"

山姆摇摇头，"他以为你死了，你现在安全了。"

"不安全，绝对不安全。"戴维突然瞪大双眼，满是恐惧，"是那个爸爸吗？"

"爸爸？"

戴维很快地点了点头，"小男孩的爸爸啊，他一直哭。我听得到，他就在我后面，一直哭。他们要他马上离开，可是他又回来了。我感觉得到他在看我。我身上还有伤痕呢。"

戴维转过身子，撩起头发，给山姆看他的颈项。上面除了一层泥污外，不见任何外伤。

"戴维，我不知道要害你的人是谁，"山姆说，"所以才要找你帮忙。"

戴维急忙摇头，口水也喷了出来。"你是个大骗子！以前你是神，但你现在他妈的只是个骗子！"

"戴维，我什么时候变成神了？"山姆反驳，"我只是一个毛头小子，恃宠而骄，却没人来打击我的自尊。爱做梦的人都能在高中时代找到自己的出发点，可是到了真实的世界，又有几个人能顺利起飞呢？我们都还没飞就被打垮了，没什么值得崇拜的。"

山姆压住怒气，从背心里拉出毕业纪念册，并把那本书递了

过去，上头金、银色的字母在火光中闪闪发光。

戴维紧张地舔了舔嘴唇，才大步走过来接过毕业纪念册，紧接着他退回自己在火桶边的位置，小心翼翼地翻开书页，并用手指抚摸里面的照片。

"我的签名都不见了。"戴维说。

"抱歉，你还有其他的签名吗？"

"对呀，很多。"

山姆走近了一步，"戴维，其他的签名都在节目单上吗？"

"当然，"戴维拔高音量，"你记得我们的选角派对吗？哇哈，大家都疯在一块儿，一起唱着《洛基恐怖秀》的主题曲。等到《时空跳跃》快要唱完的时候，大伙儿还连成一串跳起虫虫舞。我趁机摸了某人的胸部，那是我第一次摸女生，我的激情因此整整持续了一个星期呢。"

山姆也翻开了过去的记忆，脑海里出现了一张又一张遗忘已久的面孔。

札克踏入光圈，"你还留着那些节目单吗？"

戴维随即收起笑容，"他是谁？"

"一个朋友，"山姆说，"他正在帮我找回我的老婆跟女儿。"

"你的老婆跟女儿？"

"那个要弄死你的人把她们绑走了。我们猜他应该是我们认识的人。"

"学校里的同学吗？"

"或许是某个跟你一起负责灯光的人。"札克插嘴。

换命

戴维眯起了眼睛。

"戴维,让我们看看节目单好吗?"山姆继续追问,"你可以帮我们吗?"

"今晚不行,"戴维说,"我把它藏在很安全的地方,因为上次……"他瞥了山姆一眼。

"可以带我们去吗?"札克说,"去那个安全的地方。"

戴维摇摇头。"不行,只有我可以去,那个地方很隐秘。"

"我们可以在这儿等你,"山姆说,"我们一定要看那些节目单。"

戴维又摇了摇头。"你们明天再来,我会准备好给你们看。"他的注意力又回到毕业纪念册上。

山姆叹了口气,举起双手表示投降。"好吧,戴维,我们明天再来,但是别让我扑了个空。"

"山姆,我不会让你失望的,"戴维轻声说,"我从没让你失望过。"

76

普雷斯顿探长站在被洗劫过的购物中心里,四处张望,并用纸制咖啡杯的边缘顶高前方的帽檐,吹了一声口哨。

"他们洗劫了每家店,"霍根展开双臂,走到大厅中间,"无一幸免。"

"应该不是独自一人就能办到的。"

"他们是组织严密的团队,其中还有一位我们很熟悉的警卫。"

"不会是演员先生吧?"

霍根点头,"我们有目击证人。怀特把夜班警卫锁在置物间,关掉了警报器和摄影机,并打开门迎接打劫大队。"

"失心疯的王八蛋,"普雷斯顿嘟囔,"他伤了警卫吗?"

"没有,事实上他把警卫藏得好好的,免得他们受伤。咱们的目击证人是怀特平日的搭档。他说怀特很冷静,安慰他只要安安静静的就不会有事。"

普雷斯顿抓抓鼻子,"这家伙超怪的,老子快受不了了。为了一支他妈的手机就可以杀人,但是要抢整间购物中心时又变成好好先生,这怎么可能?这里有几家店啊?八十家有吧?还是一百家?抢这一次就起码好几百万了。"

"也得知道怎么抢啊,"霍根插嘴,"一个警卫怎么会策划出这种事情?我跟抢案专家谈过,他们说货品可能直接装船运去俄国了。美国货在那里很好卖。"

"我们只有一个嫌犯——"

"就是怀特先生。"

普雷斯顿眯起双眼,"伙计,你在想什么?"

"他说他的老婆女儿被绑架了,或许有点可信度。"

"而且真的有人要他这么胡搞瞎搞?"

"这比另一个说法更教人信服,"霍根说,"我不认为怀特先生一早起来就决定要乱杀一通,然后变成犯罪集团的首脑。"

普雷斯顿叹气,"对呀,演员可没那么聪明。"

换命

霍根露齿一笑，"的确。如果他想全身而退，就不该留下目击证人。"

"也就是说，背后策划的人——"

"不想留下怀特的活口。"霍根接着把话说完。

77

山姆坐在床上，眼睛又干又酸，札克则是一直看向窗外，看着他没办法交给绑匪的一百万美元。

他们打算就寝，然而即便脱得只剩四角裤了，却仍辗转难眠。札克在房里来回踱步，然后走到窗前待着，山姆则在脑海里反复播放他跟戴维的对话，觉得自己应该再继续追问，才能拿到节目单。

唯一的线索就在戴维手中，破晓前的每一分钟都变得无比漫长。

山姆瞧了札克一眼。他看来就像一具已经烧焦的稻草人，四角裤挂在瘦骨嶙峋的屁股上都快掉下来了。山姆第一次注意到他背部下边有几块畸形的皮肤，看起来像是烧伤的痕迹一样平滑，但在他肤色的衬托下却无比惨白，仿佛他曾用漂白水洗过自己的身体。

札克大大地叹了口气，转过身来伸展四肢。他先朝着天花板伸手运动，然后又弯腰去碰自己的脚趾，背上的骨头嘎啦作响。随着他的动作，山姆看到他的肚皮和腿上也有浅白的色块。

"这叫白斑病，"札克解释，"皮肤里的色素被破坏了。"

"对不起，我不该盯着你看，"山姆立刻回复，"我不是故意的。"

札克摸摸小腹，"以前我总觉得很苦恼，还每天用化妆品盖住，祈祷不会扩散到其他人看得到的地方。"他又叹了口气。"印度人管这种病叫'白癜风'，有意思吧？"札克停顿半晌，似乎想要吊吊山姆的胃口，"别担心，这不会传染的。更何况你白成这样，有白斑病也看不出来。"

山姆想要挤出笑容，却又挤不出来，他心里还有其他更烦恼的事。

"我后来就不用化妆品了，"札克轻声说道，"洁丝敏一直对我说不重要，说只不过是皮相而已。但是，要到了……"他的声音哽咽，"……发生这种惨剧，我才明白她讲的一点都没错。"

房里一片寂静，气氛凝重，然后山姆换了个话题。"你能信任戴维吗？"

札克揉揉眼睛，"我跟他不怎么熟，为什么这么问？"

"我坐在这里想了半天，他没有理由还要相信我。难道我还了他一本毕业纪念册，他就愿意让我看他的节目单吗？"

"你说得没错。如果我让你看了我最宝贵的东西，你却把它烧了，我绝对不会再让你靠近一步。"

山姆跳了起来，"穿上衣服，咱们走吧，我们得先找到他，免得他消失得无影无踪。"

78

普雷斯顿探长在车里喝完咖啡,然后把纸杯捏成一团丢在脚边。

霍根口中喷喷作响,表示不赞同普雷斯顿的行为。

普雷斯顿没搭理他。"关于我们找到的那台摄影机,有什么结果了吗?"

"数据不多,"霍根说,"正如我所怀疑的,里面没有储存影像的硬盘。那只是一台无人操控的摄影机,可以把数据送到基地台或附近的计算机上。不过有些零件倒很少见,咱们的人正在追查那些零件是在哪里制造的,他们说绝对不是美国。"

"现在还有电子仪器是在美国制造吗?"普雷斯顿问。

霍根耸肩,"我觉得没有吧。听说那些讨厌的得州佬最痛恨这种小玩意儿,要是你的 MP3 跟烤面包机一样大,那还有什么竞争力啊。"

"我们的手拿不住小玩意儿。"普雷斯顿举高了一双大手,每根手指头都跟球场上卖的大热狗一样粗。

霍根还没来得及嘲笑他,无线电就嗞嗞响起。"嘿,牛仔先生,有你的讯息。"

普雷斯顿一把抓起话筒,"亲爱的,让我猜一猜。你帮我做了脱脂牛奶松饼当早餐,还想知道我是否就在回局里的路上。"

妲琳咯咯地笑着,笑声居然消除了电波上的静电。"才怪,

想得美哟,牛仔。我这儿有个又高又壮、跟巧克力奶油派一样可口的警官,监视名单上的东西他查出线索了。"

"吉普车吗?"霍根问。

"妲琳,是吉普车吗?"普雷斯顿朝话筒问道。

"哼哼,不是,是奔驰车,他跟驾驶谈过话。"

霍根用力踩下油门,车子向左急转。

"亲爱的,别让他走了,我们立刻回去跟他聊一聊。"

79

札克和山姆到了伯恩赛德桥下,该处空无一人,只有两条瘦巴巴的野狗正在争夺一根发黄的骨头。那骨头在山姆眼中实在不值得争,但他随即又想,或许自己还没真的绝望到那种地步吧。

在白天的光线下,游民村看起来不过就是一条泥土路,四处散落着空空的纸箱和没人要的碎木片。乌云激起一阵湿润的风吹过河面。

山姆往铁架中探头探脑,寻找离群的游民。

"那边。"札克指向地上一块突起的地方,旁边还有个正在燃烧的垃圾桶。

山姆转身,那阵风吹开了黑色垃圾袋的边缘,露出一双褐色的皮鞋。鞋子上的双脚穿着报纸做的袜子,袜子上方则是一条泥巴色的宽松西装裤。

山姆走了过去,轻轻地踢了一下那双皮鞋的鞋底。"嘿!你

没睡吧?"

那人不知嘟囔了什么。

山姆又踢了一下那只鞋子,那人迅速翻过身来——速度快得令人咋舌——手里还抓着破掉的酒瓶,吓得山姆立刻往后跳。参差不齐的玻璃边缘差点就刮破了山姆的腿。

山姆向后退去,"我们不想找麻烦,我只想知道其他人去哪里了。"

男人站起身子,满脸怒容,十分凶恶。

"现在几点了?"男人的声音犹如恶犬猛吠。

"刚过八点。"山姆说。

"早餐时间。"

男人开始向前走去,随手把破掉的玻璃瓶用力一甩,瓶子就在地上碎成了千百片。他似乎不在乎自己晚上可能还要回这里过夜。

山姆在他身后大喊:"早餐在哪里吃?"

男人走上了通往桥面的楼梯,慢慢转身,在地上吐了口口水,并用大拇指往河上一指,对着山姆大吼:"西边。"

山姆转头看看札克。"你去开车,我跟着暴躁先生。"

山姆跟在暴躁先生后面穿过伯恩赛德桥。由于他对每个人都纵声怒吼,所以行人和骑自行车的人看到这游民全都绕道而行。

到了桥的西边,他沿着伯恩赛德大道继续走,走到第三大道时才转向北方。山姆往身后瞄了一眼,看到奔驰车正在桥上,离他还有一个路口。他对着札克挥手引起他的注意,然后才走上第三大道。

中国城和旧城的边界上挤满了上百名正在街边排队领取免费松饼早餐的游民,而联合教会组织则在另一边发放袋装午餐。

等到札克追上时,山姆看着暴躁先生一边怒吼一边抢到队伍前面领了一盘松饼。

札克靠边停车,山姆则迅速地坐进副驾驶座。

"看到他了吗?"札克问。

山姆摇摇头,"他不在领松饼的队伍里,不过另一群人正在领教会的午餐,我们再等等看吧。"

过了十分钟,戴维出现在教会门口。他把钟爱的毕业纪念册夹在腋下,忙着查看棕色午餐袋内的食物,并没注意到街上有人等着他。

札克瞥了山姆一眼,"然后呢?"

"他没带背包,"山姆指出,"应该过一会儿就会去拿了。"他的眼神扫过你推我挤的游民,"我们先开车跟着他,等找到地方停车再下车跟踪他。"

札克缓缓地把车从那群急着领餐、从不盥洗又挤成一团的游民中开了出来。

戴维领着他们继续向北行,然后才转回河岸,因此山姆和札克不得不把车子留在中国城的外围。戴维又往北走,通过了钢铁大桥,走向百老汇大道。

换命

为了抵御清冽的晨风，札克把西装外套裹得更紧。"他似乎挺开心的。"

"我猜他今天过得还不错，"山姆说，"肚子吃饱了，毕业纪念册拿回来了，而且没有下雨——"随着雨滴开始落下，山姆住嘴不说。

"只是小雨吧。"札克说，希望雨能快点停。

云层传出轰隆隆的雷声，似乎一听到札克的话便裂了开来，开始落下豆大的雨珠。

山姆加快脚步，"别跟丢了，快点。"

戴维拖着双脚开始小跑，完全没发觉后面有人跟踪。就在百老汇大道前，他转而向西穿过公园，朝着火车调度场走去。札克和山姆跟得很紧，利用大雨掩盖脚步声。

戴维走近一道气势宏伟的水泥墙，这正好是美国国铁火车调度场后方的围墙。这时山姆把札克一拉，屈身躲在一座小丘后面。

"你干吗？"札克的牙齿开始打战。

"两边都有铁丝网，"山姆说，"前面没路了。"

戴维停在墙前，弯着腰气喘吁吁，还回头略微张望。山姆完全静止不动，任雨水模糊他的侧影。

片刻之后，戴维走到墙边，推了推铁丝网。铁丝网经他一推稍稍歪了一下，露出一条细缝。

戴维又回头略微张望，接着矮身而过。

"走吧。"山姆奔过空地上最后那几米的距离。

81

普雷斯顿探长背对房间而站，看着外面骤然下起的大雨。他曾经长大的故乡宽大辽阔，距离这里有三千七百二十四公里，而从司法中心的十三楼放眼望去这座城市的同时，眼前尽是雨丝如幕，一片灰蒙。

就在他的身后，柯林·波史密斯警官正紧张地用纸制咖啡杯底凝结的水珠在桌上画起圆圈。

"你那天早上曾看到那辆奔驰车？"普雷斯顿慢慢地重复问题。

"是的，长官。"

"可是你没报给局里？"

"当……当时我不知道它就是你们正在找的那辆车。监视名单上没有那台车子的车牌牌照，加上外面街上的奔驰车又一大堆。但我的搭档今早看到第二次发出的通知才回想起车体的损伤。她认为……你知道的，或者……我，呃——"

"你跟驾驶说过话吗？"霍根插嘴。他的椅子正对着那位年轻的警官。

柯林怯懦地点点头，"他看起来像个商务人士，似乎刚听到什么坏消息，喝得烂醉如泥。我觉得他没有恶意，也该休息一下。我想先澄清我的搭档并不同意我这么做。"

普雷斯顿大笑，从窗前转过身来，同情地看着柯林，对他的忠诚赞赏不已。他早就发现长得好看的人通常也是最糟糕的人。他们已经习惯得到特殊待遇，所以就会缺乏人生中最基本的谦逊态度。不过这小子的爸妈倒是把他教得挺好的。

"小子，你不用帮你的搭档擦屁股啦。我们得到的消息没什么特别，所以应该没什么希望。"

霍根点头表示赞同。"你们如果记下什么或许就能帮到我们，但是你们当时怎么料想得到的呢？告诉我们你记得的事情就好了。"

警官大大地松了一口气，开始描述那衣冠不整、吃早餐吃到一半就消失的黑人。

82

札克和山姆从铁丝网上的缝隙挤了进去，发现眼前是个洞口，通往一条发出霉味的水泥维修通道。这里同时又有一面带刺的铁丝网，区隔出纵横交错的铁轨和远方的联合车站。

通道入口用铁门挡住，但是门锁已经坏了，铁门也开了一半，正好可以让成人通过。

山姆暗自希望他带了手电筒来，不过他还是一头冲了进去，札克则是紧跟其后。

他进了通道后，便把注意力放在另外一头，看到另一道铁门朦胧的轮廓，然而却看不到戴维的身影。

"一定还有其他通道，"山姆低声说，"看仔细点，别吓到他。"

山姆快步向前移动，双臂伸开掠过两旁的墙壁，检查有无开口。

走到半路,他的左脚扫过一个坑洞的边缘,感觉空空荡荡。山姆本能地用手撑住通道两侧,免得掉进洞里,但是两侧的石头全都发霉,滑溜溜地根本抓不着。

他喊了一声,跌进暗洞,双脚几乎立刻着地。

"没事吧?"札克低声说。

"没事,"山姆从一个深及胸口的洞里爬了出来,"小心地面。"

走到另一个黑暗的通道前,山姆蹲下身子仔细查看。这个洞的气味闻起来似乎较为久远。待他继续往前,他便听见一阵轻柔的哼唱,也看见气化灯的灯光,而灯前有个人影把灯光遮去了一大半。

山姆小心翼翼地往前走去,走到距离光线的不远处,但是后来又踩到了一个空罐头的边缘,里面的小石子嘎啦作响。

戴维猛然转身,一把抓起原本插在脚边的自制刀子。光线照到了他的脸上,他的双眼睁得超大,看来很是恐惧。

"戴维,是我!山姆!"

戴维龇牙咧嘴,喉咙里发出咆哮。

"我只想跟你聊一聊。"山姆向前移到光线照得到的地方,举起双手,让戴维看到他并没有携带武器。

戴维认出他来,滑下嘴唇盖住牙齿,全身也随之放松。

"你把我吓了个半死。"他埋怨道。

山姆看了看他手上的刀子,那是一片磨得很尖的废金属,缠上了黑色的绝缘胶带,应该能够置人于死地,"我也被你吓得少活好几年了。"

换命

戴维把刀子塞回口袋，"你来干吗？"

札克也走了过来，从山姆身后探出头来。

"我们真的很需要看看你收藏的节目单，"山姆说，"我们不会拿走你的东西，我保证，只是要在上面找个名字。"

戴维换了个边，忐忑不安，气化灯照亮的范围突然变大，让头顶的石制拱门顿时笼罩在灯光之下。这座壮观的拱门上面也有怪异的标记，跟瓦迪克巢穴中的标记一模一样。

札克倒抽了一口气。"这一定是上海隧道中的某一条，我早说过这些隧道可是四通八达的。"

三人围成一圈坐着，札克很努力地利用气化灯取暖，一起翻看戴维最宝贝的节目单：《毒药与老妇》、《鼠嚎奇谈》、《承风继影》等等年度综艺节目。

演员和工作人员除了签名，还写下了风趣的留言——愿能在好莱坞与你和山姆重逢；戴维，你照亮了我的生命，帮我点午餐吧——山姆回想起那段较为单纯的时光中，他还相当自信自己的星途会一路顺风，嘴角不由得泛起一抹微笑。

在名为《月之暗面》的节目单上，他们找到了要找的名字。

霍根探长和普雷斯顿探长站在一张白色的桌子旁边，桌面上散落着几十个塑料袋和托盘，里面装了熔掉、烧焦、焦黑且七扭八歪的物品。

SWITCH

普雷斯顿双臂交叉，心中的不耐全写在脸上。外号"萤火虫"的瑞可·费南德兹向着两位探长确认初步报告所列举出的新发现，他讲英语的速度就像一挺机关枪，偶尔还会蹦出几句西班牙语。

普雷斯顿最后叹了口气表达他的不耐，又比画了一下手表，瑞可才拿出一个比男士袖扣大不了多少、黏着一坨熔化塑料的小小金属制品。他顿时双眼一亮，开心得很。

"很聪明吧？"他扬了扬眉。

"那是什么？"普雷斯顿问。

"就是这个小可爱炸掉了整栋房子。"

"这是炸弹？"

"才怪呢，怎么可能是炸弹？你看，这是一个打洞器。"

霍根用手按住搭档的手臂，免得他气到出手打人，"解释得清楚点。"

瑞可咧嘴一笑，"这东西贴在房子里的瓦斯管上。放火的人只要善加利用无线传输装置，通过按一下按钮，就能够在管子上打洞。"

"是这样吗？"

"瓦斯一外漏，只要一点点火源就足以把整个地方夷为平地。"

"你知道这是哪里制造的吗？"

他捏了捏那坨熔化的塑料，"这玩意是自己做的，但是不锈钢打洞器可是特制的机器零件，相当精准，却还不够完美。我想这应该是东欧制造的，也有可能是俄国或捷克。"

霍根陷入沉思，"要打洞的话得离房子多近？"

换命

瑞可耸耸肩,"接收器已经熔得不像话啦,但是从这个大小来看,距离应该很近才行,不超过四百米吧。"

霍根瞥了搭档一眼,"演员的不在场证明依然成立,购物中心离他家应该有三四十公里。"

"是啊,"普雷斯顿表示同意,"不过我们面前这只萤火虫也只是用猜的。"

"嘿!"瑞可抗议,"我不是用猜的,我是算出来的。"

"是吗?"普雷斯顿走近一步,高大的身影笼罩住个子较矮的瑞可,"你能算出我现在在想什么吗?"

瑞可面带笑容,"探长,很抱歉,我只把你当作朋友看待,其余免谈。"

普雷斯顿和霍根搭着电梯前往地下室的停车场,这时霍根的手机响了起来。

"啊,霍根探长,"一个熟悉的声音说,"我是首席法医蓝迪·豪格。我们已经查出房屋爆炸案里那名年轻被害人的身份。"

"她是谁?"

"呃,我突发奇想,把被害人的信息贴在全国性的公告栏上,结果发现圣迭戈最近正好有一名黑人女性和女孩同时失踪,而那女孩的年龄正好与被害人十分相近。"

"圣迭戈?"

"对,我明白这跟我们预期的不太一样,但我还是去要了牙科病历,结果刚好吻合。"

"那她到底是谁?"

"卡丽·凯伊莎·帕克,十四岁。她的父亲札克·帕克是位名医,身上有好几张拘捕令,罪名包括侵犯人身和企图性侵病患。他是一个整形医生,在业界的名声还不错。"

"老天啊,"电梯门开了,霍根走出去,"那尸体怎么会跑到怀特家里去呢?"

"探长,这我可不能帮你解答。"

"另一具尸体呢?"

"很抱歉,另一具尸体还不能确定身份。因为她的下巴在爆炸时烂了,我的助理正在想办法把它拼回去。我只能确定这需要好一段时间才能拼好——"

"好吧,医生,谢谢你,"霍根插嘴,"有消息再通知我。"

他挂上电话,转向搭档,"你开车吧,先去那家在第十街的洋酒店。"

普雷斯顿森然一笑,"你已经需要喝一杯啦?工作都是我在做呢。"

霍根面露不悦之色,并因专心思考而皱起眉头,"我得先去找维京人,问他认不认识这个医生。"

守卫拿着塑料托盘走进牢房,女人和小孩的眼睛全都盯着他看,一动也不敢动。

换命

女人知道自己如果对他发动攻击，他就会勃然大怒。她肿起的眼睛以及脸颊、下巴和肋骨上深层的痛楚，都时刻提醒着自己这人有多么暴戾。

"你带食物给我们吃吗？"她的声音有点含糊，上次被殴打后所留下的疼痛限制了她嘴型的开闭。

守卫并不搭腔。

"能多给我们一点水就好了，"她继续说，"上次你只给了我们一瓶，玛丽安跟我都觉得好渴。"

守卫把托盘放在靠近门边的地上，他不肯直视囚犯的双眼。

"你有小孩吗？"女人问。

守卫准备退出牢房，女人这时把双腿放到床下，卷起羊毛短裤，露出了紧实的大腿。在微弱的灯光中，腿上虽然有伤口和瘀青，还沾了泥巴，而且许久没有除毛，但看来依然诱人。

男人停下脚步，伸出舌头舔了舔嘴唇。

"为什么要把我们两个人都关起来呢？"女人柔声问，"你可以放了玛丽安。如果你让她走，我就会留在这里，不会给你惹麻烦。如果只有我们两人……就可以……更进一步。"

玛丽安轻声嘟囔，表示抗议。女人抓住她放在毛毯上的手，紧紧捏了一下。

守卫摇了摇头，离开牢房。

厚重的门闩卡回原位，女人把脸埋在手里，玛丽安则跳下床查看托盘里的食物。

里头的东西连一个人吃都嫌太少。

85

"他妈的亚伦·罗柏森是谁？"山姆问，因为札克指出节目单上他认得的名字只有一个。

"他也是计算机社的人，"札克说，"其实他是计算机社的智囊。亚伦可以在脑袋里写出程序。"

山姆转向戴维，"你记得他吗？"

"记得，记得。"戴维兴奋地搔了搔头，在灯光中飘下的头皮层犹如雪花般发亮。

"他到了十二年级才加入我们。"

"那时候我已经毕业了，"札克插嘴道，"亚伦跟计算机社其他几个人都比我小，不过他从没说过他对戏剧有兴趣。"

戴维没好气地看了札克一眼。

"他人很好，"戴维继续说，又抢得了发言的地位，"或许他……太容易紧张了，不适合站上舞台。我嘛，只要把灯光照到看起来很棒的地方就行了，但这家伙最在乎精准、精确，还喜欢测量什么狗屁角度。我记得有一次我们要把一个迷你聚光灯定位，他居然还拉了两三个宅男来帮忙。山姆，你还记得你在芭芭拉·艾伦濒死时高举戒指的那一幕吗？"

山姆点头，"你把那一幕的灯光弄成紫色了。"

"对，对，"戴维滔滔不绝，"那是宅男帮我定的灯光。这事不好处理，不过看起来酷毙了，尤其就在喷出干冰的时候。"

"你知道亚伦现在在哪儿吗？"

"我知道，"札克说，"他就在波特兰，开了一家小小的软件公司。"

"绑架会是他策划的吗？"

札克耸肩，"他认识戴维，也跟我们两个都有关系。所有的书呆子都被铁木欺负过，所以亚伦应该也不喜欢他。亚伦是个天才，大家一看就知道，所以他也有点古怪，但是我不觉得他有什么心理问题，也不觉得他会怨恨别人。"

山姆把手伸进背心口袋，摸了摸冰冷的手枪，他看着戴维。"你觉得呢？"

"我天天都看到人在变。他一下子跟在你后面，一下子为了半根大麻烟或一双还不错的袜子就想干掉你。"

山姆咬紧下唇，"我不想再被人牵着鼻子走了。如果我们只能找到这条线索，那还不如现在就去找那个乌龟王八蛋。"

"你觉得这样好吗？"札克问，"或许我们应该——"

"他不敢躲着我们，"山姆反驳，"我铁定会让他松口的。"

"帕克？"柜台后的华德·托乐往前倾身，海象般厚重的胡须在蒜头鼻下晃动。

"札克·帕克。"霍根说。

普雷斯顿拿起透明瓶装的西洋梨白兰地，蜜糖般的酒液中浮

着整颗黄色的西洋梨，"这是怎么弄进去的啊？"

霍根瞪了他一眼。

"他们先让西洋梨在瓶子里长大，然后再加酒进去。"华德解释。

霍根用力咳嗽了一声，"你记得帕克吗？"他重复刚才的对话。

华德"啪"地捻了一下手指。"猪仔帕克，猪仔帕克。"闪过脑海中的记忆令他咧嘴大笑，"一个瘦巴巴的黑人男孩，书呆子国王。铁木最爱出他的丑，直到他鼻涕直流。"

"高中的时候吗？"霍根想探个究竟。

"当然啦，"华德笑得露出白森森的牙齿，"我们就像他妈的山大王在走廊上横行霸道，而且铁木一下课就喜欢去捉弄猪仔老帕克跟他的朋友。"他纵声大笑，"我们让他们生不如死啊。"

"帕克后来当了外科医生。"霍根冷冷地说。

华德耸肩，"那很好啊。"

普雷斯顿把那瓶西洋梨白兰地放在柜台上。"帕克认识山姆·怀特吗？"

"就算他不认识，也一定知道这个人，但是他们不会一起混啦。书呆子跟演戏的疯子，他们没有共同的兴趣啦。"华德替白兰地结了账，打了八折，而普雷斯顿手里捏着三张二十块美金的钞票，被他抽走其中两张。

"买给我老婆的礼物，"两人走出门时普雷斯顿对霍根说，"她最爱西洋梨了。"

快到水泥通道的出入口时,札克追上了山姆。大雨嘈杂,倾盆而下,教人沮丧的那片灰色雨帘淹没了整个波特兰。

札克抓住山姆的手臂,"我们得先计划。"

"我已经想到了。"山姆挣脱札克的手,然后踏出通道,穿过铁丝网上的隙缝,走到外面的公园。

札克跟在后面,无情的大雨就像钝头的针打在他冻僵的皮肤上。

"我们不能就这么进去。"他说。

"为什么不行?我们是高中时代就认识的老朋友。"

"但是我们不确定他就是绑匪。"札克抗议。

山姆停下脚步,倏地转过身来,全身肌肉绷紧,每根骨头发硬。札克还没来得及反应,山姆就一把抓住他的西装领口,往胸前一拉,两人的鼻尖差点就撞在一块儿。

"札克,这游戏我不玩了,"他咬牙切齿,"只有这人跟我们两人都有关系。现在,这个混蛋得告诉我老婆女儿在哪里,不然我就把他从窗户给摔出去。你要跟我一起去呢,还是留在这里?"

大雨疯狂打下,世上似乎只剩下他们两人因山姆的怒意而紧密相连。

"我跟你一起去。"

山姆放开札克,气也似乎消了一些。他拍拍札克的胸口,花

了点时间整理被他拉坏的西装领口。

"你真是乱七八糟。"他轻声说。

"我俩都一样。"札克附和他的说法。

"该要有人付出代价了。"

88

普雷斯顿探长剥掉 Stetson 牛仔帽外的透明塑料膜,用力甩了甩。扬起的水珠形成一道弧线,飞越整个小队的办公室,泼到坐在隔壁桌的三名抢案调查员身上。

三人异口同声地大喊:"嘿!"

"抱歉啦,小姑娘,"普雷斯顿嬉皮笑脸地道着歉,"有些人去了空空如也的超大购物中心,没办法一整天都淋不到雨啦。"

霍根翻翻白眼。

"你在干吗?"普雷斯顿问。

"调查那个帕克,因为……啊,找到了……太棒了。"

"什么?"

"帕克医生开的是一辆银色的奔驰车 E320 柴油轿车。"

"我们那台神秘的奔驰车?"

"我会把牌照资料加到监视名单。"霍根闭上了嘴,从资料里叫出圣迭戈警方关于性侵案和人身攻击罪名的报告,"哦,很奇怪呢。"

普雷斯顿挑了挑眉,不懂他的言下之意,但是霍根已经开始

换命

拨起电话。

"帮我接圣迭戈,"霍根对着话筒说,然后瞥了搭档一眼,"麦克纳玛拉探长。"

普雷斯顿拿起自己的话筒,接到同一个电话。

"麦克纳玛拉。"那头传来刺耳的声音。

霍根解释了自己的身份,并告诉对方他怀疑札克·帕克医生人在波特兰。

"不无道理,"麦克纳玛拉说,"他老家就在波特兰。"

"报告里提到你怀疑那次性侵案只是作戏。"霍根说。

"对,真的很怪。我们对受害者做了性侵测试,但是她没有被强暴的迹象。有人声称他还没开始就遭到反抗了,但是现场太干净了……规划得太好了。你知道的,性侵跟暴力脱不了关系,但是帕克毫无动怒。事实上正好完全相反,他并不想伤害那个女人。"

"不过他毁了她的容。"霍根补了一句。

"对,我同意,很变态,"麦克纳玛拉说,"但是我跟医院的外科医生谈过,他说那几刀非常精确,就像按照蓝图切下去一样,超离奇的。她得包上一阵子的绷带,但却不会留下永久的疤痕。如我方才所言,他毫无动怒。"

"对外行人来说呢?"霍根提出疑问。

"说对啦,"麦克纳玛拉同意他的猜测,"外行人会觉得她遭人粗暴对待,还被毁了容。"他停了一下继续说:"不过,还有更怪的事。"

"还有？"

"对，帕克很久以前也曾是性侵案的嫌犯。"

"多久以前？"霍根问。

"一九八四年。"

"哇！二十五年前？"

"对，念高中的时候，就在毕业那天的晚上。事发地点就在波特兰，你应该还能找到原始的案底。"

"真是帕克干的？"霍根问。

"不是。他在审判前就洗脱了嫌疑。原来那天他约被害人参加舞会，但是提早离开派对，后来发生性侵案时，他具有很可靠的不在场证明。可怜的女孩喝酒喝到昏迷不醒，而嫌犯一次居然有五六名之多。检察官一开始以为这是轮奸案件，结果最后犯人只有一人。"

"你还记得其他人的名字吗？"普雷斯顿问。

"我没办法马上想起来。我只是随便看了一下报告，看到帕克是清白的。对了，我记得那时候有个踢足球的大个儿也是嫌犯。"

"铁木吗？"

"唔，听起来很熟悉，说不定就是。"

"谢啦，"霍根说，"你帮了我们很多忙。"

"嘿，不客气，这案子很怪。如果你们抓到帕克，记得通知我一声。我实在不明白他干吗那么做。"

霍根再次向麦克纳玛拉道谢，然后挂断电话。他转向普雷斯顿，却看到他的搭档已经起身。

换命

"我去拿案底来。"普雷斯顿说。

普雷斯顿离开后,霍根穿过办公室走到抢案小组旁边,把屁股靠在芙蕾雅·佛罗撒多提尔探长的桌子旁边。

披着一头黑发的美女芙蕾雅来自冰岛,脸部轮廓鲜明,皮肤雪白柔滑。她绰号叫三毛猫,而且似乎挺喜欢别人这么叫她。

"该死的购物中心,你的搭档一整天都在拿这事烦我们。"三毛猫说。

"编名册时没把你跟他排在一起就该偷笑啦。"霍根回以从容一笑。

"那你在想什么?"

"购物中心。"

"老天啊,别连你也开始了。"

"我只想知道你有什么看法。"

"比方说是谁干的呢?我们现在连什么证据也没有。"

霍根点头。

三毛猫叹了口气,"全城只有三个人能搞出这么大规模的抢劫案。在这三人之中,只有两人喜欢跟外国人打交道;其中一人多半跟俄国的黑帮有所来往,所以肯定涉嫌重大;另一人则是长袖善舞,跟俄国人和欧洲人都大有关系。这次打劫的人真的很大胆,但我不想去猜谁的胆子较大。"

"你已经知道嫌犯的名字了吗?"霍根问。

"唔唔,"三毛猫想吊他胃口,"你干吗这么关心?"

"我们正在调查那名警卫,不过是另一件案子。"

"另一件？"

霍根耸耸肩,"现在还看不出有什么关联。"

"但你如果弄清楚了呢？"

"那我一定会打电话给你。"

"你知道我都很晚睡的。"

霍根避开了她的目光,顿时喉咙干渴,"可以给我人名吗？"

三毛猫莞尔一笑,"我先去找电子文件,然后再寄给你。"

普雷斯顿拿着一个棕色的大信封回来了,里面装着一九八四年警方留下的原始性侵案报告。

霍根跟他一起站到桌旁,"铁木吗？"

"铁木,还有你那维京人的朋友。"

"老天啊！"

"还有更厉害的。"

"说啊。"

"演员先生也在报告里。"

霍根惊讶地眨了眨眼,"他也是嫌犯？"

"连他自己也不知道,"普雷斯顿语带保留,"报告上说他们找不到怀特,所以最后他仍以无罪开释。被害人说他们在那天晚上曾经发生过关系,不过是两相情愿,之后她才醉到不省人事。因此,怀特也并未被拘提出庭。"

"那铁木跟托乐呢?"

"他们采到的 DNA 都跟两人有关,只不过当时是一九八四年,过了三年之后才有人首度以 DNA 为证被判有罪。由于那时相关证据从未送至法庭,所以最后他们仍是以原告证人的身份出庭。"

霍根摸了摸下巴。"所以嫌犯有三人,一人在家遭人谋杀;一人遭人打劫,脑袋开花;还有一人房子被炸了个精光,正在逃亡。"

"你忘了第四个。"普雷斯顿说。

"第四个?"

"去坐牢的那个。"

札克和山姆走进 R 计划公司的大厅,全身湿答答的犹如两条泥狗。开车来此并不远,但他们的衣服仍旧拧得出水来,连札克的丝质西装都黏在身上,看起来犹如湿掉的面纸。

五十五六岁又高大又健壮的女接待员皮笑肉不笑,眼神凌厉多疑,上下打量着两人。

山姆用手指梳过乌黑的头发,摆出了个电影明星般的微笑。

"我们要找亚伦,"他说,"跟他说札克和山姆找他。"

"你们跟罗柏森先生有约吗?"

山姆笑了笑,表情非常和善,"没有,我们想给他一个惊喜,

我们是老朋友了。"札克在山姆身后拼命拧着西装,模样有点可悲,山姆则用大拇指朝肩膀后方的札克指了指。"札克刚从圣迭戈北上。他们两个曾在高中时代合力创办过计算机社,因此多少才会有今天这家公司的存在。亚伦一定很想见到我们。"

接待员看了札克一眼,似乎不相信山姆所言。

"我们方才身陷滂沱大雨,"山姆补充了一句,语中笑意不减,"他现在一点也不像一流的外科医生,简直就像只溺水的老鼠,对吧?"

"的确,"女人说,"我问问看罗柏森先生现在有没有空。"

"谢谢,真的很感谢你。"他又对女人展露了一个好莱坞式的微笑,可是这个女人对他的魅力完全免疫。

整座大厅的设计恰恰符合"先进"这两个字——玻璃帷幕和光彩照人的钢材打造出高科技的海洋风,地面上闪亮的黑色大理石铺得天衣无缝、异常平滑,不过镜子般的表面下漂浮着许多绿色的零和一,让山姆看了最是惊奇。

他指给札克看,札克一看便露齿一笑。

"那是二进制程序代码,"他说,"你如果了解亚伦的个性,花点时间解读,就能读出他所放在地上的信息。"

"嗯,"山姆嘀咕,"我还以为是绿色的小鱼呢。"

山姆的视线移转到俯瞰大厅的玻璃办公室上,里面有个身形颀长的商务人士坐在厚达二十厘米的玻璃办公桌后。这人卷起衣袖,领带略显歪斜,同时讲着电话,神色紧绷、几乎扭曲。这立刻就吸引了山姆的注意。

换命

"那就是亚伦。"札克说。

接待员清了清嗓子,"不好意思,罗柏森先生还在电话上。"

"是啊,我看到了。"山姆心不在焉地说。

接待员的脸上闪过一抹真心的微笑。"罗柏森先生希望大家都看得到他。他认为身为本公司的总裁,大家应该看到他跟所有员工一样努力工作。他对自己的要求甚至超过了对员工的要求。"

"很好,好极了。"山姆语带轻蔑。这就是绑架了他老婆跟女儿的狂魔吗?他觉得压抑已久的怒气已经开始找到宣泄的出口。

接待员因他的轻蔑而皱起眉头,"大家都很钦佩罗柏森先生的。"

山姆仔细审视那个讲电话的男人,不放过那张细长脸蛋上的任何一处细节:缩紧的鼻孔、招风耳、靠得太近的双眼,他甚至还有一头细软且几乎呈现透明的金发。

"他以前戴眼镜对不对?"山姆问。

"对,"札克回答,"跟音乐家埃尔维斯·卡斯提洛[1]戴着一样的镜框。"

山姆在脑中想象着亚伦戴上圆形粗框眼镜的模样,但是没有差别——那张脸对他而言毫无意义,亚伦·罗柏森根本就是个陌生人。

---

[1] Elvis Costello,英国怪杰音乐制作人,被称为新浪潮音乐始祖。

SWITCH

在山姆的注视下，亚伦把话筒放到桌上，从地板上提起一个黑色的公文包放在腿上，并伸手拉出一本 A4 大小的记事本和一支金笔。紧接着随着摇动的金笔闪闪发光，他又匆匆地写了些东西，才把记事本放在办公桌上。

他花了点时间把记事本放在办公桌的正中央，然后把笔放在记事本旁。满意自己所摆放的位置之后，他才抬起头来瞄了一眼楼下大厅。

山姆看到亚伦和札克四目交接，他一眼认出札克，嘴唇还闪过一抹几乎看不出来的苦笑。仿佛跟老朋友在走廊上擦身而过，他点了点头，然后探手到公文包里——并拿出一支镀铬的小左轮手枪，枪管只有五厘米长。

接待员放声尖叫，山姆越过她奔上楼梯，三步并作两步跑上楼去。

札克定在原地动弹不得，双眼直盯亚伦——那个高中计算机社里最聪明的成员、每次上了 Mustang[1] 都会往副驾驶座一坐、彻头彻尾就是个书呆子，而且从不顾及别人感受的人——他此时正把枪抵在自己的脑袋上。

他听到山姆跑到了那层楼，使劲拉开办公室的门，冲了进去，并发出怒吼。

但为时已晚。

亚伦·罗柏森躺在办公桌旁的地板上，惊恐的双眼睁得偌大，

---

[1] 福特休旅车。

弹孔就打在他右边的太阳穴上。

山姆穿过房间走到尸体旁边,用两根手指试探他颈上的脉搏,但这只是他在孤注一掷之下绝望的手势。

札克跟着进来,呼吸声粗重不稳,山姆绕过尸体,来到办公桌旁。对齐摆放的记事本上写了六个字:为了我的家人。

山姆的心怦怦直跳。他闭上眼睛,想让心跳恢复平稳,可是顿时耳塞,就像突然从高空中俯冲而下。

过了半晌,他觉得耳里有东西爆裂开来,接着便听到一个极度痛苦的声音,感觉起来很轻、很远。他以为那是汉纳在呼喊他的名字,回过神来才发现那个声音正喊着:"亚伦……亚伦。"

山姆猛然睁开眼睛。电话下方有个按钮亮了起来,于是他把亚伦搁下的话筒贴至耳边。

"亚伦,"一个女人惊慌地说,"他们放了我们,孩子们都没事,你在吗?亚伦?"

"谁放了你们?"

女人倒抽了一口气,"你是谁?我先生在哪?"

"谁放了你们?"山姆重复他的问题。

女人屏住呼吸,然后放声哭泣,"来我们家的那些人全都戴了面罩,我并没看见他们的长相。真的,我发誓。我先生呢?"

"我必须跟你见面谈一谈,"山姆急迫地说,"马上。"

"但是我先生呢?"

"见了面我才能跟你说清楚,"山姆继续求她,"我必须趁你记忆犹新的时候问到所有的细节,这很重要,我们不能放过那

些王八蛋。"

"我只要我先生安然无恙。他们走了。我什么……什么都没看到。"

"你在家吗？"

"在，可是——"

"别出门，我马上来。"

"你是警察吗？"

"是，"山姆撒了谎，"留在家里不要出去，也不要打电话给别人，等我到了再说。"

山姆按下切断钮，放回话筒。这时他的手臂拂过计算机的无线鼠标，亚伦的屏幕停止休眠，恢复了电力。

山姆看到屏幕，顿时目瞪口呆，接着转向呆站在办公室中间的札克。此时札克正目不转睛地盯着亚伦瞪大的双眼，无法转移视线。

山姆捻了一下手指，唤醒还在恍神的札克，示意要他过来。

屏幕上有三则新闻报道，《俄勒冈人报》详细报道了山姆在郊区的房子发生爆炸，现场还找到了两具无名尸。第二则来自《圣迭戈联合论坛报》，标题是性侵犯医生逃亡中，还有一张从札克的诊所广告上扫描下来的脸部照片，照片上的他看来满面春风，就像个有钱人，没有现在这么瘦弱。

第三则报道是一篇专栏文章，比另外两则短得多，标题是圣迭戈外科医生帮助儿童，获得表扬。这篇有一张札克笑容可掬的小照片，比上面那张来得模糊，日期也比性侵犯医生的新闻要早

了七天。

"亚伦不是我们要找的坏人,"山姆愁眉苦脸地说,"他跟我们一样,只是一枚该死的棋子。"

札克感到背脊发凉,脸上也跟着失去血色。山姆看到他浑身打战、跪倒在地,便很快地抓过金属垃圾桶放在他的面前,用力地抓住他的肩膀。札克发出呻吟,身子越弯越低,不住呕吐。

"我觉得很遗憾,"山姆说,"他的下场不该这么凄惨。"

札克从垃圾桶里抬起头来。"天啊,山姆,"他气喘吁吁,"我不能再继续下去了,我恨透了这一切。"

"我们第一次碰面的时候……"山姆费了好大的劲才让声音保持平静,"你还记得吗?你说这是一场游戏。"

札克点头,"很变态、超变态的游戏。"

"嗯哼,他又玩了一次,只是这次我们或许成了帮凶。"

札克瞪大眼睛,眼中尽是憎恶。

山姆继续说:"他怎么知道我们会来,还会正好看到亚伦自杀?我们一来找亚伦,他就刚好接到电话,这绝非巧合。"

"有人在跟踪我们。"札克作出推论。

山姆走到窗边、看向窗外,虽然外面的倾盆大雨尚未停下,路上仍有五六名快递员骑着脚踏车在车阵中穿梭。"不过这也表示我们离真相更近了,不光是追着尾巴转圈,我们已经从猎物变成猎人。"

"但是亚伦——"

"害他扣下扳机的人不是你,也不是我,"山姆的语气坚定,

"这不是我们的错,而是那个混蛋搞出来的名堂。我们必须专心设想下一步该怎么走。亚伦死了,你女儿死了,接下来可能就是我老婆跟女儿。一定要有人付出代价。"

"我们要从何查起?"札克的嗓音低哑。

"你还记得亚伦住哪里吗?"

"大约四年前我曾带洁丝敏去那里吃饭,我想我应该记得。"

"亚伦的太太在等我们。"

札克垂下眼帘,看着尸体。"她得知不幸的消息了吗?"

山姆望向他处,"还没有。"

办公室门外聚集了一群人,众人惊魂未定。一名警卫穿过人群走了进来,他穿着一身深蓝色的新制服,上面的折痕鲜明利落,领子也上浆上得硬挺。

"你们两个家伙是干啥的?"他问,眼神在办公桌后的两人及地上老板的尸体之间来回游移,手也跟着挪到枪上。

"我们要走了。"山姆高举双手让对方看到自己没有武器,然后绕过桌子向前走去。

"警察马上就到了。"警卫紧张地拨弄崭新的枪套,却解不开套扣,"你们最好在这等着。"

"老兄,我们等不了了。走吧,札克。"

山姆迅速地缩短了他与警卫之间的距离,于是警卫放弃枪套,伸手想抓住山姆的肩膀。不过山姆早就有所准备,他并未停下步伐,便一下扣住警卫的手腕,使劲一扭,他的手腕差点就应声而断。警卫生怕手腕脱臼,只得顺势扭转身子,口中还因为惊讶而叫出声来。接着他的两只脚突然被山姆一扫，整个人摔倒在地。

"躺着别起来！"山姆说道。

被打倒的警卫狼狈不堪，却不理会他的警告，又想伸手掏枪。这次山姆毫不迟疑，单脚着地身子一旋，重重地踹在警卫脸上，这次警卫才倒地不起。

"快走，札克。"山姆推开了目瞪口呆的群众，往楼梯走去。

奔驰车在汽车旅馆的门口稍作停留。等山姆拿好警卫制服，他们就朝着东北边的阿拉米达山脊开去。

阿拉米达小区开发于20世纪初，卖点在于两旁种满了成株树木的宽阔道路，小区中还能看到威拉密特河壮观的景色、市中心的建筑轮廓、时髦的餐馆，以及遍布各地且定价过高的咖啡厅。

山姆脱下便服和牛仔裤，穿上皱巴巴的制服后靠着椅背坐好。

"你觉得怎么样？"他把衬衫下摆塞进裤子里，弄直领带，"我看起来像不像个警察？"

"应该说像个不修边幅的警察，"札克语带不耐，"衣服上那些黄黄的脏东西是什么？"

"漆，"山姆说，"下班前在购物中心……应该说在这些事情发生前曾出了点意外。"

"还好不是红的。"札克怒气冲冲地说。

"嘿，我知道你对这么做有点意见，"山姆也厉声回嘴，"但

我们一定要去问她。或许她知道胡搞我们的人究竟是谁,而且他们也在恶搞亚伦。"

"或许他只有一项任务,"札克说,双眼直盯路面,"而我们正好成了见证人。"

"你不是说过这人不只要我们的命,还要先毁掉我们。"

"那是我们的推论,"札克愤慨地说,"也或许他决定不再继续折磨亚伦。"

"为什么?"山姆问。

"我他妈的要是知道就好了。"

车子继续往上坡开去,距离阿拉米达山脊愈来愈近,路边的房子也愈加奢华。札克转进克里基塔特街,窗外一栋庞大的巴恩斯豪宅从山姆的眼前一闪而过。

他们再继续开了一段路后,便停靠在一栋华丽的维多利亚式建筑前方。那栋房子呈现出绿色跟白色,屋顶还饰以木雕的花边。

"就是这里。"

山姆瞥了札克一眼,"你也来过吗?"

札克摇了摇头,"我传达的坏消息已经够多了。"

"或许从朋友的口中听到会让她好过一些。"

札克又摇摇头,"这种消息任谁来说都一样。"

山姆在前门敲了几下后,很不自在地交叠手臂,想要遮住衬衫上漆弹所留下的污渍。

"是谁?"他左边响起一个刺耳的声音。

山姆转头,看到墙上有座小小的双向对讲机,上头还装了木

框，好让它看起来更具维多利亚风。

"罗柏森太太，我是怀特警官，刚才在你先生的办公室里和你通过电话。"

"你挂了我的电话。"

"没错，罗柏森太太，不过我是为了尽快赶到这里。"

"我没看到警车。"

"我开的是一般公务车。我想，最好别惊动你们的邻居才好，因为八卦消息总是传得特别快。"

他清楚地听到"咔嗒"一声。

"请进。"

山姆开门走进门厅，前方是一条短廊通往厨房，而厨房里设有落地窗和宽敞的露台，看得到山脊和山下城里的建筑物。山姆心想风和日丽时，这里的景色看起来铁定十分壮观。

他往右边瞄了一眼，看到高雅的落地玻璃门后是一间小书房，而亚伦的遗孀则在左边的房里等着他。

这间房或许一度让人觉得雅致拘谨，但现在地板上却玩具四散，带着放松知足的氛围，看起来热闹尽兴。只不过幸福的感觉已被敲得粉碎，女人挺直身子坐在沙发上，脸上的表情说明一切。

山姆走了进去，坐在她的对面。

女人抬起泛红的双眼，泪珠滚滚而下。"孩子在我妈家，就在转角那里。他们……他们不能留在这里。"

"很抱歉前来打扰，"山姆说，"但我一定得找你谈一谈。"

"我不知道那些人是谁。"

"他们想要什么？"山姆小心翼翼地问。

"什么都不要，他们只是要找亚伦。"

"他们威胁罗柏森先生吗？"

"对，他们说会采取手段……对付我……我们的孩子。"她转而望过前方的窗户，看着外头静谧的街道，说话的声音冷静得叫人忐忑不安。"他们若敢伤害我的孩子，我一定会杀了他们。即便他们个个人高马大，我还是会——"她突然用力吸气，"我从来不知道自己有那么勇敢。"

"来的有几个人？"

"三个，一个看着我，一个看着朵瑞和克雷。他们有枪，可是从没拔出来过。"

"那打电话给你先生的是谁？"

"第三个男人，我一直没看到他的脸。他跟在另外两个人后面进来，直接去了我先生的书房，然后从书房打电话给亚伦。我们都被关在那里。"

"你听到了他的声音吗？"

"听到了，可是不太清楚。他很冷静，语气也很温和。我只听到他告诉亚伦计划要怎么对付我们。他曾经一度叫另外一个男人让我尖叫，我……起初还叫不出声，后来一叫就不可收拾。过了一会儿，我听到'砰'的一声，非常响亮，还有玻璃碎掉的声音。结果那些人走了，我跑到电话旁边，发现电话是设定成扩音模式。那个人要我听到所有的声音，然后就换成你来接

电话了。"

"你认得出那个男人的声音吗？是不是熟人？"

她摇摇头，"我只听得出是个男人，不确定是谁。"

"他既没口音，听起来也不是你熟悉的声调吗？"

"就是个男人的声音。"她的答案依然没变。

"你知道有谁想要加害你先生吗？"

罗柏森太太眼神迷惘，"大家都很喜欢亚伦，有时甚至连我都很嫉妒。"她的脸上浮现一抹微笑，"只要他在，大家都会充满力量。他懂得怎么鼓励别人，是个心存善念的人。"

山姆怒气冲冲，却尽是挫折。"另外两个监视你们的人呢？他们有没有什么特别之处？"

"他们就是身材高大，浑身肌肉，然后在脸上戴了透明的塑料面具，其中只有一个人开口说话。"

"他说了什么？"

"一些很普通的事，像是保持冷静，他老板要跟亚伦谈话，就这些。"

"他的声音有什么特征吗？"

"基本上没有。他没有外国口音，也没有什么特征，但我觉得他不太聪明，可以说是头脑简单、四肢发达的那种。"

"真的没有什么特征？"山姆又问了一次，语气突然变得相当绝望，"什么都好，真的什么都没有吗？"

女人和山姆四目交接。她微微偏头，缓缓转移目光，才看到了他憔悴的脸庞和脏污的衣着。

"你不是警察，"她顿时仓皇不安，"你是谁？"

"他们绑架了我家人，"山姆迅速说道，"我老婆跟女儿，我一定要找到她们在哪儿。"

"你是亚伦的朋友吗？"

"我和他念的是同一所高中，但是那时我们并不认识。不管是谁，那个闯入你家的人心中有所盘算，但我们无从得知。"

"'我们'？"

"我跟札克·帕克，他女儿死了。"

女人倒抽了一口气，"你们做了什么？"

"我们根本一无所知，也不知道亚伦为何会受到这种待遇。"

"我先生是个圣人，"她愤愤不平地说，"他从没做过坏事。"

山姆举起双手，"我们都不该吃这种苦，但我们得找出到底是谁认为我们应当受罚，也因此我才会来这里寻找蛛丝马迹，能找到什么都好。"

女人愤怒地摇了摇头，嘴角开始吐出白沫。"亚伦呢？我要见他。"

山姆低头望着双手，"我很遗憾。"

罗柏森太太站起身子，"遗憾什么？"

山姆抬头看她，"你先生在办公室里举枪自尽，所以你才会听到枪声跟玻璃碎掉的声音。"

就像游乐园里的哈哈镜，山姆面前那张女人的脸开始扭曲，伤心和愤怒似乎无从糅合，紧接着她开始尖叫，歇斯底里的声音几乎要把屋顶给掀了开来，就连玻璃也要一同震破。

换命

山姆重心落在脚上，向前倾身，想要安抚她的情绪，但他一靠近就会让她更加愤怒，并用拳头和指甲对他发动攻击。山姆往后退去，在地毯上绊了一跤，突然担心起自己的性命安危。

札克从前门冲了进来，惶恐的双眼瞪得老大。"发生了什么事？"

女人转过身来面对着他，随着因悲伤、愤怒层层起皱的面孔，她噘起的双唇亦同时发出咆哮。

"滚出去！"她放声尖叫，"滚出去！都给我滚出去！出去！"

山姆踉跄着站起来，拉着札克往车子走去。

"开车吧，"他命令札克，"警察马上就到。"

"她呢？"札克问。

山姆回头看看房子，女人的尖叫仍在空中回荡，"比起我们，她更需要一个医生。警察会找个医生过来瞧瞧的，咱们走吧。"

札克深吸了一口气，开车上路。待他们驶下山时，已有邻居朝着罗柏森家飞奔而去。

92

普雷斯顿探长在宽敞的办公室中来回闲晃，注意力全集中在俯瞰大厅的大片窗户。

"如果你不在意每次抓屁股时都有人盯着你看，"他说，"这真的很好。"

霍根走到办公桌后面，看了看计算机屏幕，屏幕上的保护程

序就像雨滴般落下的二进制程序代码。他推了一下鼠标解除保护程序，然后对着搭档大喊。

"难怪巡警要打电话给我们。"他指了指屏幕上的三则新闻报道，"已故的罗柏森先生正在调查怀特跟帕克。"他皱皱眉，"接待员还在外面吗？"

"那个丰满的女人吗？在啊。"

普雷斯顿行至走廊，领着接待员进来。睫毛膏在女人颊上留下了黑色的痕迹，她刚才想要清理，却连同粉底一起擦去，形状不规则的斑块下露出了她天然的肤色。

霍根走到透明的办公桌前，面带微笑，振奋人心。"谢谢你一直留在这里，很不容易呢，你一定很想回家跟家人团聚吧。"

女人吸了吸鼻涕，单手自动把揉成一团的面纸送至鼻下。

"你跟罗柏森先生认识很久了吗？"霍根问。

"我们刚办了一场庆祝二十年的派对，我是最早进来的那批员工。"她又吸了吸鼻子，"罗柏森先生一搬出爸妈家的车库、有了真正的办公室，就雇用我来这里工作了。"

"哗！"霍根大力赞扬，"他一定是个很棒的老板，你才会在这里待上这么久。"

"他很慷慨，所有的员工都能持股，生活也都过得不错。我只希望——"

"他说过自己高中时的事吗？"霍根打断她的话。

"他念的是波特兰的布鲁克赛德高中，毕业后曾多次受邀回去演讲。他的演说技巧很好，让听众备受鼓舞，这你懂吧？"

霍根感同身受似的笑了笑,"有高中同学来找过他吗?除了你说刚刚来过的那两个……"霍根没把话说完,就怕接待员又要痛哭流涕。

接待员摇摇头,"我想不起来了。"

接待员出去后,霍根又走到碎掉的玻璃前,向下俯瞰大厅。

"有什么关联呢?"过了半晌,他开口说道,"高中时代,老天啊,就是有人放不下。"

霍根的声音愈来愈小,然后他突然从外套口袋里抽出一件档案读了起来。

普雷斯顿蹲在亚伦倒下的地方,抓了抓鼻子,"鉴定小组在他家找到什么证物了吗?"

"感觉很专业,"霍根的语气不带任何感情,他似乎正在思索其他事情。"手套和面具,彼此不指名道姓,也没留下任何指纹。"

"起码怀特不是里面的成员。"普雷斯顿起身,膝盖骨发出"嘎啦"一声。"他连面具也不戴就到处乱跑。我猜接待员提到的札克就是行踪成谜的帕克医生。"

霍根转过身子,脸上看起来灵光一闪。"我猜帕克和怀特是来这警告罗柏森有人对他们不爽。或许这跟高中时代的性侵案有关,但他们不知怎么猜到罗柏森就是名单上的下一个目标,而且到的时候为时已晚。"

"但是帕克跟怀特早已洗脱了性侵的嫌疑,"普雷斯顿说,"他们甚至不必出庭作证啊。"

"他们没出庭,但是罗柏森呢?"

"什么?"

霍根弹了弹手里的档案,"他不是嫌犯,但他的名字出现在证人名单上。"

93

山姆推开汽车旅馆的房门,"你知道吗?有件事很不合理。"

"你最近遇到过合理的事吗?"札克气呼呼地说,一脚把门踹上,脱下湿淋淋的外套。

山姆对札克大发雷霆置之不理,"如果绑匪要钱,干吗跟我要?跟罗柏森要不就好了?他铁定有百万大洋。"

"或许这就是症结所在。"札克拉下裤子拉链,猛打哆嗦。"对他来说太简单了。他——他在搞我们……搞得我们一无所有,才会轻易放过罗柏森。"

"但为什么呢?"

"我不知道。"札克在房里的强光照射下往浴室走去,他的皮肤呈现出一种病恹恹的惨灰,"或许他比较没那么讨厌亚伦。"

"也或许该他谢幕了,"山姆对着札克的背影说,"如果亚伦还在,或许就能帮我们找到元凶。对那王八蛋来说,亚伦跟我们不一样,他们之间没有私人恩怨,只不过是公事公办。"

"但如果他跟我们有私人恩怨——"札克说到一半停了下来,单手扶在浴室门上。

山姆接着说:"如果有私人恩怨,那一百万就毫无意义了。因为就算我们凑齐全部的数目,老婆和女儿还是有可能没命。"

94

两名探长走出罗柏森的办公大楼,普雷斯顿看着搭档。"那演员真的让你寝食难安啊,对不对?你从一开始就认为他是无辜的。"

霍根耸耸肩,"不是他的缘故,而是他说的那件事。"

"他家人被绑架的事?"

"对,罗柏森的家人也受到威胁,可是他们不要钱,反而要他死。"

"太恶劣了。"

"该说是残忍吧。"霍根狠狠地吐了一口气,"你会怎么应付?"

普雷斯顿毫不迟疑,"我不会相信这些人。要是我死了,我怎么知道他们就会放过我的家人?"

"如果是陌生人,你或许不会相信他们,"霍根提出他的假设,"但如果是熟人呢?他还给你证据,让你看到他怎么毁掉其他跟你有关的人。"

"比方说,帕克跟怀特。"

"没错。所以,现在你的选择是自杀,或者跟他们一样受罪,看不到自己的家人,变得一无所有。"

普雷斯顿气得怒发冲冠。"变态的混蛋,妈的!"

霍根惊讶地看着他,"我还以为你不爱说'妈的'这个字。"

普雷斯顿哼了一声,"如果你的理论成立,那个王八蛋真的很欠收拾!"

95

水龙头已经关上,山姆拾起札克皱巴巴的外套和长裤。

"我看到下一个街口有干洗店,"山姆朝着关起的浴室门大喊,"所以索性把你的西装拿去烘干。"

浴室门打开了来,飘出一阵阵温暖潮湿的蒸汽。札克从雾气中走出来,脸孔被热气蒸得红通通的,腰间围着白色浴巾,而且身上每根肋骨和骨头都看得一清二楚,只能用骨瘦如柴来形容。

札克用手指揉过双眼,大方地让浴巾自然掉落,露出了大腿根部更多的白色斑点。

"我们可以买新衣服,"他说,"你的信用卡还在吧?"

山姆耸耸肩,"我想去走一走。你知道吗,走路会让脑袋更清醒点,我得想出接下来该怎么办。罗柏森出事后,警察会开始追捕我们两人。"

札克爬到床上,"我只想眯一下。"过了一会儿他又说:"看到亚伦今天……说真的,我在他眼中看到了我女儿的脸,感觉他已经跟她一起到了天堂……替我尽到父亲的义务。"

"睡一个小时吧。我是要把你的西装送去干洗店,但我们还

换命

是得换个窝,就连车子也不能再开了。"

札克已经沉沉进入梦乡。

山姆把札克的西装送到干洗店,要他们在一小时内处理完毕。男店员翻了翻白眼,气得山姆想要一把抓住那家伙的头发,拿他的脸往柜台上砸,砸到他面目全非才罢手。

但他只语带不满地说:"有问题吗?"

年轻的店员立刻摇了摇头。山姆怒气冲冲地出了干洗店,不想把他的挫败感发泄在不相干的人身上。他真的很想克制自己的情绪。

他走到雨中,背心犹如海绵一样迅速地吸饱雨水。在这潮湿的午后,半条街外两只交错的马丁尼酒杯在绿色及粉红色的霓虹灯照耀之下显得闪闪发光,仿佛暴风雨肆虐的海上出现了一座灯塔。只要去到那里,他就可以麻木自己,但他却奋力克制住自己的欲望。

家人正在等待救援,他实在不该用酒精当作逃避的工具。

他心中浮现了一丝无助感,也体会到那种把札克赶上床的疲惫感。那种疲惫就像有条粗糙的毛毯裹在他的肩上,雨水不断落下,毛毯也愈加沉重。

霍根探长把湿外套挂在伙伴的雨衣隔壁,并坐到自己的办公桌旁。霍根跟普雷斯顿的习惯有所不同,他喜欢把桌子整理得干净整齐,报告跟备忘录都有其妥善放置的文件夹或处所。

正因为如此，他立刻注意到备忘录文件夹中有张从没看过的蓝色纸。这张纸要是放在普雷斯顿桌上，他可能要等到长出叶子来才会注意得到。

普雷斯顿走了过来，递给他一杯黑咖啡。"小心点，这是壶里倒出来的最后一杯。"

霍根喝了一口尝尝味道，却打了个寒战。"跟刚煮好的一样难喝。"

"靠，我还希望放久了味道会比较顺口。"普雷斯顿注意到了那张纸，"跟我们的摄影机有关吗？"

霍根点头，又喝了一口咖啡，把简短的报告从头到尾读过一遍。

"零件几乎都在台湾制造，"他翻到背面，"但是组装贩卖都在俄国。"

"同志，外表不起眼，但是很好用哦。"普雷斯顿模仿的俄国人的口音听起来倒还不错。

"咱们的技术人员说这种型号的零件，一向只会在俄国境内销售。"

"也就是说？"普雷斯顿问。

"不管主人是谁、买主是谁，他都一定是自己从俄国带来，或者通过俄国的朋友寄来。"

"那范围就缩小了，波特兰里的俄国人能有几个？"

"更重要的是，"霍根补充，"谁会交俄国朋友？谁需要利用怀特先生？"

"你是说购物中心抢案？"

"三毛猫怀疑，购物中心被抢的那些货物都直接送到码头、运往俄国。她正在调查货柜场，看看驶离的船只有哪些。"

"她觉得首脑是本地人吗？"

霍根点点头，转向自己的计算机，"她提供了两名嫌犯的数据……"

第一组记录出现在屏幕上，一看到最上面的姓名，霍根不禁莞尔一笑。

"这下找到了。"

山姆回到干洗店，自怜自哀的心情浇熄了他所有的怒气，便一屁股往角落的塑料椅坐了下去。

札克的西装还没洗好，山姆的手机就响了起来，他"啪"的一声翻开手机。

"我在。"

"山姆，钱备妥了吗？"异样的声音问。

"好了。"

"整整一百万美元？"

"对。"山姆停了一下才问，"你还要吗？"

"我当然要。有朋友帮忙真好，是不是啊，山姆？"

山姆不知如何回答。

SWITCH

"就约在今天晚上吧,"那声音续说道,"我待会儿再打,告诉你该怎么做。"

"你会带我的家人来吗?"山姆早料到就算不相信对方的答案,自己也还是会问起这个问题。

"会,你很快就会见到她们了,很快。"

"我可以跟她们讲话吗?"山姆不假思索地说,"我可以跟汉纳讲话吗?"

"山姆,不要逼我。"

一听到那人语带威胁,山姆突然感到愤怒在他的心中熊熊燃烧,从咬紧的牙关硬生生地奔窜而出,眼前已不再是一片漆黑。"你干吗这么做?我到底做了他妈的什么坏事,让你非要这样来找我家人报仇?"

山姆的语气让店员抬起头来,然后快步躲进后面的房间里。

那声音并未立刻响应,但山姆听得到他的呼吸声,接着线路因为静电而沙沙作响,只听那声音说:"你做什么都一帆风顺。"

"你说什么?"山姆气急败坏地说,"你知道我过着怎样的生活吗?"

"你不该回来的。"

"我之所以回来,是因为我混不下去了!"山姆用力抓紧手机,紧到听得见塑料外壳嘎啦作响。"我没办法实现梦想,我搞砸了。有梦却不能实现,这才是最可怕的诅咒。你问汉纳,她得跟我这个没用的白痴在一起,看我一次又一次被人拒绝,只能找到烂得要命的——"

换命

手机发出了嘈杂的噪音。"你不懂被拒绝的感受,你不懂痛苦,你不懂——"

山姆哼了一声,"胡说八道——"

"今天晚上,"那严厉的声音打断了他,"把帕克带来。"

然后他挂掉电话。

山姆把札克摇醒。

"该走了,没时间了。"

札克睁开眼睛,双眼红肿。

"他打来了吗?"

"今天晚上交钱,他叫你也一起去。"

札克起身揉揉眼睛。他用鼻子深深吸气,然后从嘴巴慢慢吐气,"我们有什么计划?"

山姆举起他刚熨好的西装。

"有些污渍去不掉,不过已经弄干了。"

"要去哪里?去四星级的班森饭店吃晚餐吗?"

山姆摇摇头,"不好意思,没那么高级。"

98

札克和山姆用干洗店长及膝的塑料袋改装成雨衣,走下长长的木制楼梯,最起码上半身还是干的。

走到最底下时,他们往伯恩赛德桥的桥墩走去。游民聚集在

大桥跨距的中间,缩成一团躲起雨来。虽然地面是干的,冷风和湿气却肆意蹂躏着这开放的空间。

上半身包着黑色塑料袋的戴维一见他们走近,便过来迎接。

"找到他了吗?"戴维问。

"不是他干的。"山姆说。

戴维骨碌碌地眨了眨眼。"你确定吗?"

山姆点头,"戴维,他死了。他跟我们一样,只是一枚棋子。"

"噢!"戴维低头看着地面,左脚的大拇趾戳进土里,"那他会回来找我,又折磨我,让我一直尖叫。"

"我不这么认为,"山姆说,"他以为你已经挂了,但我们还是需要你的帮忙。"

戴维眯起双眼。"怎么帮?"

"再帮我们看看毕业纪念册。你说亚伦带了朋友来帮忙,我们要知道是哪些人。"

戴维又变得兴奋不已,"OK,看我的。"

札克和山姆跟着戴维走到他临时栖身的棚子旁,等他从背包里找出毕业纪念册。

"我以为你把这些东西都藏在隧道里。"札克说。

戴维耸耸肩,"现在把它带在身边很安全。"

戴维翻开毕业纪念册,找到五百多名学生的大头照,用手指点在第一张面孔上,然后一排一排点下来,嘴里默念着每个人的名字。

他停了下来,找到了亚伦第一个带来帮忙的人。札克看了一

下，摇了摇头。

"这我不认识，"他说，"总共有几个人？"

"三个。"戴维敲敲自己的太阳穴。

"再找下一个。"山姆的口气不太耐烦。

戴维又一张一张点了下去，这次他停在中间。

札克看了一眼，叹口气，又摇了摇头。

点到字母Q的地方，戴维又停了下来，指着一个健壮的年轻人。这人戴着一副黑框眼镜，顶着一头毫无生气的栗色头发，一绺绺油腻腻地披在肩上。去掉头发的遮掩，他的脸孔有种古怪的塑料感，鼻子就跟退休的拳击手一样扁平，同时眼睛藏在黑色的镜框后，薄薄的嘴唇也不带有一丝感情。

"山姆，你记得这个人吗？"戴维弹了一下照片，"他读书过目不忘，但是跟人猿一样笨拙。我有三只佛式聚光灯被他一碰就烧坏了。"

山姆看着照片，模糊的记忆逐渐成形，"他的脸怎么了？"

"他被烧伤了，"札克说，声音颤抖，"一开始他说在他刚学走路时，曾经不小心踢到一壶沸水，把自己给烫伤了。所以我在宝贝卡丽出生后变得紧张兮兮，总觉得放在炉子旁的水壶把手一定得朝内才行。"

山姆一捻手指，"这就对了。以前每次办选角活动时，我们都要靠他帮我们弄到酒。他只要把头发一拨，收银员就不好意思看他的脸，也不会跟他要身份证明，还挺管用的。"

戴维咧嘴一笑，"对呀，超酷的。"

山姆继续说道："有一次办完活动我开车载他回家，遇见他爸，超可怕。他的手臂也烧伤了，而且烧得非常严重。我记得他说是在工厂出了意外。这人叫什么名字啊？"

"卢卡斯。"札克说。

"你认识他？"

"记得吗？我说过瓦迪克跟他女儿是一个熟人介绍来的。"

"那熟人就是他吗？"

山姆语带责难，札克则脸色发白。"我们已经好多年没联络了。大概十年前他曾经来找过我吧，倾家荡产，过得很糟。我很同情他，也尽力帮他，但他几乎全身烧伤，烧伤的面积也比当初说的还大，而且应该是很久以前所受的伤。我想办法在他脸上动了一些手术，不过他身上没留下多少可以用的完好组织。我觉得他应该很满意我的手术，后来才会介绍瓦迪克的女儿来。"

"妈的！"山姆一脚往地上踢去，一脸沮丧，"他就跟瓦迪克坐在同一辆车里，但我居然没留意他的长相！不管这变态的混蛋过得如何，他怎么可以怪到我们头上呢？铁木才是真正的坏蛋，我们做错过什么吗？"

"或许他只想变得跟我们一样，"札克猜测道，"但是不论怎么尝试，最后还是功亏一篑。"

"毁了我们就会让他更好过吗？"山姆恨恨地问。

"或许他最后终于明白自己是个怎样的人。"

"他不是人，是禽兽。"山姆吐了口口水。

札克点头。"他要从头开始。铁木是很有前途的足球员，速

度之快远近驰名；你是要在好莱坞闯出事业的金童；就连我也在外科手术界小有名气。你看到罗柏森计算机上的新闻报道了吧，他就是要毁掉我们。"

山姆咬牙切齿。"他在电话上说我们做什么都很顺利，可他却不愿意看看大家后来的状况。铁木的足球生涯从十九岁就完蛋了，我最近拿到最好的角色居然是一则他妈的海狸队广告。他是有理由嫉妒你和亚伦，但是其他人呢？"

"因为，"札克说，"他不在乎我们现在的身份，他只在乎我们的过去。"

戴维听着两人的对话，不禁瞪大双眼。

山姆揉了揉太阳穴，用力按下手指，"你觉得这些全是卢卡斯搞出来的吗？"

札克又点了点头。"他已经遍体鳞伤，不管他举出什么理由，他身上的伤疤都绝非意外，因为他有好多层疤痕组织，太明显了，根本就连续不断。"

"但是他这么折磨我们，对他来说有意义吗？他真不平衡到这种地步吗？"山姆咄咄逼人。

"谁知道？"札克回答，"念高中的时候他一直是个小喽啰，永远当不上大头目。有可能他认为要融入人群，就一定要跟别人有相同的兴趣。一开始他跟着我，但是我比你们大一岁，医学院对他来说又遥不可及。然后他选了你，可是没机会踏上舞台。最后只剩亚伦了，亚伦应该也让他跟了一阵子，只不过卢卡斯最后还是失败了。我帮他出过几次诊，我觉得他在烧伤意外当中除了

失去皮肤，还失去了其他东西。或许绑架跟谋杀在他的道德观里不算什么。"

三个男人盯着照片中面如白纸的男孩，四周一片死寂。

"应该就是他了。"山姆开口，打破沉默。

札克也同意。

山姆站起身来，发现雨势变小，变成了毛毛细雨。厚厚的云层遮住阳光，虽然才到黄昏时分，感觉起来却像黑夜。

"我们要去哪里找卢卡斯？"山姆问。

"瓦迪克一定知道。"

戴维跃起身子，"我也可以帮忙，这里是我的地盘。"

山姆咬牙切齿地说："只要朋友愿意帮忙，我们就不会推辞。"

回到奔驰车上，戴维在后座舒展筋骨，山姆则转向札克。

"所以，卢卡斯若是绑匪，又跟瓦迪克有关，那他干吗帮我凑足一百万？"

"你自己也说过，这不是钱的问题，"札克回答，"利用你去洗劫购物中心，你也变成了亡命之徒，而且他还想继续玩下去。"

"那你呢？"

札克大惑不解地看着山姆。

山姆解释："他干吗还要折磨你？他毁了你的事业，杀了你的女儿，绑了你的老婆。他干吗不像铁木跟亚伦那样，直接把你

干掉就好了?"

"他还想要某样东西。"

山姆皱起眉头,"我们不是已经达成共识了吗?这跟钱没有关系。"

"但是山姆,有了我那份,他才能刺激你继续玩他的游戏。你自己说过,你根本就凑不到一百万,但是有了七十五万……"

"我就有了希望。"山姆接下去说。

札克点头。

"那你又有什么好处?"

札克漠然说道:"我只有恨。"

100

"所以,"普雷斯顿探长一边开车,载着霍根往旧城的方向前进,一边开口说道,"这个叫卢卡斯的家伙因为性侵案坐了十五年的牢,出狱后就变成俄国帮的老大,是这样吗?"

霍根点头。"他一定在牢里就打好关系了。三毛猫说,卢卡斯约在十年前出道,那时是俄国帮老大乔治·马尔金的手下,据说马尔金经营他这座迷你王国的手法就跟老派的人贩子一样,举手投足就能派出打手。"

"马尔金后来怎样了?"

霍根不怀好意地笑了笑,"我问过同样的问题。三毛猫说他有天出门去,车子便起火爆炸,原因不明。旁边有无数的目击证人,

大家都说听见他在车里尖叫,然后车子疾速开过,最后掉到河里。"

"起火呀?"

"很多人说是敌对的帮派干的好事,不过三毛猫认为证据不足。过了一个星期,敌对的帮派也有三人死在马尔金车子坠河的岸边。"

"卢卡斯从此便平步青云吗?"

"俄国人认为他的沟通技巧很不错。"

"他坐牢时一定读了《秘密》这本书。"

霍根笑了,"他未成年的时候还犯了几项轻微的罪行,其中有一项是他烧了邻居的宠物。"

"变态的小王八蛋。"

"犯下性侵案前的那两年他都很乖。案件发生时他才十七岁,不过快满十八岁了,因此法庭把他当成年人来审判。"

"有了前科,"普雷斯顿说,"要我就把他关一辈子。"

霍根把手上的警方报告从头到尾翻了一次。"卢卡斯宣称不是他干的。他承认他跟罗柏森发现女孩裸体倒在床上,失去意识,但眼前所见激起了他的性欲,他也招认自己碰了女孩的胸部。罗柏森为人拘谨,先行走开,不过卢卡斯实在是欲火焚身,就在女孩的身边快活起来。"

"很有意思。"

"就在他飘飘欲仙的时候,女孩醒了过来。"

普雷斯顿缩了下身子,"真不巧。"

"警方的证据把四名嫌犯连在一起,托乐、铁木、怀特和卢

卡斯，但是被害人只看到卢卡斯的脸。"

"这实在很难证明他是清白的。"普雷斯顿说。

霍根点头，"陪审团也是这么想。"

普雷斯顿探长把车子停在旧城的海鲜餐厅外，吸了一口带点咸味的海风。

"卢卡斯名下有不少合法的生意，这家餐厅也是他的。三毛猫说，来这里最有可能找到他。"

"我就是觉得闻起来有点腥。"普雷斯顿打趣着说。

两名探长走进餐厅，朝着站在预约本旁、看起来就像大学生的女服务生亮了亮警徽。她一身原汁原味的女仆装把身形雕塑得像只扳手。

"我们要找这家餐厅的老板。"霍根的眼神直盯着服务生的脸。

普雷斯顿的双眼可没他那么规矩。

"我还没看到他，"服务生说，"你们去厨房问问吧。"

她举起指甲被咬得凹凸不平的大拇指，并往餐厅的后门一指，那扇门上还有个圆形的舷窗。

霍根推开那扇门走了进去，里面一团混乱。六个厨师在工作岗位上忙得不可开交，香药草、蒜头、盐和卤汁混合成带有异国风情的气味。

霍根看不出来这里是归谁管，于是高举警徽朗声说："我们要找这家餐厅的老板。"

"祝你好运啊，老兄，"操着一口澳大利亚腔的人喊道，"我

们只有发薪那天才会找他。"

其他的厨师大笑,双手仍不停烹调、切菜、蒸煮和炖熬。

"他没有办公室吗?"霍根问。

"后面有楼梯,穿过放锅子的地方就是了。"这次讲话的人换成了印度口音,"通常他会出去,不过有时他在里面。"

普雷斯顿轻轻推了搭档一把,两人朝着大冰库旁一段木制的短楼梯走去。

爬了十几阶后,两人来到冰库上方的克难办公室,这里的墙上只钉了薄薄的三夹板。霍根一敲门,脆弱的门板就在门框里"嘎嘎"作响,接下来一片寂静,霍根自顾自地转了门把手走了进去。

办公室里空无一人,不过里面的设计让人一看就知道这只是计账的场所。一层又一层装在盒子里的档案按照日期排放,可追溯至四年前,唯一的一张桌子上放着标准的戴尔计算机和可以印出书面数据的大型计算器。

"或许我们应该先打个电话。"普雷斯顿说。

"你想错过看到这间办公室的机会吗?"霍根回答道。

"我们总有理由把那女服务生带回局里侦讯吧,谁知道她有什么事瞒着我们。"

"不论如何,"霍根的反应十分冷淡,"我想资深的执法人员绝对不会有非分之想。"

霍根继续道:"卢卡斯在这附近还有两家餐厅。"

"卖牛排吗?"

"嗯,我名单上的第二家餐厅叫作'旧城牛排馆'。"

换命

"既然我是探长,根据我的推论,我们可以在那儿弄点牛肉来尝尝。"

"那咱们就去看看,才知道你说得对不对。"

山姆、札克和戴维抵达那家颇受欢迎的海鲜餐厅时,一辆棕色的车子正要开走。即便寒风凛冽,坐在奔驰车里的札克却频频冒汗,而山姆则相当讶异:自己居然能够如此平静。

他掏出左轮手枪,"没得到答案前,我不会离开。管他会有什么后果。如果你不想进去——"

札克弯下身子、拉开杂物箱,取出了他那支不锈钢的小型手枪,其闪亮的外壳上血迹斑斑。

"我跟你一起去。"他说。

山姆转身看着戴维,"坐低点,我们马上回来。"

后座的戴维依言照做,向下滑动,同时瞪大双眼,就像搭上摩天轮的小男孩。

餐厅里座无虚席,山姆却毫不迟疑地快步走过所有的餐桌,穿过了后方的厨房门。站在柜台旁的年轻女服务生眼睛连眨都没眨。

几名厨师抬眼看了看这两个男人,似乎对他们闯进来不以为意。札克跟山姆接着走进大冰库,没人上前阻止也没人居中挡路。毕竟,若没受到邀请,谁又敢这么直捣虎穴呢?

他们走下楼梯、进入隧道,心中已不再像冲进餐厅时那样信心满满。漆黑的空间和凝重的空气悄然渗入他们本已痛下的决心。

一走到楼梯尽头,山姆停住脚步,打开手电筒的电源,但微弱的光束似乎穿不透沉重窒塞的黑暗。

"把门关起来,"他说,"看看会怎样。"

札克退回楼梯上方,把门拉上,头上一排电灯立刻照亮了隧道,紧接着山姆关掉手电筒,两人并排前行。

当走到摆有红沙发的洞穴时,山姆觉得惶惶不安,胃里不住翻搅。他每走一步,就仿佛听到理智正在尖叫,说他走错了方向。

他穿过房间,走到最隐秘的圣殿前方敲了敲门,却毫无响应。他又敲了一次,然后试了试门把,发现这门被人紧紧锁住。

山姆转向札克,眉头深锁,这时隧道的更深处远远传来金属刮擦石头的声音。他们同时朝着第二座拱门走去,但这条隧道并没有自动亮起的电灯,跟餐厅下方的那条有所不同。

山姆打开手电筒,一头冲进了黑暗之中,札克则心神不宁地紧跟在后面。

进入空荡荡的隧道后,山姆小心翼翼地往前移动,手电筒的灯光也一直照着地面。走了几步后,他们看到另一座嵌在墙里的牢房,这座牢房的深度只有一米多,门板是一块实心木头,没有铁条,也没有窗户。

"人贩子很可能就在这里处罚囚犯,"札克轻声说,"如果

你惹了麻烦,就会被关在这里,无法和他人接触,再加上四周一片黑暗,很多俘虏就这么疯了,不过人贩子最后还是会把他们敲昏卖掉。到了海上之后,那就是船长的问题了。"

"这故事还真好听哟。"山姆也轻声回应。

"有一个恶名昭彰的案例,"札克继续说,因为紧张的关系,他的牙齿不断打战,"人贩子邦可·凯利是个传奇人物,他把一群死人卖给'飞行王子'号的船长,一个人头三十二美元。"

"死人也能卖?"

"据说有个帮派原本要去酒馆的地窖拿人,却不小心走到隔壁的停尸间。他们还以为自己做到了大买卖,开了一桶酒庆祝狂欢,结果不幸的是,那桶酒其实是甲醛。邦可过来验收时,所有人几乎都死光了,连没死的也快死了。邦可的脑筋转得很快,立刻叫手下把尸体从隧道运到码头去,听说他甚至告诉船长,因为他得先把所有人灌到不省人事,所以他应该多收点钱才对。"

"看来这人应该是卢卡斯的偶像。"山姆说,口气略显不耐。

札克听出了他的言外之意,识相地闭上嘴巴。

又走了几步后,他们眼前出现了一道厚重的不锈钢门封住的另一座石制拱门。这道不锈钢门显然不是原来的构造,而是加盖而成。山姆转了下门把,发现门紧紧上锁。他克制住自己即将脱口而出的咒骂,用手电筒照向左边,看到了一条较小、看似分支的隧道,道上的泥地似乎经常有人行走。

山姆径自前行,隧道的尽头是一扇狭窄的木门。

门上没门把,右边钻了一个拇指大小的洞,上面还挂着一条打了结的粗绳。山姆的心中再次燃起希望,他拉了拉绳子。而那绳子经他一拉,直到另一端的绳结卡住洞口,木门便应声而开,露出了沉重的红布帘。

102

"他妈的!你们怎么进来的?"

山姆掀开布帘,发现自己进入了瓦迪克的办公室。就在这里,他背叛了购物中心的老搭档,换来一公文包的现金,接着瓦迪克从办公桌后站起身子。他那位肌肉太过发达的守卫并不在场。

"把卢卡斯交出来。"山姆说。

瓦迪克自那排发亮的计算机屏幕走了出来。虽然他身材矮小,看起来却无比强悍,似乎不费吹灰之力就能把闯入的人撕得支离破碎。

"你拿到钱了,"他说,"我们现在井水不犯河水。"

"卢卡斯绑架了我女儿。"

札克也进来了,"他还杀了我女儿。"

瓦迪克猛摇着头,惊讶地望着他,"帕克医生,我并不知情。"

"你知不知情都无所谓,"山姆说,"我们只要卢卡斯。"

瓦迪克厌恶地撇了撇嘴,"你们口口声声说我老板干了这种事,这我才不管哩,反正我又无利可图。只不过他帮了我那么多,我如果背叛他,那还是人吗?"

"我们觉得你是不是人也无所谓。"山姆举起手枪,指着瓦

迪克的脸。

瓦迪克高举双手，又耸了耸肩，"拿枪指着别人是一回事，敢不敢开枪又是另一回事。"

山姆扣了扳机，瓦迪克头部旁边的壁石应声而碎。

"看吧，"瓦迪克说，他的声音不带一丝惊恐，"专业的就不会打偏了。"

"我是故意——"

瓦迪克口中怒吼，低头冲向山姆。他宽阔的肩膀猛力撞上山姆的胸口，把他撞得朝后飞去。山姆"砰"的一声跌落在地，此时一不小心擦枪走火，子弹打进了天花板的低处，但未误伤他人。

山姆吓得倒抽一口气，准备起身，但瓦迪克使了一记泰山压顶，紧接着山姆感觉到肺里的空气急泻而出，不过满腔的愤怒提醒他得牢记自己来此的目的。于是他举起手中唯一的武器，用枪托猛击瓦迪克的头部。

瓦迪克哼了一声，却不因为疼痛而从山姆身上滚下，反而继续下压，并利用肌肉发达的手臂环抱山姆的腰际，死命挤压。山姆觉得痛不可当，只得用枪继续猛打瓦迪克粗厚的头骨。山姆的力气一点一滴地流失，瓦迪克头上的十几个伤口也跟着流出鲜血。

山姆咬紧牙关，强迫自己不能昏倒，忽然"当"的一声，有人用沉重的金属物品打歪了瓦迪克的头颅。突如其来被敲了这么一下，瓦迪克双眼翻白，终于松开了双臂。

山姆用力吸了几口气，札克则站在两人旁边，手上拿着窦加[1]的青铜雕像。

山姆爬起身子跪在地上，正好跟昏了过去的瓦迪克等高。肾上腺素令他全身震颤，同时，他也想到不能让卢卡斯发现他们即将揭开秘密的真相，因为瓦迪克到底支持哪一边早已不证自明。

在尚未历经过去这几天的生活之前，山姆一直认为自己是个和平主义者，但这个想法从未经过任何考验。现在他的家人失踪，甚至还有可能生命垂危，和平主义者的想法俨然成了远方模糊的记忆。

选择只有一个。

山姆用全身的重量往瓦迪克的头上猛压，直到那个坏蛋的眼中失去光彩，同时不省人事地瘫在地上。

上帝啊，帮帮我，山姆心里这么想道。

山姆拖着身子起身，不顾胸口隐隐作痛便走到角落那排计算机屏幕前方。

他召唤札克过去。"来啊，你不是计算机天才吗？"

札克拉过计算机前的椅子坐下，按了 Enter 键，四个屏幕立刻

---

[1] Edgar Degas, 1834—1914, 法国印象派画家、雕塑家。

停止休眠，显示出空白的桌面。札克又按了几个键，一连串的大图标才接着出现。

山姆越过札克的肩膀，看着屏幕上的光标指向一个看似电影摄影机的图标，"点击看看。"

札克抓过鼠标，按下图标。两个屏幕上立刻分别开了四个窗口，同时显示八个不同的地点，其中四个地点都在户外：第一个是仓库的卸货区，第二个是空无一人的草地，第三个在海鲜餐厅的后面，第四个则是空旷的砾石停车场。

第二个系列的窗口则都在室内，闪着夜视镜才有的绿光，影像非常模糊。山姆仔细研究四个窗口，注意到右下角那个窗口里有片阴影悄悄挪动。

"可以放大吗？"他用手指弹了一下屏幕。

札克敲了几个键，把窗口放大到全屏。他们很难分辨出自己究竟看到了什么，只知道这看似一间小牢房。此时山姆分辨出角落有个水桶，而另一个角落似乎有个金属行军床的支架，床上还有一团东西包在毛毯里。刚才就是这团毛毯动了一下。

那团毛毯似乎被他们的存在吓了一跳，又动了起来，紧接着毛毯滑落，露出了一张苍白惊恐的脸庞。

"玛丽安！"山姆低吟，伸手抚摸屏幕。

山姆的女儿似乎想要躲开镜头外的东西，反而没看着摄影机的镜头。

"她在哪里？"山姆问，他的声音尽是痛苦、满是恳求。

札克又敲了几个键，一连串的字母出现在屏幕的一角。札克

指着那些字，"会不会是联合街？"

山姆摇摇头，"我没听过这条街呢。"他看着那些字母，没看到"Street"（街）的字样，只有 ST 两个字母的缩写。"联合车站，"他说，"她们在车站下面。"

他们四目对望，异口同声地说："戴维的隧道。"

山姆又摸了摸屏幕。吓坏他女儿的东西并未移进镜头，他想，有可能是她听到牢房后面传来的喧闹声。

"玛丽安，撑住啊，"他轻声说，口气急迫，"爸爸马上就来救你了。"

宛若奔牛节时在西班牙潘普洛纳狂奔的公牛，札克和山姆冲出隧道，恐惧推着他们盲目向前，愤怒让他们下定决心，他们要跟公牛一样用牛角抵开挡路之人。

牢门一打开，剃了光头的巨人便走了进来，吓得玛丽安缩起身子。巨人的老板随后进来，他犹如骷髅的脸孔仿佛是用金属线扎成的苍白鬼魂，短小的鼻子让玛丽安想起了海里的梭鱼。

"玛丽安，你该跟我走了，"鬼魂说，"我们快要跟你爸碰面了。"

玛丽安像个拨浪鼓猛摇着头，不相信男人毫无血色的薄唇下所吐出的一字一句。

"玛丽安，不要现在才来跟我作对，"他冷冷地警告着她，

"你一直都很乖，我也把你当成乖小孩来对待。"

玛丽安哭到哽咽，不能自已。她脏衣服内的皮肤起了鸡皮疙瘩，缺乏食物饮水和最基本的生活要素已经让她的身体燃烧殆尽。现在的她觉得自己全身上下都令人作呕，巴不得能够马上和爸妈回家团聚。

只要能够回家躺在自己的床上，同时使用自己的浴室、洗发精、肥皂、牙膏和牙线，玛丽安情愿放弃一切。

她内心激动，罪恶感却又一闪而过，因为她知道送来的食物虽然少，但其中有一大半是她吃掉的。女人还在她试图逃跑时舍身相救，就像母亲一样保护着她。

鬼魂转向守卫，"把她带走。"

巨人迈步向前，一把抓走蓝色的毛毯，对着女孩伸出魔掌，她开始尖叫，细瘦的双腿不断乱踢。

然后玛丽安听到一声咆哮，女人张牙舞爪，从床上跃起扑了过去。守卫高声尖叫，拼命抵抗女人恶魔般的攻击。

女人就像野兽一样对着巨人守卫又抓又咬，看得玛丽安目瞪口呆，几乎不敢相信那就是跟自己关在一起的女人。由于她太过专注于眼前的争战，以至那鬼魂突然抓住她的头发、把她从床上拉起时，让她大吃一惊。

她放声尖叫，又踢又扭。男人把她拖过泥泞的地面，一直到牢房门口，才把玛丽安猛地拉进隧道。

玛丽安滚倒在地，狠狠地撞在墙上。她吸了一口气，肩膀往石头上一碰，手臂也跟着失去知觉。她听到牢门关起，隔绝了里

面激烈的打斗声，然后她抬头一看，发现鬼魂居然正在对她狞笑，细小尖锐的牙齿就跟他的皮肤一样苍白。

玛丽安记得女人教过她的，于是朝绑架她的人冲了过去。

但那鬼魂毫不退缩，等到玛丽安跑到他的面前，他才伸出铁拳，重重地朝她挥了过去。

玛丽安双膝发软跪倒在地，两眼翻白，眼前一黑便不省人事。

105

山姆人还没完全坐进车子，奔驰车就冲进车阵，朝着公园前进。

"你们找到他了吗？"戴维问。

山姆在座位上转过身来，肋骨疼得他缩起身子，"卢卡斯把我老婆女儿关在联合车站下面。你那条隧道可以通到那边吗？"

戴维点头，"可以啊，哼，卢卡斯最坏了。有一次我走得太靠近他那儿，他就派人把我赶了出来，我现在一定要很小心。"

"那就是他为什么要干掉你的原因吗？"山姆边想边说，"所以你们不是高中时代结下的梁子，而是因为你不小心跑到他的地盘上？"

戴维耸耸肩，"我哪知道？"

"你高中时代不是风云人物，"山姆说，"卢卡斯只是想趁机除掉一个讨厌鬼。"

戴维噘起嘴巴，"说得好。"

"戴维，我们要阻止他。你得把我们带到他那条隧道去，你

换命

还记得怎么走吗？"

戴维用手指弹弹脑袋，"没问题，我还记得。"

札克突然往右急转，车子毫不费力地掠过平滑的柏油路，接着他用力踩下油门，仿佛年少时开着 Mustang 那样英气勃发。随着引擎不断地发出怒吼，奔驰车疾驶过第三大道。

大雨方歇，湿漉漉的街道看来特别明亮。奔驰车宛如一条露出牙齿的金属鲨鱼，穿过那一摊又一摊的水坑。

前方就是公园，俨然已是死路，札克却丝毫没有放慢速度。山姆用手撑住前方的仪表板，奔驰车猛然撞上水泥路基，发出了震耳欲聋的声响。然而，辐射钢条的轮胎周边承受住所有的力道，并未爆胎，唯有车身暂时跃离路面。宽广的车头撞上公园脆弱的围墙，并毫不停留地穿墙而入。

在湿滑的草地上，车尾犹如鱼尾巴般疯狂摆动，然而札克不但没止住打滑，甚至更用力地踩下油门，让车子火速掠过一排排的树木。

公园里几乎空无一人，只有几个人穿着绑在腰间的雨衣、紧抓着爱犬的皮制狗链冒着风雨在公园里散步。大家看到一辆大奔驰车自苍翠的草地呼啸而过，似乎都不敢相信自己的眼睛，就连风雨无阻的慢跑人士也暂停了手边的音乐，目瞪口呆地看着那银灰色的野兽自他们面前疾奔而过。

坐在后座的戴维朝着所有人招手，容光焕发，仿佛又回到了少年时代。

牢门打开了,卢卡斯的守卫摇摇晃晃地走了出来,脸上几条长长的抓痕仍在滴血。

"你把她弄死了吗?"卢卡斯的语气听起来就像在闲话家常。

肩膀肌肉过度发达的守卫连脖子都埋在肌肉里,他很想耸耸肩,却差点儿使不上力。

"这贱女人把我抓成这副德行。"

卢卡斯微笑道:"理查德,人人的心里都住着一只野兽。我们自认为是有文化教养的人,想要制住它,但只要情况许可,野兽立刻就会脱缰而出。"

守卫傻傻地瞪着老板,这番话对他来说简直就跟外星语一样艰涩难懂。

卢卡斯有点气恼,不过也就算了,他之所以雇用此人,可不是因为他有颗聪明的脑袋瓜。

"把那女孩子绑起来,"他命令守卫,"我有些私事要处理。"

守卫迟疑半晌,又转头看看后面。

"好啦,好啦,"卢卡斯叹了口气,"等我走了,你就可以把那女人干掉了。"

卢卡斯走进牢房,坐在另一名俘虏身旁。他的实验失败了,毛毯下的那人只不过是一只无情的野兽、没有内涵的躯壳。

他抚摸着毛毯,感觉到那个虚弱的女人正在破烂的羊毛下不

住颤抖。

"我知道你爱我,"他说,"可是我要你用自己的方法说出来。"

破布下传出柔弱的抽噎声,她的声音也在颤抖。

卢卡斯凑过脸颊,拉开了毛毯一角。女人凹陷的脸上满是瘀青,惊恐的双眼毫无生气。

"说啊,"他柔声说,"你为什么爱我?"

女人舔了舔变形的嘴唇,却一个字也说不出来。

卢卡斯放下女人的毛毯,站了起来。要是她对他存有一丝丝的爱意,她应该早就知道正确的答案了。

他看着贴在墙上的那一大堆照片,她跟他想象中的不太一样。

他烦躁地叹了口气,掏出一小瓶挤压瓶装的打火机油,并把油全都倒在毛毯上。女人动也不动,就连他把点着的火柴弹在她的身上,女人还是没动。

卢卡斯走出牢房,把门锁上,那张毛毯"嗖"的一声起火燃烧。

卢卡斯回到临时的办公室里。没有窗户的土牢中只有稀稀落落的家具,地上铺有一块很简单的地毯,其中还有一张桌子和椅子。桌上放了一台高级的苹果笔记本电脑,屏幕有十七寸宽。

卢卡斯打开笔记本电脑的电源,手指拂过键盘连到主机,控制所有的系统。

他的手指滑过触控板,在桌面上开启了八个窗口,每个窗口各自显示一台摄影机送来的实时影像。联合车站后有一辆熟悉的

车子正在绿色的草地上飞驰,他一见便皱起眉头,按了下按钮,把那台摄影机的影像放大成整个屏幕。

那台车子停住之后,有三个男人下了车,卢卡斯气冲冲地抓起电话。

107

札克、山姆和戴维下了奔驰车,朝着铁丝网走去。附近空无一人,公园这空旷的一角原本就少有游客,更不用说这天下午还正下着雨呢。

戴维就像进了迪斯尼乐园的小孩,带头跑了过去。能跟高中时那段辉煌的岁月一样,再度成为山姆·怀特的哥儿们,他内心的兴奋毫不遮掩地显示在脸上。

正当山姆走到铁丝网旁时,手机响起,他跟札克一起停下脚步,神色忧虑。

山姆从口袋里掏出手机,按下了接听键。

"山姆,你骗了我。"异样的声音说。

"骗你什么?"

"戴维还活着。"

山姆一口气卡在喉咙,立刻巡视铁丝网上方的区域,看到柱子上有个盒子形状的保安摄影机,距离隧道入口上方大约有2.5米。

山姆尽量让自己的声音保持平静,"你要我干掉他,我照你说的做了啊。"

电话线路响起了干扰的静电声,"山姆,别跟我耍花样。你骗了我,就得付出代价。"

山姆用力地吞了口口水,意志力开始瓦解。

"山姆,你女儿在我手上。"

"不要伤害她,"山姆脱口说道,"拜托你,我求求你。"

"你有选择的权利,山姆,你的枪还在吗?"

"在。"

"拿出来给我看。"

山姆很快把电话换到左手,然后用右手把枪从背心口袋里掏出来,对着摄影机高举。

他身边的札克浑身紧绷,因为他发现了自己在瓦迪克的巢穴中所看到的草地就是他们现在所在的位置。

站在铁丝网旁的戴维一脸迷惑。他偏着头,还抓了抓发痒的头皮。

"很好,"那声音说,"你刚才求我不要伤害你女儿,对不对?"

"对。"山姆不愿流泪,却被泪水模糊了视线。

"那么,来做个交易吧,你要帮我做一件事,也就是第三个任务,你愿意吗?"

"我愿意,"山姆立刻回答,"你要我做什么都行。"

"这次可不准再玩什么把戏了。"

"我不会。"

静电导致线路发出了爆裂声。

"别忘了,我看得到你,"那声音停顿了一会儿,又说,"杀了札克。"

"你说什么?"山姆倒抽了一口气,转身看着札克,眼神无比惊慌。

"山姆,说过的话我不喜欢再说第二次,但你如果需要一点刺激——"

"爸!"电波传来了女孩的尖叫声。

"玛丽安!"山姆对着话筒大吼。

"太感人了,"那声音说,"在我还没抓狂之前,先杀了札克。"

山姆对着朋友举起手枪。

札克瞪大眼睛看着他,眼白几乎跟河里的鹅卵石一般大。

"我对不起你。"

"天啊,山姆,求求你。"札克高举双手。

山姆有所迟疑,"我别无选择。"

札克脸色一沉,目光平静,他同时也放下双手,似乎已经认命,"你女儿吗?"

"用你的命换她的命。"

札克直盯着山姆,"山姆,动手吧,我会很感激你。"

"天啊,札克,我……我——"

"快动手!"札克怒气冲冲。

山姆泪流满面,手上的枪也开始抖动,他仍旧游移不定。

"山姆,快点,"札克哀求着他,语音颤抖,并伸手到口袋

换命

里掏出自己的手枪,然后用枪指着山姆。"山姆,马上杀了我,不然就换我开枪了。我会带着钱远走高飞,然后你的家人都会死——"

山姆扣下扳机,札克的头上喷出血泉。他的身躯无声地倒在地上,没有扭动,也没有抽搐。

戴维惊声尖叫,嘴巴张得偌大,下颔看来几近脱臼。

山姆举起那支还在冒烟的手枪,脸庞因悲伤和愤怒全然扭曲。"你这个王八蛋。"

"山姆,这是你自己选的,我总会给你选择的机会。"

山姆发出挫败的怒吼声,用枪管猛地顶住自己的太阳穴,扳机上的手指抖个不停。

"不要!"那声音尖叫,"你敢自杀,你女儿也会死。"

山姆跪倒在地,枪仍指着自己的头。

"山姆,我跟你还没完呢。"

"去你妈的!"山姆倏地举起手枪对准摄影机,射出子弹。摄影机的镜头应声而碎,盒子释放出蓝色的火花,枪声也响遍了整座公园。

沉默半晌之后,那声音才说:"觉得好点了吗?"

"好才怪!"山姆厉声说。

那声音"咯咯"地笑了起来,"买新摄影机的钱也要算在你的账上。"

"我要去哪付钱?"

"你自己问了,很好,该把钱交给我了。"

"在哪?"

"把钱带到车站去。我会到第一条铁轨旁的月台找你。"

"几点?"

"山姆,马上。万一你因谋杀罪被逮捕,再也不能见到你女儿,这也会让我很生气呢。"

然后他挂断电话。

车内的广播报道:亲水公园据报听到枪响。

普雷斯顿探长瞥了搭档一眼。

"要去调查吗?"

"如果是有人中弹,有人会通知我们,"霍根说,"我们现在先专心调查卢卡斯吧,他才是关键。所有涉及性侵案的人都已经受到惩罚了。"

"就因为其中有人侥幸脱逃吗?"普雷斯顿若有所思地问道。

"而卢卡斯觉得自己没有犯罪,却付出了代价。"

普雷斯顿闯了黄灯,朝向东行,"花二十五年的时间来拟订复仇计划,绰绰有余了。"

"对某些人来说,高中时代的感觉才刚刚结束。"

"是啊。"普雷斯顿同意。

霍根刚才还准备哈哈大笑,就因为听到广播的最新报道,说有人目睹一辆灰色奔驰车驶离公园的枪击现场,顿时表情一僵。

霍根拿起对讲机，要求局里提供更多有关奔驰车的信息，而普雷斯顿则急速回转，往公园开去。

109

山姆东摇西摆地把奔驰车开出公园，来到霍伊特街，接着又猛地右转，开上了第六大道。波特兰的联合车站历史悠久，将近四十六米高的钟塔是车站最引人注目的建筑，而且它就像指引山姆的明灯，带他急忙冲过几个街口，来到最后的目的地。

奔驰车疾驶过停车场，停在画了黄线的路边。

山姆匆忙爬出车子，不忘弹开后车厢。他低头看着那两个大帆布袋，突然领悟到不管里面装了什么其实都已不再重要。

他终其一生都在追求一个梦想，期待成功的代价就是财富，但这已经无关紧要，现在唯一重要的，就只有他的家人。

满怀着恐惧、罪恶和悲伤等诸多情绪，山姆一肩扛着一个重重的红色帆布袋，穿过钟塔下方走进车站。

110

霍根探长轻巧地下了车，走到身穿制服的警官身边。那位警官的脚下有不少刹车痕，划伤了自由生长的绿色草地。

"探长，你们要来调查被践踏过的杂草吗？"警官说，"咱们并没找到任何尸体。"

"我们要调查那台车。"

"奔驰车?"

霍根点头。

"跟你们手边的案子有关吗?"

"或许吧,有人看到车牌号码吗?"

警官漫不经心地摊开他的墨色皮革笔记本,装模作样地翻了起来,"上面挂的是俄勒冈州的车牌,可是没有车号。"他用手指了指其中一页,"目击者都离得太远了。"警官合上笔记本,"你们这边的人都不喜欢拍照吗?"

霍根皱起眉头,"你在说什么?"

警官指了指铁丝网上被打烂的监视摄影机,"我们非常肯定,嫌犯的目标就是那台摄影机。"

霍根看着摄影机,觉得盒状的外形十分眼熟,"为什么要把摄影机装在这里?"

警官耸耸肩,"我猜一定跟局里的保安措施有关。自从有了三种颜色的恐怖警报系统后,到处都装了摄影机。"

"你帮我查一下好吗?"霍根问,"我想知道那是不是警局的资产。"

"没问题。"

警官拿起对讲机,霍根转头一看,发现搭档正跪在不远的草地上,拿着原子笔直往草地上戳。

霍根走上前去,"你发现了什么吗?"

"血迹,"普雷斯顿说,"而且很奇怪。"

换命

霍根更靠近一点,就在此时,普雷斯顿用笔尖戳起一个比标准的九伏特电池大不了多少的黑色小盒。盒子上突出两段细细的电线,电线的末端有一团熔化的红色塑料附着在薄金属板上,而板子的最上面烧得焦黑,下面还黏上好几根卷曲的黑发。

"那是什么?"霍根问。

普雷斯顿没答话,却用手指蘸了蘸地面上的血渍,然后把手指塞到嘴里。霍根看得都快吐了出来,普雷斯顿却用舌头舔了一下指尖。

"假的,我猜是草莓口味,不过我跟水果一向不熟。"他把装置递给搭档,让他看得更清楚些,"一个小爆竹,自制的好莱坞道具,还算不错。"

"有人假装发生了枪击案件?"

"哦,子弹倒是真的。"普雷斯顿指了指碎掉的摄影机,然后转头朝血渍的方向看去,他对着一棵树做了个手势,"树干上应该有另一颗子弹,他们假装真的出了人命。"

"为了让摄影机拍下来?"霍根推测。

"我猜是这样。"

"该死的演员,哼!"

普雷斯顿叹了口气,"你难得说了句人话。"

警官穿过草地走过来,"探长?"

霍根转身,"警官,有什么事吗?"

"刚刚接到电话,有辆奔驰车违规停车,车牌和你们监看名

单上记录的并不一致,不过——"

"在哪儿?"

警官用大拇指往后一指,"联合车站。"

111

戴维提着灯笼,札克则跟着灯笼的亮光与他一同穿越幽暗的隧道,并睁大双眼注意查看周围是否有松动的石头或霎时下陷的泥地,免得自己扭伤了脚摔断脚踝。

当头顶上传来火车轰隆隆的行驶声,整条隧道也跟着震动,札克连滚带爬地逃到最近的拱门下,用扎实的石头护住自己。他抓住石头、待火车驶过,同时手指也触摸到那些刻在门柱上无法解读的神秘符号,但这些符号究竟有何意义,这对他来说早已无关紧要。

山姆在他的头上贴着炸药、头发里藏起装了假血的保险套,然后再覆上一小块假发。虽然炸药不多,但随着爆炸整个假发也跟着被轰掉,札克现在觉得头痛欲裂。为了让别人觉得子弹是真的穿过他的头颅,他觉得那块假发铁定让整个场景逼真不少。

虽然在准备前往餐厅时,戴维就看着两个男人在车里配装道具,但他看到这一幕时还是吓了个目瞪口呆。这一幕逼真的程度一定抹去了戴维的短期记忆,因为就在倒下的札克事后又站起身、撕掉发上已经引爆的炸药时,戴维居然还惊喜交加,以为札克真

换命

的死而复活。

他回想起山姆扣下扳机前脸上的苦楚以及他痛苦万分的声音。这场真假难分的表演让他俨然忘了山姆是个演员，脑中一闪而过的念头也让他跟着紧张起来——说不定那炸药只是用来安抚札克的，如果山姆不得不开枪，有了这一剂强心针，札克也就不会借故逃跑了。他俩都心知肚明，山姆既然已经有了整整一百万美元，卢卡斯也就不再需要札克了。

札克引爆炸药，倒在地上，然后想象着自己在那个时刻甚至还能感觉到山姆的子弹从他眼前飞过，而且一股充满电力的暖流正飒飒地拂过他的眉际。

山姆一句话也没说就开车离开了，他相信札克会按照原本的计划行事。

即使山姆知道札克曾经背叛过他，他仍愿意把自己最珍贵的东西交在他的手上。札克只希望这次别再辜负山姆对自己的信任。

112

山姆来到火车站的大厅。

四周的石墙磨得发亮，还有一道道高雅的拱门穿插其中，而铺在地板上的大理石则排成格子图案，和两层楼高的华丽天花板遥相呼应。车站中间还摆了许多桃花心木长凳，在吊灯摇曳的灯光下散发出清新的光泽。

SWITCH

电影导演都会选择来这儿拍摄皆大欢喜的结局，比如从战场归来的丈夫朝着心爱的人敞开双臂飞奔而去。而谁会想到，有人来这里用钱交换一个女人和一个小孩儿的性命呢？

长凳上坐的人不多，山姆仔细查看每个人的脸，寻找卢卡斯的踪影，却看不到任何一张熟悉的面孔。他的目光扫过大厅，停在一座庞大的大理石时钟前，上面历史悠久的钟面早已磨损，下方的黑色大字正指出有哪几班火车停在门外。

山姆鼓足勇气，肩上扛着帆布袋，朝着月台走去。

113

巨人把一坨凡士林涂在脸上，摸到肉上突起的血痕。他刚才用蘸了酒精的棉花消毒伤口，皱起的皮肤因而感到刺痛。

隧道老是这么潮湿，理查德怀疑近百年来的疾病仍在结了蜘蛛网的黑暗角落中繁衍不息。他听说过隧道的历史，知道起码有几十个，甚至几百个人死于隧道之中。

理查德用蘸湿酒精的棉花擦过手臂上被咬伤的地方，痛得咬紧牙关。他希望留下来的伤疤不要破坏了他肱二头肌的完美外形，不然接下来在西雅图所举办的全国健美大赛中他就很难取胜了。

他在前两次参赛时都只拿到第三名，这次他很有信心可以拿到前两名。上星期在健身房时，他看到自己最主要的对手——一名瓦迪克手下的亚洲大块头——也在那里，还发现那人的身形因为治疗睾丸癌而有所变化，缩了点水，看来亚洲人得让出第二名的位置了。这次理查德只希望那名贱货的恶意攻击不会坏了他的大好机会。

女人一向是他的克星，尤其这个女人真不该到这儿来。她来的第一个星期就喋喋不休、哭个不停，还跟他玩起心理战，这些他都忍过去了。只要他不靠近那孩子，那女人其实还挺好对付的。

卢卡斯说，掉包的时候他闯了大祸，导致局势整个逆转。因为他独自一人却要看守两个女人跟两个小孩，理查德并不觉得这全是自己的错。要是卢卡斯按照计划在葡萄酒里下药，那个白人贱货就不会醒来，也不会一看到他就惊声尖叫……

他抱着迷昏的女孩出现在门口，女人吓得连连尖叫。

遭人下了迷药之后，那女人早该昏迷了数小时才对，可是她却醒了过来，摇摇晃晃地朝他走来，手上还抓着一对四号的棒针。

就在他手里的玛丽安喃喃低语时，女人向他扑了过来，感觉就像非要置他于死地。就在他还来不及伸手防御，一支棒针便插进了他的胸口，断成两截，而另一支却插进了他粗厚的颈项，险些刺穿他颈上鼓起的动脉。理查德怒吼，本能地反手还击，力道大到足以折断骨头。

汉纳往一旁倒下，头部重重地敲在贴了薄木片的地板上，满脸是血。理查德认为她应该就会这么倒下，但随着她又爬起来，

理查德内心真正的恐惧油然而生。

眼前的女人再也不是郊区里只懂得看爱情小说、偶尔织织围巾的家庭主妇。她成了魔鬼，眼中怒火狂烧，双手利如兽爪。

女人向前扑来。理查德并未阻止她，他极力保持平静，记取自己曾经受过的训练。女人并不懂得任何技巧，她只会盲目攻击，一心一意地想要撕裂他的喉咙。

她的指甲一碰到理查德，他就用前臂捆住她的脖子，来了一招致命的锁喉式。

她奄奄一息地倒在地上，双眼中的愤怒丝毫未减，自她瞳孔所反射而出的怨恨更是让理查德怒不可遏。

"贱女人！"他抬起大脚，用力地踩在女人的头上。

经过一番折腾后，他也累得气喘吁吁，而女人此时已没了呼吸。

理查德觉得挫败不已，用双手在平滑的脑袋瓜上搓了又搓，不知如何是好。卢卡斯要他带一个女人和一个小孩回去，可是现在……妈的！只剩一个方法了。

他抱起昏迷的女孩回到货车上。后车厢还有一个失去知觉的黑人贱货，就拿她顶包好了。

待手臂不再疼痛，理查德便缠上干净的绷带，绑得紧紧的。他很满意自己的包扎，接着伸展了一下肌肉，又转了转头，让自己通体舒畅。

做好暖身运动之后，他面色一沉，便离开牢房朝着隧道走去。

为了一劳永逸，该是把那贱货干掉的时候了。

114

戴维转了个弯,停在石制拱门下,他的胸口不断起伏,眼睛闪闪发光。过了一会儿札克也到了,戴维咧嘴一笑,露出一口烂牙。

"这扇门可以通到所有的隧道,"他说,"但接下去的路我就没走过了。"

"我们过得去吗?"

戴维又咧嘴一笑,"门锁了起来,但铰链在我们这边。几星期前我就把闩子拿了下来,现在我们只要撬开就好。"

札克倾身向前,摸了摸生锈的铰链,然后才滑下手指摸索门缝。木头和石头中间有个极小的缝隙。

"要是有铁撬就好了,你有工具吗?"

"只有这个。"戴维举起他自制的刀子。

札克拍了拍他的肩膀,"动手吧。"

115

霍根探长把车子停在札克的奔驰车旁,下车后很快地绕着奔驰车走了一圈。就在他走到另一边时,他的搭档正把头伸进打开的后车厢里。

"如果你的推论成立,这一切的迹象都恰好符合。"普雷斯

顿说。

"拿钱赎回家人。"霍根瞥了一眼车站的钟塔,"地点倒选得很怪,这个地方是公共场所,人来人往,逃跑的路线也不多。"

普雷斯顿耸耸肩,"送钱来的人会觉得没那么紧张,况且你也不指望他会跟到你的巢穴去……"

"因为送钱来的人早就挂了。"霍根接着说完。

戴维在隧道里使劲地拉着厚重的木门,口中连珠炮地咒骂不停。他的刀子拿来切肉和抵抗夜贼虽然好用,但若要对付吸满水分、饱受岁月摧残的木头可就不怎么方便。

"你再拉拉上面,"札克一边建议,一边挤到戴维的身旁。"下面的空间你已经挪得够大了,我的手指可以塞得进去。"

戴维依言照做,把刀刃插进上方的门缝,直到触及上面的铰链。

"我数到三,"札克说,"一、二、——"

就在两人一起用力的同时,他们的额头冒出涔涔汗珠,门板也嘎嘎作响。接着手中的门板仿佛充饱了气,用力一弹,于是两人向后一摔,倒在泥地上。

札克的头部"砰"的一声摔至地面,导致他咬到舌头,满口鲜血,而戴维则倒在他的身上。这两人都是骨瘦如柴,这下子彼此互撞,更是加倍疼痛。待尘埃落定,两人再次看着门板,它似乎连动也没动。

"可恶。"戴维感到心灰意冷,用全身的力气往门上一踢。

他这一用力,门板又发出了嘎吱声,然后应声倒地。戴维连爬带滚地逃开,双脚险些就被压在重重的门板之下。

门板倒下后,札克推开戴维,爬至开口处。前方隧道的天花板上挂了一长串的灯泡,隐隐发出微光,感觉起来就跟他们进来时的那条隧道一样老旧、一样危险。

札克左右张望,吞下受伤的舌头所流出的鲜血,试着决定该走哪边才好。就在此时,他听到了尖叫声,一阵来自女人的尖叫声。

札克连忙爬起身子,满脸怒容,一股脑儿地朝着隧道里的声音冲了过去。

116

山姆走到了户外的主要月台。从这个月台可以通往许多黑色铁梯和高耸空中的铁桥,而楼梯和铁桥会指引旅客穿过轨道,走到其他标了号码的月台上。

山姆一如激流中的岩石,伫立在川流不息的人群之中。旅客纷纷走上楼梯,找到自己的月台,然后消失得无影无踪。山姆身旁的人越来越少,看来似乎没人正在等他。

心情沉重的山姆往左边看去,顿时浑身僵住。有个细瘦的男人站在月台的北侧,他的皮肤白皙,白到近乎发亮,而且他的脸就像个骷髅头,除了嘴唇下方一小块紫黑色的三角形和两道精雕细琢、同是紫黑色的眉毛,其他部位都是光溜溜的一片。他的双眸呈现冰河蓝,眼神锐利,但鼻子却小得不得了,几乎看不出它的存在。

他让山姆想起一条白玉雕的鳗鱼。

卢卡斯倚在砖墙上,周围没有方便逃跑之处。这是属于他的位置,一般旅客并无法进入,他之所以选择这个地点,正是因为他自信没有人可以阻止他离开此地。

他身旁的玛丽安不断颤抖,肩膀不停晃动,盯着月台地板的双眼就连眨也不敢眨。她看起来既苍白又瘦弱,一团杂乱油腻的头发覆盖住她的脸庞,就连她最心爱的睡衣也脏污不堪、破烂不已。

但在山姆眼中,此刻的玛丽安展现出前所未有的美丽。

"玛丽安!"他轻喊她的名字。

女孩听见后抬起头来,眨起双眼,眼神随之一亮。

"爸!"

看到她鼻青脸肿、沾满血渍,山姆倒抽了一口冷气。玛丽安想向父亲冲去,但卢卡斯把绑在她手腕上的尼龙绳猛力一拉,把她给拉了回去。她放声大叫,每句哭声都让山姆听得心如刀割。他一心想把女儿抓回来,却相当清楚自己不能冒险。

"卢卡斯,放开她,我把钱带来了。"

"拿过来一点,但两只手都要放在我看得见的地方。"

山姆往前走,"汉纳呢?"

"山姆,你太心急了,我需要一点保障。"

"保障什么？你根本不在乎这些钱。妈的，我还是不明白你干吗这么搞我。"

卢卡斯扬了扬眉，目光凌厉，"你以为你比谁都厉害，你以为你能一帆风顺。我偏要证明你不行。你是小偷，你是冷血的杀手，札克犯了杀人强暴罪，亚伦是个胆小鬼。你们根本不值得别人追随。"

山姆走到距离敌人不远处便停了下来，把帆布袋丢在地上。他凝视着卢卡斯的双眼，想要看他究竟有多么疯狂，但却只是看到其中深沉、揪心的痛楚。

玛丽安又想挣脱，但卢卡斯紧抓绳索。

"卢卡斯，我从没要求你追随我，"山姆说，希望能够找出他的弱点。"我们已经从高中毕业二十五年了。"

"你没等我。"

"对！"山姆大吼，"每个人都要向前走！"

"你抛弃了我。"

"抛弃？你在讲什么？我们一起去过几次派对，但我又不是跟你结了婚。我有我自己的计划，我当然要想办法实现。"

"你该负责任，山姆，每个人都要负责。"

"卢卡斯，你疯了。高中生活的重点就是不必负责任。我不欠你，也不欠别人。"

卢卡斯唾沫横飞，"我白白损失了十五年的时间，你还说你不欠我什么？"

山姆听了十分震惊,"你说这话什么意思?"

"十五年,山姆,你知道里面的人是怎么对我的吗?你以为我有机会实现我的计划吗?我好想死,你又在哪里?"

山姆举起双手,"我不懂你在说什么。"

"毕业舞会那天。"

"那天我提早离开。我一心一意要去好莱坞,所以把行李打包好放在车上。大家都知道这件事啊。"

"你让苏珊说了谎。"

"苏珊?苏珊·米乐?你是怎么——"

"你跟她上了床。"

"没错,但是……"山姆愤怒地摇摇头,"卢卡斯,我那时还年轻,只是想玩,但我可不会占别人便宜。苏珊是跟我有过一次,那又怎样?"

卢卡斯眯起双眼,用力拉了拉玛丽安手上的绳索,要她尖叫出声。"她看着我的眼神充满恨意。"

山姆努力克制怒气,"谁?苏珊?"

卢卡斯想要大笑,却笑不出来。"你居然不知道,对你来说,我真的还比不上一只蚂蚁。"

"不知道什么?"山姆的目光倏地转到女儿身上,他真的很想把她一把拉过来,然后一并逃跑。

"她告我强奸她,"卢卡斯说,"但我根本没有碰她,结果却是我去蹲监狱!而你甚至没在法庭上露脸,起码你可以跟大家

解释她根本就是个荡妇。"

"你因为强奸罪去坐牢?"山姆吃了一惊,"没人来找过我,苏珊跟警察都没跟我联络——"

"这一切都是你们串通好的,"卢卡斯打断了他的话,"你上了电视广告,札克帮我动手术后获得表扬,就连那恶棍维京人都变成人人口中赞美的英雄。这讯息还不够清楚吗?"

"什么讯息?"山姆的语气充满恼怒,"我们只是过着我们的日子,如此而已。"

"你们不配。"

"为什么?"

"因为你们是小偷,偷走了我快乐的生活。"卢卡斯露出一口牙齿,"把袋子放在这儿,后退。"

117

札克冲入隧道,循着女人的尖叫声与男人的怒吼、咒骂声寻找声音的来处。

他破门而入,看到一名魁梧的男人正掐住女人的脖子,把她压在墙上。暗黑的阴影遮住了女人的脸孔,但札克显然看得出男人怒火中烧、目眦尽裂。一道划过眼睛的伤口正流出鲜血,涔涔而下。

札克的眼睛慢慢习惯了晦暗的光线,看出了那女人正是洁丝

敏！那真的是他的妻子，她没死！

札克尖叫："放她下来！马上给我放手！"巨人转头一看，冷冷一笑，便又加重手上的力道。"你他妈的从哪里——"

札克扣动了扳机。

巨人的手臂一软，身子便往旁边一倒、撞上牢墙，洁丝敏也随之滑落在地。

"搞什么鬼？"理查德嘶声问道，中枪后的他虽两腿发软、瘫倒在地，却无法相信自己眼前的情景。札克匆匆地跑至理查德面前，手里仍握着不锈钢材质的Pocket 9手枪。

札克跪在深爱的女人身旁。洁丝敏正抓住瘀血的喉咙，脸色发青，呼吸不停地颤抖。

"哦，洁丝敏，"札克情绪激动，语带哽咽，"天啊——"

妻子和他四目交接，眼波流转之间尽是深情与体谅，然后她转头看着受伤的巨人，声音沙哑地说："杀了这个王八蛋。"

理查德的双眼睁得很大，就在此时，札克毫不迟疑地扣下扳机，朝着那王八蛋的心脏一并射入两枚子弹。

山姆举起双手，慢慢退后。玛丽安开始呜咽，山姆每退一步，她的呜咽也就更响亮、更无助。

"卢卡斯，把我的女儿还给我，"山姆恳求，"你不需要她了。

你要我办的事我也都办到了。"

卢卡斯顿时笑逐颜开,"山姆,你跟她相聚的时间也不多了。抢劫和谋杀,你要被关到地老天荒。"

卢卡斯弯下身子,在玛丽安耳畔轻声说了几句。那亲昵的行为让山姆内心不住翻搅,气得他想要把他大卸八块。玛丽安瞪大双眼,然后突然被放开了,便立刻沿着月台跑到山姆等待已久的怀抱中。

山姆把她紧紧地搂在怀里,松懈下来的身体反而不断颤抖。他吻着女儿的脸庞和头顶,心中洋溢着父爱和喜悦。

"太感人了。"卢卡斯不怀好意地说。

山姆抬头一看,卢卡斯用枪对准了他。

"山姆,魔鬼烧不起来……但你可以。"

卢卡斯扣下了扳机——

山姆转身闭上眼睛,用身体掩护玛丽安,这时——

"丑八怪,不许动!"

山姆睁开双眼,看到那两名找他问讯过的探长手里拿枪,冲上了空无一人的月台,同时戴着牛仔帽的那名探长正朝着卢卡斯大吼。

山姆飞快地往身后瞄了一眼,等着自己中弹,却在此时看到卢卡斯跳下月台,跑至铁轨,准备逃跑。

山姆用两手拢住女儿的小脸,凝视着她的双眼。

"后面有两名探长,"他匆忙地说,"你现在跑去他们那边,

我得去找你妈。"

女孩惊惶地瞪大双眼。

"我马上回来,"山姆补了一句,"相信爸爸,爸爸最爱你。"

玛丽安勇敢地点点头,于是山姆松开双手,跳下月台追了过去。

119

看到山姆跳下月台,留下女孩一人,霍根探长骂了一声,便冲到女孩身边,看见她的双手反绑在后。

"你是玛丽安·怀特吗?"

女孩迅速点了点头,颊上的泪珠滚滚滑落。

霍根转向搭档,"你看着她。"

接着他也跳下月台,追随山姆而去。

普雷斯顿探长先用无线电请求支持,然后才不甘心地把手枪插回枪套,他单腿屈膝跪在女孩身旁,面带微笑,而女孩则是瞪大了双眼。

"没办法啦,只有长得不好看的叔叔留下来陪你。"

女孩讶异地眨了眨眼,"你……你真的是警察吗?"

普雷斯顿咧嘴一笑,"我不光是警察,"他自豪地说,"还是得州人。"然后他压低嗓子轻声说:"也就是说,如果有坏人想要害你,我就会一枪打死他。"

玛丽安笑了笑,身子开始放松。

"我先帮你解开绳子好不好?"普雷斯顿从口袋里取出一只小刀,割开了绑在女孩手腕上的塑料绳。绳子一解开,女孩就用手环住普雷斯顿的脖子,生怕自己一松手就会再次遇到生命危险。

普雷斯顿站起身来,把女孩紧紧地抱在怀里。"没事,"他安慰女孩,"你爸爸马上就回来了。"

就在此刻,穿着整洁蓝色制服的搬运工匆匆跑了过来,"需要帮忙吗?"

普雷斯顿朝着丢在月台上的赎金点了点头。"帮我搬这两个袋子,然后告诉我在哪儿可以帮这位小妹妹弄件温暖的袍子,同时我还要两杯热巧克力。"

女孩抬起头,"我还要一个汉堡,可以吗?"

"没问题,"普雷斯顿表示同意,"什么料都有的得州汉堡、薯条、洋葱圈、奶昔全都来一份。"

玛丽安把普雷斯顿抱得更紧,直到他大叫着自己快要窒息了。

120

"把枪给我。"戴维站在上锁的牢门外边。这间牢房距离札克救出洁丝敏的地方并不远。他们三个已经查看过所有其他的牢房,发现里面全是空的。

札克毫不犹豫地递过枪支。

SWITCH

戴维用小小的手枪瞄准木制把手上看似锁闩之处，并扣下扳机。年代久远的木头向内炸开，留下一个跟男人拳头一般大的洞，而洞里的铁闩可以看得一清二楚。

戴维伸进手拉开锁闩，然后把门一把推开。

人体烧焦的恶心气味让三人在门口停下脚步，牢房角落里的吓人场景也让戴维倒退一步、洁丝敏倒抽了一口气。

札克的反应却大不相同，有一面墙吸引了他的目光，而且那面墙贴满了一名少女的照片，其中还有很多张一模一样的。这名少女的生活早在二十五年前就发生了骤变。

较突兀的是，有一张照片上有三名啦啦队员，左右两边的女孩都是金发，而中间的——

札克走进牢房查看还未燃尽的尸体，而眼前的景象教他悲恸莫名，就连灵魂也几近死去。

"天啊，我很抱歉，"他跪在帆布床旁，"你不该死得如此凄惨。"

洁丝敏抓住丈夫的肩膀，似乎想把自己所剩无几的力量分送给他。"你认识她吗？"

札克点头，眼神哀恸，"她叫苏珊·米乐，是我们的老朋友。"

车站尽头的小洞里镶着一扇写着"维修专用"的金属门。卢卡斯躲进那扇门之后，山姆紧追其后，一把抓住还没关上的门板，然后发现眼前竟是一条极为陡峭的铁梯。

换命

他三步并作两步下了楼梯，来到一间储放水泥的小房间，里头除了几瓶布满灰尘、早被遗忘的清洁用品和四处散落的捕鼠器，其他空无一物。

山姆转了转身子，找寻别的出口，结果一无所获。接着他又跑上楼梯，一听到有人"砰"的一声关起了上方的门，口中便不断咒骂。

卢卡斯已经逃得无影无踪。

"该走了，"戴维着急地说，"我们得去帮山姆。"

札克拭去眼泪，在妻子的搀扶下站起身来，洁丝敏则温柔深情地望着自己的先生，致使札克真不想打破魔咒从这场噩梦中苏醒。

但他得先让洁丝敏听到真相，自己也才能继续前行。

头上的声音令山姆心慌意乱。他躲到楼梯下面，脚下踩到一块块的灰泥屑。他转身看着墙壁，发现自己正好能把手指插入砖头间落下灰泥的隙缝。于是他使劲一拉，一扇暗门便应声而开，显现出唯有电线和水管才通得过的暗缝。

山姆垂下头去，一口气钻进黑暗之中。

"卡丽死了。"札克语带沙哑。

就在洁丝敏死命甩头、想把他的话全抛诸脑后时，她犹似悲伤过度，一夜白发。

"怎么可能……怎么会……"

"我在现场。房子爆炸时，卢卡斯就逼我在旁边看着。我以

为你也在那,但是……"札克的声音越来越小。

洁丝敏擦擦眼泪,挺起肩膀,神情坚决。札克明白这消息虽然伤她很深,但她也许早已料到。

"你确定?"她问。

"警方已经证实了。"

洁丝敏绷紧嘴唇,眼睛也眯成了两条细缝。她愤愤不平地转向戴维,"带我们出去,我们要做的事还没完呢。"

山姆只爬了一会儿,通道就豁然开朗,成了一个天然洞穴,让人能够站直身子。

他摸黑前进,洞穴墙上任意垂挂的一长串灯泡突然亮了起来,天花板上也因为突如其来的亮光而传出愤怒的尖叫声。山姆用手掩住双眼抬头一看,发现上百只蝙蝠正拍打着皮革似的双翅,躲进几十个粗糙的通风口内。

山姆放下手时,卢卡斯就在前方等着,并拿枪瞄准了他的胸膛。

"这么快就嫌你女儿烦啦?"

"汉纳呢?"

卢卡斯笑了笑,笑声中毫无喜悦。"札克没告诉你吗?"

"告诉我什么?"山姆又觉得胃里有条冰冷的虫正在蠕动。

换命

卢卡斯噘起嘴巴,"山姆,你以为你可以信任他,但你就快看到真相了。我在二十五年前就已经学到这一课,而你到现在才会。我告诉你,谁都不要相信。"

"我知道是你逼他的,但他从没背叛过我。你没——"

卢卡斯射出子弹。

就在身子尚未中弹、子弹仅划破肌肉之时,山姆的右肩便仿佛着了火,而子弹的冲击力更是导致他身子一旋,立刻倒地。他忍着痛掏出自己的武器。

他没瞄准就开了枪,子弹没打中,直接穿墙而入。

卢卡斯笑了笑,再开一枪。这回子弹射穿了山姆的右腕、击碎了他的腕骨,以致他再也无法举枪自卫。

"你这婊子养的王八蛋!"

卢卡斯走了过来,用枪指着山姆的脸。"山姆,我不知道我妈是谁,但我老爸肯定是个王八蛋。"

"但他已经挂了,对不对啊,卢卡斯?"另一个声音突如其来冒了出来。

戴维从另一条隧道的阴影中现身。他气喘吁吁,仿佛刚跑了一大段路。

"我还在纳闷你何时会来呢,"卢卡斯说,"我正要把他留给你。"

山姆眯起双眼,终于结合起自己一直不愿拼凑的片段。"你们两个在牢里就认识了。"

戴维脸上的淘气无邪一扫而空，冷峻无情取而代之。

"我们一起活了下来，"卢卡斯解释，"我被抓起来的时候差点自杀。山姆，你知道他们在里面是怎么对待我这种怪人吗？我一心想死，直到我遇见戴维，他教我善用自己的力量，让其他囚犯对我们退避三舍，结果大家可真怕了我们。"

"一旦尝到了那种滋味，我们就停不下来了，对不对啊，卢卡斯？"戴维补充说。

"干吗停下来？"卢卡斯狞笑，又用枪指着山姆。

子弹宛若大榔头般槌入卢卡斯的身躯，他同时倒落在地。

小小的子弹便足以令人致命。他的胸膛不住起伏，动脉里的鲜血汩汩而流。

"卢卡斯，你不该叫他干掉我。"

"我只是想测试他，"他的嘴里正冒出猩红的泡沫，"我很清楚他不会弄死你的。"

枪声再响，卢卡斯放声哭号。

"天——天啊，戴维，我们是伙伴啊。"

"伙伴？"戴维大笑，"你的生活过得那么爽，而我却得他妈的向人讨饭！多年来我一直都在罩你，但你是怎么回报我的？你一出狱，就浑然忘了我的存在。"

"我——我没有忘。"卢卡斯的声音已经沙哑。

"对，你只是过河拆桥、忘恩负义。好啊，现在你明白了，但我也不在乎了。"

卢卡斯伸出双手,希望戴维能够帮他。

戴维摇摇头,"卢卡斯,你不是中弹而亡,"他的语气很平静,"而是惊吓而死。"

卢卡斯呼吸得越来越急,眼睛也瞪得愈来愈大。不出几秒,他就咽下了最后一口气,血流也逐渐减缓。

戴维转向山姆,双唇漾起一丝讪笑,但笑容旋即消失。

"能再见到你真好,山姆,我真的很想念你。"

"戴维,这又是为什么?"山姆呻吟着撑起身子,坐了起来,托住他碎裂的腕骨,"为什么?"

戴维的眼神变得黯淡无光,"山姆,我曾经对你很不理解。过去的我就是个小丑、跟班、不值得重视的人,没人在乎过我。可是坐牢的时候,卢卡斯肯听我的、知道我有什么能力,又能助我发挥一己之长。没了我,他处处受人欺负,但我们只要一联手,就无往不利、所向披靡。"

"我以前就知道——"

"知道什么?"戴维反驳,"知道我一定会一事无成吗?你去桥下找我时看到什么?一个虚掷此生的流浪汉?一个你觉得可怜兮兮的人?你从没想到过我这个人吧?就连我从牢里打电话给你也一直找不到你。你家人总说你会回电,但你从没回过我的电话。你只在乎你的梦想,山姆,那我的呢?"戴维擦擦眼泪,"我只希望你就像以前一样,需要我的帮忙,但卢卡斯把这一切都搞砸了。我原本的计划不是这样。"

山姆哽咽，但此时出现了另一个声音。

"那应该是怎样？"札克走出隧道，手里牵着一个女人，虽然她呈现巧克力色的肌肤上伤痕累累、满是瘀青，她的美丽依旧无可名状。

后面没人接着出来，残酷的事实不证自明，教山姆无比心痛。

"山姆，真抱歉，"札克说，"汉纳不在里面，我真希望我们能找到她。"

"玛丽安呢？"洁丝敏问。

"她很安全，"山姆回答，"就在上面。"

"你们干吗不去找她？"戴维说，"你们已经在地底待了够久了。"

"就这样吗？"山姆说，"你就这样放我们走？"

戴维耸耸肩，"卢卡斯才喜欢滥杀无辜，我只不过想弄点钱花花，回味一下往日时光，并不奢望自己能够展开新生活。说实在的，蹲监狱还比出狱要好。"

"你这个混蛋！"

洁丝敏朝戴维扑了上去，戴维手举得太慢，握在手里的枪一下飞了出去。

"把她弄走！"洁丝敏狂抓戴维的脸，他惊惶地大声嘶吼。

"洁丝敏！"札克抓起掉落的枪支，"让我来了结吧。"

当札克一步一步地向前走去，举枪瞄准戴维，洁丝敏这才松开紧抓的双手。

换命

枪声再次响起，但这次比之前的都响，人人因此呆若木鸡。

"我是警察，妈的！"霍根探长循着山姆和卢卡斯的路线走进洞穴。"通通不准动，不准杀他！"

"为什么？"山姆说起话来毫无感情，同时瞪着他年少时的老友，感觉十分陌生。

"想想看，"霍根气冲冲地说，"他可以证明你无罪，也可以作证你是为了救女儿才不得不犯案。"

戴维和山姆相互凝视，而戴维的脸上有条很深的伤口正在淌血。就在这一片刻之间，他们分享起年少时无数的记忆和欢笑。然而正当戴维想要移动身子，札克也同时扳起击锤。

"别开枪！"霍根提醒他，"如果你杀了他，这就是谋杀罪，你得在牢里蹲上不少年。你太太可不想再离开你的身边，而且你还得帮女儿举行葬礼，花点时间疗伤。"

札克把空出的手伸到背后，握住洁丝敏的手。他们彼此轻捏了一下对方的手。

"札克，把枪放下，"山姆轻声说，内心暴戾的念头已经一消而散，"结束了。"

山姆转身对霍根说："探长，他是你的了。"但不锈钢手枪偏高的枪声顿时响起，淹没了山姆的话语。

札克把还在冒烟的手枪放在地上。"我杀了铁木，本来就该坐牢，"他耸了耸肩，"反正也没得补救了。"

他盯着山姆,有气无力地笑了笑,"为了汉纳和卡丽,这个混蛋真的该死。"

122

车站旁的威福餐厅内堆砌起维多利亚式的砖墙。山姆前往餐厅里跟女儿会合。他发现玛丽安戴着一顶过大的牛仔帽,正在大吃汉堡。

玛丽安看到父亲进来,立刻丢下汉堡,奔入他的怀中,而山姆则跪在地上,用一侧受伤的手腕撑住身子,任由玛丽安一遍又一遍亲吻他肮脏且满是胡楂的脸庞。山姆闭上眼睛,感受她的气息,再也不想放开他的宝贝。

"洁丝敏!"玛丽安看到女人脱困且出现在父亲身后,不由得满心欢喜、尖叫连连。

洁丝敏冲上前去,同样跪了下来,拍了拍女孩的脸颊,满脸是泪。玛丽安则伸出单手绕住她的脖子,紧紧搂住了她。

"洁丝敏一直都在保护我,"玛丽安上气不接下气地告诉父亲,"她好勇敢。"

"是你给了我力量,"洁丝敏说,"你很勇敢,让我想起了自己的女儿。"

洁丝敏离开玛丽安的怀抱,转向自己的丈夫,更是热泪盈眶。

"爸爸,妈妈在哪儿?我以为我听到她的哭声,可是……"

玛丽安看见父亲的脸上闪过一丝痛楚便住了嘴，过了半晌才说，"她也死了，对不对？"

山姆点了点头，潸然泪下。

"为什么？为什么？"玛丽安问。

"不为什么，"山姆想到那两个死在地底隧道的男人，"就是不为什么。"